◎高考广播影视强化训练◎

编导摄制卷

易复刚 易 培 编 著 湖南文艺出版社

编者的话

在当前艺术类招生考试的热潮中，有一个异军突起的门类，那就是广播影视类。

"艺考热"、"电视热"急剧升温，而许多人对它们并不熟悉、并不了解。有些青年朋友对报考影视专业还带有一些盲目性。其中最明显的表现是，认为"当电视人"就是当播音员，所以一股脑地奔播音专业去。每年报考影视院校的，报播音专业（含兼报）的占了绝大部分，而报幕后各专业的相对较少。其实，在电视工作中，播音只是一部分，从人数上讲，还只是极小一部分。一个电视台，播音员只占百分之几，其余绝大多数电视人都从事幕后工作。所以报考比例与就业比例出现了倒挂。这也难怪，幕后各专业对大多数人而言还比较"神秘"，还不被人所熟知，所以有必要多宣传幕后专业及其报考套路了。

这本书，主要介绍影视类院校的"幕后"各专业，包括编剧类、导演类、摄影类、制作类、制片类，以及与之相关、相近的专业。为表述方便，姑且称之为"编导摄制"类。这些专业分工各不相同，但招生考试的套路却是基本一致的。它们都要进行面试和笔试，其中面试都有"自我介绍"和"回答考官提问"，笔试都有"看片分析"和"回答问题"。而且考生一般都可以兼报几个专业，所以这里合在一起讲。

本人从教近四十年，其中大半时间从事广播电视教育。近十年来，形势所迫，被推上辅导老师的位置，每年都能送几位考生进入影视院校深造。应广大同学的要求，并承湖南文艺出版社的大力支持，我把多年辅导得来的体会和资料编成这本书，以供更多同学参考。

这里还要郑重声明几点：

第一，各校、各专业的考试套路并不一致，而且几乎年年有变。这本书没有、也不可能全部讲到，请同学们根据当年各校的考试大纲，适当调整、补充。这本书并不代表哪个学校或专业，而只是笼而统之，泛指这一类专业。

第二，艺术类专业招生特别强调考生的综合素质，强调艺术感受，强调灵气悟性，强调理解表达。这全靠长期的熏陶、训练和积累，而不能靠什么"抓重点"、靠死记硬背。这本书更不是什么"锦囊妙计"，而只能介绍一些基本套路和注意事项，所列的例文也只是举例，而并非范文，只能举一反三，而不能照搬。

第三，该书所列资料较多，但绝不是什么考试范围，更不是说什么都会考。其中文艺常识部分篇幅较长，而近年许多院校又不再单独进行"文艺常识"笔试，考虑到它们仍有重要的参考价值，所以另作书《文艺常识》出版，其中《电视》和《镜头的拍摄与编辑》两章更是复习的重点，请将本书与《文艺常识》一书配套使用。

第四，书中《谈看片写故事》和《谈写观后感》两篇由易培撰写。此外，他为该书的编写、出版作了大量工作。

第五，以我们两个人的力量，涉及这么多的门类，想要做好这件事确实勉为其难。由于时间紧迫、资料不全，更由于水平不高、能力有限，书中缺点、错漏一定不少。敬请大家提出宝贵意见，以便改正修订。

最后，祝同学们考试胜利！

易复刚　易培

目 录

专业定位篇

专业面试篇

专业笔试篇

附　录

高考广播影视强化训练

编 导 摄 制 卷

专 业 定 位 篇

圆大学梦　进电视圈

上大学——一次重要的选择

《创业史》的作者柳青说过："人生的道路虽然漫长,但要紧处通常只有几步。"对广大青年而言,上不上大学,上什么大学,学什么专业,就是这"要紧处"中重要的一步。可以说,这是人生道路上一次重要的选择。

中小学是基础教育阶段,所学课程也都相同,除了"重点"和非重点学校以外,谈不上什么选择。而大学的学习是专业学习,是就业前的职业学习,各校、各专业之间的差别很大:理、工、医、农、文、商、外、法、师范、军事、艺术等,所学内容相差很远,决定了一个人从事职业的大体走向。虽然在日后的工作中,"半路出家"、"转行"、"用非所长"的现象时有发生,但总体说来,大学的学习对你一生从事的工作有很重要的、决定性的影响。所以选择学科、选择专业,也就意味着选择职业、选择工作。

在现实生活中,许多中学生对选择专业存在一定的盲目性。有的只盯着"名牌",而不考虑自己的实力;有的喜欢赶"时髦",哪个专业一时吃香就盲目跟风;有的过多考虑"饭碗",考虑就业;有的又片面强调个人爱好。还有些同学过于依赖父母,缺乏主见;而有的家长又过多以自己的观点来约束子女的选择。

为了迈好人生道路上的重要一步,许多专家、老师谈了许多真知灼见。一般的看法是,世界上没有不好的专业,只看你是否合乎这个专业的要求;你选择专业,而专业更选择你。世界上最好的专业,就是最能开发你素质潜能的专业。

搞电视——一种诱人的职业

电视，被称为 20 世纪人类最伟大的发明之一。1925 年，英国人贝尔德试制成功了世界上第一台电视机。从那时到现在，不过短短八十年，但电视的发展速度却令人瞠目结舌。

以中国为例。1958 年 5 月 1 日，中国有了第一家电视台——北京电视台，它就是今天中央电视台的前身。不过当时称"北京电视台"也名符其实，因为它只能对北京市中心的几十台电视机传送节目。

20 世纪 60 年代，中国的电视台增加到几个，即北京、上海、哈尔滨、广州、天津等台。尽管当时只有九寸的黑白电视，而且一周只有两三个晚上有节目看，但观众仍很幸运，因为当时亿万中国人中绝大部分还不知电视为何物。

70 年代初期，由于当时宣传的需要，全国各省市自治区（除西藏之外）都建立了省级电视台，当然只有省会城市少数机关单位才有公用电视机收看。这时全国的电视台增加到三十多家。

进入 80 年代，随着改革开放的大潮，中国电视来了个大飞跃。大部分地市级电视台是这个时期建立的，电视台数量增加到几百家。可收看的电视节目增加到每天都有。电视机进入家庭，"飞入寻常百姓家"。电视机尺寸越来越大，彩色电视也逐步普及。

到了 90 年代，电视继续高歌猛进。有线电视异军突起，电视节目丰富多彩，各大台都开办多套节目，频道加密，节目上卫星。另外，各县级电视台、大型企业电视台纷纷涌现，中国电视台总数达几千家。

一家、几家、几十家、几百家、几千家，半个世纪以来，中国的电视台以这样的数量级增长着，而电视技术、电视节目的发展更是日新月异，突飞猛进。电视作为最直观、最大众化的媒体，已经深深融入人们的生活，极大地改变了人们的生活方式。全国每天都有几亿人要看电视，这是其他媒体无法相比的。毫无疑问，电视是朝阳产业，方兴未艾，前途无可限量。

因为这一点，从事电视工作已成为当前最令人羡慕的职业之一。许多青少年说，他们最大的理想，就是搞电视、当电视人。有人甚至说，他要"不惜一切代价挤进电视圈"。虽然他们也知道，干电视这一行很苦很累很紧张，但他们还是义无反顾地选择电视。他们常说的一句话是："因为热爱，所以选择。"选择电视是不需要别的理由的。可以有把握地说，电视行业前程远大，电视工作永远吃香。

做"科班"电视人

既想圆大学梦，又要进电视圈，将这二者结合起来，就是报考电视院校或专业，这当然是顺理成章、合乎规律的。

中国电视走过了四十多年历程，也造就了一支电视大军。中国第一批电视人，都是从兄弟行业"转业"过来的，主要是从"本是同根生"的广播转来，还有从有血缘关系的报纸、电影、宣传、文化部门转来。他们是拓荒开路的人，为中国电视事业的建立立下了汗马功劳。但他们当年干电视时，只是工作的需要，边干边学，是经验型、摸索型的电视人，还不可能是"科班出身"。

1954年，北京广播学院开办，中国有了第一所专门培养广播人才的学校。当时只提"广播"而不提电视，是因为当时中国还没有电视。四年后，中国有了电视，但仍称"广播学院"，因为广义广播包括声音广播和电视广播两大类，何况它教学的重点一直以声音广播（狭义广播）为主。直到80年代以后，它对电视的研究和电视人才的培养才形成规模、形成系统。所以从严格意义上说，中国第一批"科班出身"的电视人的出现，只是近二十多年的事。这所学校现已更名为"中国传媒大学"，它是中国传媒界特别是电视界的最高学府和人才摇篮，它的毕业生已成为中国各大电视台的中流砥柱。但中国光这一所学校还不够，因为需要更多更好的科班出身的电视人。

——这是社会主义现代化事业的需要。实现现代化，人才是关键。培养人才的标准，是实现人才的"四化"，即革命化、专业化、年轻化、知识化。如果说在战争年代，我们不能等到培养了军事人才才去打仗，而只能从战争中学习战争，那么在今天，我们更必须强调正规化，强调"科班出身"。所以，从电视院校培养电视人，就成为顺理成章的事。

——这是电视事业发展的需要。我国目前已有几千个电视台，形成几十万人的电视大军。很显然，每年几百个"科班出身"的毕业生远远满足不了需要。特别是电视技术、电视节目、电视管理的发展日新月异，新东西层出不穷，更新换代之快，叫人目不暇接，光凭过去的"老经验"已经无法适应新的形势。

——这是教育事业发展的需要。从 20 世纪 50 年代起，各省先后办起一批培养广播电视人才的学校，但都是短训班性质的中等职业技术学校。到了 80 年代，各省纷纷办起了中专层次的广播电视学校。原来的浙江广播电视学校，先是改为大专，更名为"浙江广播电视高等专科学校"，现又升为本科，更名为"浙江传媒学院"。而进入 21 世纪，随着"电视热"的升温，许多综合性、师范类、艺术类大学也开办了电视专业，有的甚至成立"影视艺术学院"。

这些都说明，培养高级电视人才，已成为当前一个新的热点。

普通文理科与艺术类

如果你确定选择电视院校或专业，面对的下一个问题就是，你选择普通文理科还是艺术类？

普通文理科，是绝大多数考生的选择，其中除外语类要加试口语以外，不再进行专业面试，而直接参加高考。它的好处，是学校会组织同学进行系统的复习，抓得很紧，考生只要跟大部队走就行了。这是全国通行、大家都很熟悉的套路，这里就不再多说。

下面重点讲一下电视院校中的普通文科、普通理科和艺术专业。

普通文科

电视院校的普通文科，与综合性大学的普通文科一样，主要有新闻、外语、文秘、经营管理等专业，其中新闻是最有特色的专业。

新闻专业的培养方向，主要是电视记者和编辑，以及新闻宣传、新闻管理、新闻研究、新闻教学人员。我国许多著名的电视记者和节目主持人都出自于这个专业，他们经常在电视屏幕上与大家见面。与一般播音系毕业的主持人不同，他们是记者型的主持人，而且演播稿都由本人撰写或即兴口述。

新闻专业对考生综合素质要求很高，录取分数线也通常是最高的。它要求考生文化分数高，各门功课都要好，不能有明显的"弱项"和"短腿"。你将来要当记者，就要有很强的写作能力和语言表达能力，不但质量要好，而且要来得快。

所以对考生的语文水平要求非常之高，功夫要过硬。记者要代表党和人民发言，要求用辩证唯物主义观点看问题，要有很强的洞察力、分析力，有新闻敏感，要求对国内外时事政治很熟悉很了解，要求有很强的政治性和政策性。所以对考生的政治理论水平要求也非常之高。"新闻是明天的历史，历史是昨天的新闻"，新闻与历史的渊源很深，所以考生的历史课成绩更不能差。记者要到各地采访，要通晓全省、全国、全世界的地理情况，能从宏观上把握事情的地理背景，所以地理知识也必须非常丰富。对外开放，与"老外"打交道机会日增，外语成绩，特别是口语水平当然十分重要。至于数学，它与新闻的联系似乎不如以上几门功课直接，但实际上，数学水平的高低，是衡量一个人综合素质高低的重要标杆。数学培养了人的逻辑思维能力，又是自然科学理、化、生的基础，再加上高科技的发展，数字技术日益进入人们生活的各个领域，离开数学基础将寸步难行。所以数学成绩差的人，不宜报考新闻专业。

电视院校的外语专业，主要到电视部门从事外语翻译工作。其中一部分从事外语播音，一部分从事外事采访，也有些从事资料翻译、外事接待等工作。对他们的外语水平要求极高，尤其是口语，更要非常过硬。

至于电视院校的汉语言文学、文秘、经营管理等专业，一般都可以顾名思义。与普通大学相关专业不同的是，它们多少开设了一些电视方面的课程，加上各种电视活动的熏陶，人际交往和联系的影响，以及自己到电视台的实习锻炼，一般说来，他们将来到电视台工作的机率比普通大学的要多些。

普通理科

电视院校的普通理科，主要是广播电视工程技术。再细分，有的分出了电子信息工程、网络、计算机、声像、播控、发射、线路、微波等。由于电视技术发展日新月异，新的专业还将不断出现。

电视院校普通理科毕业生，将来工作的主要走向，是到电视台担任技术、设备、科研、管理、建设和教学工作。这些专业的技术性、实用性很强，许多尖端学科、新型学科举足轻重，代表了电视台的技术水平。技术工作的特点是专业性很强，无法替代，工作又较稳定，性质较单纯，也较少纷繁复杂的人事纠纷。

电视院校普通理科对考生的要求很高，各科成绩都要好，理科成绩更要突出。首先是物理成绩要拔尖。电视技术，就是电学、光学、声学集大成之产物，物理学是技术类的看家本领。其次是数学，要求也很高，数字技术进入电视，数字电视将取代模拟电视，更使数学地位凸显。至于它对化学、生物学的要求则相对宽松。但在竞争激烈的电视院校，文化分数居高不下，任何一项"腿短"，都意味着上不了这条线，入不了这张门。技术类对语文要求也很高，自不待言。它对外语要求高还应强调一下。技术发展快，对外交流多，引进外国技术资料、设备与日俱增，没有很高的外语基础，会连个技术说明书都看不懂。所以，理科考生应全面复习好各门功课，这是至关重要的。

艺术类

与普通文理科对应的，是艺术类专业招生。一般说来，它们有以下几个特点。

第一，它们的专业考试都要提前进行。艺术类专业考试都由各院校或专业单独组织，单独命题，考试时间一般在高考前的几个月，从一月下旬到二三月份，个别的可能提前或推后，而高峰肯定在寒假，即春节前后，以便少耽误考生的文化课复习。各院校考试的门类、套路各不相同，而且年年有变，希望考生密切留意相关消息，以免误了考期。尽管我们已进入信息时代，但许多地方消息还很闭塞。加之考生自己没去关心，所以贻误时间、失去机会的事还是时常发生。一般说来，艺术类招生信息在每年元旦之前就出来了，考生可直接与这些学校联系，也可上网查询，还可到各地招生办公室打听。

第二，它们都要进行专业面试。艺术类招生具有特殊性，光看书面成绩还不够，所以都要进行面试（口试）。它由老师对你进行个别的、面对面的交谈、考察，包括你的外在形象、口头表达、心理素质、风度气质、性格特点、知识面等，看看你是否具备艺术类所需的潜在素质。这种"目测"很重要，对于拉开考生之间的差距，对于发现人才、选拔人才很起作用。有些学校的某些专业，特别是播音、表演等台前专业，甚至不考笔试，只是一轮一轮地进行口试，这也是科学的。至于幕后各专业，除了进行面试外，都要进行笔试。

第三，它们的文化录取线都由各院校单独划。这与普通文科、理科的录取线毫无关系。由于年代不同、专业不同、报考人数不同，各校录取线的高低也不相同。以前，人们有个错觉，认为艺术类是"降分录取"，据说某些专业的录取线比普通文理科低一两百分，甚至更多，这是真的。近些年来，电视持续升温，报考人数激增，水涨船高，所以录取线也节节攀升。另一方面，近年新开了许多电视院校和专业，特别是播音专业，招生总名额大增，录取机会也增多。两相抵消，出现两极分化现象。一方面是热门学校的文化线居高不下，另一方面是新办院系、大专层次的文化线仍然较低甚至很低。这里情况相当复杂，各位考生必须找准自己的定位，不要一厢情愿、盲目追求。当前，"艺考热"持续升温，有人把"艺考"当成上大学的捷径，有些学校则把"艺考"当成提高升学率的诀窍，盲目鼓励学生报考，这都是不可取的。要知道，提高艺术修养是一个很长的过程，不可能在短期内见效。在高三总复习的紧要关头丢下文化课去突击专业考试，这是十分冒险的。原寄希望于艺术类降分录取，但从发展趋势看，各院系都加大了文化课的比重，文化线也在逐年上升，有些甚至高出普通文理科。希望考生不要把希望寄托在"降分录取"上。

第四，它们都有两次录取机会。艺术类都是提前招生，所以如果你没被艺术类录取，只要文化成绩仍上了普通文理科线，那么你仍可被普通文理科录取。换言之，如果你报考艺术类，就比一般同学多了一次录取机会。

第五，它们大多为文理兼招。也就是说，不管你学的是文科还是理科，都可以报考艺术类，有限制的只是少数专业。如只限于文科报考的是广电文学专业（影视戏剧文学），只限于理科生报考的是计算机、录音工程等。还有些专业不限文理科，但对相关科目有分数要求。如数字媒体艺术专业要求数学成绩不低于多少分，外语专业要求外语成绩不低于多少分，等等。请大家留意每年的招生简章，根据自身的条件找准定位，确定主攻方向。

台前与幕后

如果你确定选择电视艺术类专业，在此前提下，考生面临的下一个问题，就是选择"台前"，还是"幕后"。

所谓"台前"，指将来要在电视屏幕上露脸的专业，以播音和主持为代表，包括英汉双语播音、表演、公关等。所谓"幕后"，指基本上不在屏幕上露脸的专业，以编导为代表，包括编剧、导演、摄像、制作、制片、音乐、美术等专业。弄清这二者的区别很重要，因为它们的要求和考试套路完全不同。

台前风光好

以播音为代表的台前各个专业，因为将来要在屏幕上露脸，所以具有以下几大特点。

第一，台前专业竞争最激烈，是最热门的专业。播音主持、英汉双播、表演、公关等专业，培养的是"明日之星"，如播音员、主持人、演员等，它们是"造星"专业。毕业生将来走向屏幕，借助电视媒体的宣传，往往一露脸就小有名气，再加上炒作，更是一举成名，一炮走红。近年来，歌星、影星、笑星、电视明星等不断涌现，成为知名度很高的公众人物，占据了许多人特别是青少年的精神世界，很重要的原因是靠了电视的媒体优势。近年"选美"的热潮，更把造星运动推向高潮。许多青少年从"追星"开始，转入到"造星"，把进娱乐圈、电视圈当成自己的奋斗目标。许多人一再声称自己"酷爱"播音，要"不惜一切代价"去圆这个梦。所以播音专业成为热门中的热门，竞争异常激烈。

第二，台前专业一般都有身高要求。各校不同年份制订的身高标准各不相同，但一般比幕后专业要高出 5~10 厘米。如中国传媒大学播音专业的身高要求男生在 1.75 米以上，女生在 1.65 米以上。有人对这个规定很不理解，认为这不公平，伤了别人的自尊心，是"身高歧视"等等。其实这与"尊严"、"人权"挨不上边，因为并没有否认你从事别的工作的权利，更没说你低人一等。身高要求，完全是工作的需要。比方说，打篮球，从来没限制过人的身高，但在篮球比赛中，矮个子肯定吃亏，而高个子显然有优势，所以都会选高个子。播音等专业对身高作要求，也是这个道理。还有人问："我身高只差 1 厘米，能不能破格、给我一次机会？"一般来说，既然定下标准，就是设一道"门槛"，不会随便降低标准。但加上"一般"二字，又说明它还是有特殊情况可以破例。即别的条件十分突出，如形象特别好，表达能力特别强等。至于表演专业，当然更可以破例，如可以培养成特型演员、丑星、矮星的人，身高也可以放宽。但这都属于特例，必须得到专家认可。有些考生身高不达标，而其他条件又很一般，还要去纠缠，就太缺乏自知之明了。

第三，台前专业都有形象要求。说白了，就是要长得漂亮、帅气。形象不如身高那样有硬指标，也没有人把这一点公布出来，但人人都明白，心照不宣。爱美之心，人皆有之，电视台当然不会例外。何况电视是以视觉为主的、最大众化的媒体，播音员是它的形象代表。要被广大观众认可并喜欢，形象条件当然重要，否则会感到"对不起观众"。同身高一样，相貌条件也是工作的需要，而不是把人分为三六九等。相貌是先天的，与人的水平能力无关，与人的道德品质更无关。近年"选美"之风盛行，刺激了一些人对外貌的看重。劝劝这些朋友想开一点，抛弃虚荣心，别把相貌因素看得太重，更没有必要怨天尤人，还是找准自己的定位，扬长避短，选好专业。

第四，台前专业在选拔时更注重面试。许多学校台前专业在考试时，只进行面试，而不进行笔试（反正后面还有高考进行文化把关）。面试成绩不像笔试那样"过硬"，没有具体分，而只有 ABC 等级分，再加上简短评语。即算有具体分，也只是相对的"印象分"，难免带上主观色彩。由于评委人数不同，观察角度不同，审美观点不同，再加上考生临场发挥的差别，所以，面试成绩常常带有偶然性，带有"运气"成分。正是考虑到这一点，面试总是安排了几轮，有初试、复试和录像等。请相信，"是金子，总会发光"，真正的人才是不会被埋没的。这里只是提醒一句：台前专业的面试比重高，所以考生的临场发挥十分重要，这取决于实力和经验，更取决于心理状态，只有心理素质过硬的人才能通过这一关。

第五，台前专业的专业水平难以在短期内改变。台前各专业面试考查的东西相对稳定，短期内都难以改变。如身高、相貌属于外在形象，是先天的，只有整容、化妆、锻炼才能作小幅度的改善。面试考查的另一个主项，是语言表达、风度气质、应变能力、艺术细胞、心理素质等，属于内在的潜质，是后天的，但又是经过长期锻炼、训练才形成的，短期内难以作大幅度的提高，上升的空间很小。反过来，这些能力一旦形成又难以丢失。能力不像知识，具有相对的稳定性，临时抱佛脚是难以见效的。而在应试教育体制下，一些人不注重能力的培养，没有养成良好的学习习惯，而采用实用主义的态度，每每在考前来一个突击强化训练，死记硬背，考完之后又全都忘了。这在一些偏重记忆的学科也许有些作用，但在播音等能力学科上突击学习是收效不大的。有许多同学早有学播音的志向，但又不早作培训，直到高考之前才去突击，这是不可取的，何况还影响了紧张的文化课学习。还有些人盲目投医，去参加某些不负责任的考前培训班（其中大多为音乐、美术类），耗费大量时间去上"形体课"、"发声课"，甚至天天去练下腰、劈叉，以提高"风度气质"，这实在是远水不救近火，事倍功半。所以提醒广大同学一句，一旦有这个志向，就要尽早培训，越早越好，最好从小学就开始，至少进初中要开始，否则，根本来不及。

幕后天地宽

与"台前"相对应的，是"幕后"各专业，如编剧、导演、摄像、制作、制片、音乐、美术等，因为它们基本上不在电视屏幕上露脸，而在幕后当无名英雄，姑且以"幕后"称之。

幕后天地比台前宽广得多。从将来的就业看，它们行当多、分工多、人数多；从专业招生的角度看，它们又具有几个显著特点。

第一，幕后专业都没有相貌要求。因为处在"幕后"，受众不直接与之见面，所以一般不作形象方面的要求。而且，除摄像专业外，也没有身高要求。这两点，给广大考生提供了更大的选择机会，扩大了适应面。

第二，幕后专业既要进行面试，又要进行笔试。面试是目测，初步了解情况，以取得复试权。而笔试则取得专业成绩，分数更具体、更过硬、更全面、更可靠，也更重要。面试和笔试相辅相成，缺一不可。而幕后专业中，笔试更重要，一般都要考两三门，对考生的文化素质要求也更高，不过，一般说来，不如普通文、理科要求高。

第三，幕后专业的"工作寿命"较长。台前各专业大都是"吃青春饭"的，一般有年龄限制。他们将来参加工作的黄金时段为二十至三十岁，过了青春年代，除了少数出类拔萃而工作又必不可少的以外，一般都要转行，进入幕后，这是符合事物发展规律的。而幕后专业一般没有年龄限制，工作的黄金时段很长，从三十至六十岁不等，其中事业巅峰期为四十来岁。幕后工作相对稳定，风险较小，有远见的人总是从长计议，不图一时风光，而能考虑长远。

第四，幕后专业的考试内容和环节相对较易掌握。幕后各专业考试套路大体相同，面试都要考生作自我介绍，都要回答考官提问，笔试都要考看片作文等。这些，一般考生较易掌握，在短期内培训学习也易见到成效。当然这里有两个前提，一是辅导老师要懂行，既要有责任心，又要有水平；二是考生综合素质要高，特别是语文水平要高，脑瓜子要灵，悟性要好。考生对电视的理解总是从"台前"、从播音员开始的，对幕后的工作知之甚少，对许多行当，如编剧、摄像似乎很陌生，对导播、场记等更是不了解，觉得很神秘。其实，只要你看过电视，对幕后的工作就会有或多或少的接触；如果参观一下电视台，或是参与电视节目的现场录制，就会增加对幕后工作的感性认识。至于在专业考试中，并不涉及到过多的专业术语，只是镜头感要强，理解力、表达力要好，综合素质决不能差。

关于幕后各专业的分工，将在以后的章节中再讲。

倒挂的比例

有人总爱问一个问题：台前、幕后，到底哪个专业好？这叫人哭笑不得，无从回答。

"台前"专业当然好。当播音员、主持人、演员，知名度高，风光无限，也被人认为是"人才"的标志。不过，"台上一分钟，台下十年功"，他们为此要付出巨大的努力，甚至是痛苦的磨练，对这一点，则往往容易被人忽视。

二十多年以来，随着电视的崛起，"追星"、"造星"热潮一浪高过一浪。许多年轻人把当电视播音员、当主持人当成理想的职业、人生的追求，其中又以女学生居多。所以，播音专业一直很热，也许是中国竞争最激烈的专业。以中国传媒大学为例，播音系每年招生几十个，但全国报名的有几千人、上万人，平均几百个人中挑一个。竞争如此激烈，门槛一再抬高，但报考的热度却没有减退的迹象。

播音专业有极大的诱惑力，有人认为不去考是个遗憾，考不上也不后悔，对这一行带有很大的盲目性。还有人解释："我只是想去试一试，碰碰运气。"这也不可取。因为这不是买福利彩票，机率虽小，但各人的机会是均等的。而播音是选拔人才，最讲实力。如果实力强，哪怕只有一个名额，也应该选你；如果实力一般（更不要说较差），就永远不会被选上，因为这一行还有个特点——宁缺勿滥。

还应补充一点，播音专业招生考试评分虽带有很强的主观色彩，但相对别的专业，它还是最严格、最公正的。一、它要由多位评委打分，还要去掉最高、最低分。二、它要经过多道关卡、多轮淘汰。三、它将来还要接受最严格的检查——在屏幕上亮相，接受千万观众的评判，一旦不被受众认可，立即会"下岗"。所以各家电视台对此都严加把关，以免砸了自己的牌子。

还有一点要特别强调，就是台前与幕后之间，比例严重失调，出现了比例倒挂。每年报考影视艺术专业的，台前专业的占绝大部分，其中尤以播音专业为甚，又以女生占大部分。但在电视行业中，从事台前工作的，只占百分之几，而百分之九十以上的人都在幕后工作。如一个大型电视台，职工上千，但播音员只要十几个就够了；至于小型电视台，则只要一两个播音员。这与报考时台前专业的奇热形成了很大的反差，势必造成一种巨大的浪费：学了几年播音专业，到头来只有极少数能从事播音工作，其余都要改行。而占电视行业人数百分之九十以上的幕后各专业，报名的人相对较少，因而录取的机率相对较高，而就业时专业对口机率更高。

近年来，各地高校竞相开办了影视艺术专业，其中绝大部分是"播音与主持"专业。一方面是播音专业不需要太多的硬件设备，另一方面是不愁没有人报考，也许这就叫"以市场为导向"吧。确实，从升学的角度而言，报考播音专业是一个明智的选择——包括大专在内，全国有几十所院校开办了播音专业，录取概率高，不愁没书读。但从长远而言，就要慎重考虑了。我们不仅要考虑到当前的升学，还要考虑到将来的就业，更要考虑到一辈子的工作，而无论是升学还是就业，幕后专业成功的概率比台前的都要高得多。

这里没有半点反对报考台前专业特别是播音专业的意思，只是提醒同学们必须保持清醒的头脑，量体裁衣，扬长避短，找准自己的定位。不要一厢情愿，不要在一棵树上吊死。台前风光好，幕后天地宽，为什么不多考虑幕后专业和别的专业呢？

幕后天地宽

在这一章里，我们总体介绍幕后各专业的情况。具体情况请看"招生简章"。在介绍之前，先说明几点。

第一，幕后各专业的名称，在不同院校、不同年份提法并不统一。专业名称常出现交叉、包含的情况，有的名同而实异，有的实同而名异。如"编导"专业，有的只指导演，有的包括编剧和导演；又如"节目制作"专业，有的只指后期制作，有的又包含前期拍摄，等等。所以考生在选择专业时，要稍作深入的了解，不能光从字面上理解，还要注意近似名称的区别，以免混淆。

第二，这里所指的专业，当然只指报考的专业，并不能保证你将来一定从事这项工作。升学和就业完全是两码事，用非所学的情况时有发生。另一方面，电视是个综合程度最高的媒介，幕后各专业的分工也只有相对性，所学功课差别也不大，不要刚进大学又吵着要转专业。其实只有适不适合你的专业，没有不好的专业。关键是你能否胜任未来的工作，而不考虑你是否专业对口。

第三，如果一时定不了选哪个专业，也不要紧。因为幕后各专业考试的套路是基本相同的。初试（面试）都要作自我介绍、回答考官提问；复试（笔试）都要作看片作文或回答问题，只是各专业看的片子不同、侧重点有异而已。考生可以先通过培训、辅导，边学边了解，再确定专业。再者，一般各院校都可以兼报两三个专业（含台前类），加上不同的学院，给你选择的机会就更多了。一般说来，定下两三个专业最合适，少了不保险，多了又顾不过来。

编剧类

编剧类，包括"广播电视文学"、"戏剧影视文学"、"电视文学"等，提法不一，但都是培养"编剧"的。他们将来主要从事的工作，是编写剧本，以及各种写作、文字工作，如策划文案写作、解说词写作、编写资料、影视作品评论、影视报刊编辑等。

常言道，"剧本剧本，一剧之本"。剧本是电视创作的基础，没有好的本子，再先进的设备、再优秀的演员也无用武之地。特别是电视剧、电视散文、电视政论片等，剧本创作的好坏优劣成了片子能否拍摄、能否成功的先决条件。我国的电视编剧，很多从作家转过来，先是写小说，后又写电视剧本。专职的电视剧作家，其创作活动基本是个人行为，与电视台可以没有直接关系，也可以不参加摄制组的活动。在社会主义市场经济条件下，电视剧创作也推向了市场，本子由电视台选择。当然，这个职业带有一定的风险性。

除编剧外，电视台还需要大量的"秀才"，专门"要笔杆子"，写各种文案，写解说词、串联词、宣传资料、评论，等等。

编剧类专业将开设的课程，除公共基础课以外，有中国古典文学、中国现当代文学、外国文学、文艺美学、文学文体写作、外国戏剧研读、戏剧剧作分析、影视剧作分析、电视剧剧本写作、电影剧本写作、电视文案写作、电视剧制作、电影艺术概论、电影导演、影视剧改编、专题片创作、纪录片研究、视听语言、摄影艺术、电视编辑、电视节目制作、电视节目策划等。编剧类专业对考生有以下要求。

第一，要有很强的文学功底。考生要大量阅读，博览群书，熟悉中外影视剧经典作品。在专业面试时，会较多涉及古今中外文学名著，对此要有所准备。

第二，要有很强的写作能力。他们以写作为职业，要有很强的表达能力，特别是书面写作能力，有规范的文字功夫，写得好，写得快。一般在专业考试中，会加试"文学写作"，以考查你的文笔。这与中学作文没有什么区别，考生不必另作复习准备。

第三，要有很强的策划意识和编故事能力。策划，简而言之就是先提出大体设想，出主意、想点子，这是创作的第一步，再由编剧写成本子。写本子，光是文笔好还不行，关键还在于首先有一个好的创意，敢于提出别开生面、有卖点的思路。台湾著名女作家琼瑶前些年回大陆，在北京游览时，见到一个地名"公主坟"，便留意打听，得到启发。经过一番策划，设想出清代公主的传奇故事，后通过自己的生花妙笔，创作了电视连续剧的剧本，后来搬上屏幕，这就是红遍华人世界的《还珠格格》。有了好的创意，还要会编，把策划方案落实到人物塑造和故事情节中。这就强调要会编故事，要有矛盾有冲突，才能产生戏剧性，情节要曲折多变，常出人意料之外，又在情理之中。

再提醒一点，很多同学擅长写抒情散文和随笔，但编剧类专业最需要的，却是叙事作品。所以建议要多练练记叙文，写点故事，甚至写点小说、写点剧本。此外，文艺评论也不可少，"看片分析"就是文艺评论文。

此外，编剧类专业对身高、相貌都没有特殊要求，普通话不很标准也没关系，更不要求有表演才能。

导演类

导演类专业的名称，有"电视编导"、"电视导演"、"导演"、"文艺编导"等等，重点在"导"。导演是电视节目（新闻节目除外）摄制组的业务领导人和作品把关人，负责将剧本或方案拍成片子。（由于新闻节目要求绝对真实，不能按人的意图摆布，所以新闻片的创作者只能叫记者而非导演。）

导演是电视片创作的灵魂，是摄制组的指挥者和神经中枢。一部电视片的质量如何，在很大程度上取决于导演水平的高低。它相当于一支球队的教练，负责平时的训练，比赛中的指挥，谁上场，采用什么战术都由他说了算。

导演专业开设的课程，除公共基础课外，还有电视节目制作、多媒体制作、摄影技术、摄影艺术、录音艺术、剪辑艺术、视听语言、文学创作、戏剧概论、戏曲艺术、舞蹈艺术、音乐基本原理、音乐作品欣赏、影视精品赏析、电视节目导播、电视文艺编导、广播剧创作、记录片创作、文艺采访、电视专题、广播电视节目策划与研究、电视节目主持等。

导演专业，大概是艺术类专业中要求最高、最全面的了。

第一，它要求有很强的表达能力，特别是口头语言表达能力。像编剧一样，导演也要求能创作脚本，不过编剧写的是文学脚本，而导演则将其改为分镜头台本。有时编剧和导演合为一个人，合称为"编导"。与编剧强调文字功夫、书面语言稍有不同，导演更强调口头语言表达。导演是拍摄现场的指挥员，要能够用简单、准确的语言说戏，表达自己的创作意图，分析要透辟生动，所以口齿要清楚、声音要洪亮，有启发性、号召力和感染力，能恰当控制场面。

第二，它要求有表演才能。特别在电视剧拍摄中，导演要给演员说戏，甚至示范动作表情，没有表演才能是不可思议的，这也是导演与编剧、制片人最大的不同之处。所以，一部分导演来自于素质高的演员。

第三，它要求素质全面，全身充满了文艺细胞。导演不仅要懂文学、懂表演，而且要懂电视，要熟悉电视创作的各个环节（包括摄像、灯光、制作、剪辑），他还要懂音乐、懂美术。电视是综合性最强的媒体，电视片就是要调动一切艺术手段去加强表达效果，这只能由导演作宏观调控。他对各种艺术手段都必须了解，做到杂而全。他还必须考虑电视拍摄的特点，用镜头说话。

第四，它要求有很强的指挥才能和组织才能。导演是拍摄现场的总指挥，不管哪个部分，不管什么大腕明星，在拍片的过程中都必须服从导演的指挥，否则会全部乱套。他要敢于指挥，敢于负责，敢于杀伐决断，敢于批评人；又要善于指挥，协调好各方面的关系，要善于调动一切积极因素，营造出一种浓浓的创作氛围。所以报考导演专业的同学，最好是多年担任过干部经受过锻炼、高度自信、有主见，又善于团结人的"娃娃头"。而那些优柔寡断、腼腆内向的人不适合当导演。

近年，从导演专业里分出一个"文艺编导"专业，而且常成为仅次于播音的第二号热门专业。其实，"编"和"导"是两个专业，"编"重在写剧本，"导"重在排节目，在戏剧中、电影中都是这样。但在电视里，"编"和"导"的关系越来越密切，以至密不可分。电视中出现了许多新品种，如娱乐节目、晚会节目、谈话节目、益智节目、竞赛节目等（这在电影中是不会有的），在这些节目中，编和导更是融为一体，所以一般不再称为导演，而合称为"编导"。

电视编导与文艺编导其实非常接近，都是电视片的编导。其区别在于，电视编导常属于电视系，而文艺编导常属于文艺系。前者涵盖的范围广一些，包括谈话节目、益智节目、娱乐节目、竞赛节目、专题节目等，而后者特指狭义的文艺节目，如晚会、MTV、音乐、舞蹈、曲艺等。所以报考文艺编导专业的，经常要考才艺展示，要求表演歌、舞、乐、说、演等，而报考电视编导的则没这个要求。

摄影类

摄影类专业，有"摄像"、"摄影"、"电视摄像"、"图片摄影"等。它们的培养目标，是电视台的摄像师、电影制片厂的摄影师，以及从事图片摄影的照相师。他们有一个共同的特点和明显的标志，就是要操作拍摄工具，用镜头捕捉记录画面。

摄影类开设的课程，除公共基础课以外，一般有艺术概论、影视美学、绘画基础、平面构成、三维动画设计、色彩学、摄影构图、照明技术与艺术、视听语言、画面美学、影视造型、影视精品赏析、影视摄影艺术、纪录片创作、电视编辑、摄影创作、数字节目制作、剪辑艺术、导演艺术等。

摄影类专业的特点十分鲜明。

第一，男生占有一定的优势。虽然它并没有限制女生报考，但在实际工作中，男性占大部分。一是它要操纵摄影（像）器材到处跑，既是脑力活，又是"体力活"，显然男性更有优势。二是摄影工作带有艰苦性甚至危险性，尤其在新闻摄影中，它要亲临一线，战地实拍、抗洪抢险、抓捕歹徒，如果让女摄像师去，肯定不太合适。三是男性对于摆弄机器设备有种天然的爱好和能力，所以无论是照相摄影还是摄像，男性都占绝大部分。当然，成功的女摄影师也大有人在，有志的女同学也不妨一试。

第二，它有身高和视力要求。按一般规定，报摄影专业的考生，男生应在 1.75 米以上，女生在 1.65 米以上。因为身高才有"空中优势"，拍摄中能抢占制高点。加上它是半体力活，外出时还要负责保管器材，身高才会体壮，搬得动。此外，摄影专业对视力也有较高要求，裸视力不能低于 5.0，才能"明察秋毫"，看清远距离细小的动作和表情，以便及时捕捉精彩画面。他们对光线、色彩特别敏感，要有一双鹰眼和猫头鹰眼，在远距离、暗光线条件下也能看得清。因此，有色盲、色弱、青光眼、散光现象的不能报考。

第三，它是一种高素质的创造性的劳动。有人认为摄影是个纯技术工作，甚至是被动的、听人使唤的"粗活"，这是大错特错的。一部片子的创作意图，最终要通过镜头拍摄记录下来。所以，摄影师等于是导演的眼睛，他要领会导演的意图，密切配合，才能准确捕捉到画面。在创作中，他不是被动地被导演指挥来指挥去，而是积极配合、主动寻找。尤其在新闻摄影中，难以预知事态发展，就全靠摄影记者的新闻敏感，慧眼识珠，眼疾手快，随时抓到稍纵即逝的精彩镜头。好的摄影师，特别要求有灵气、有悟性，应变能力强，而那些作风拖拉、反应迟钝、动作呆滞的人是不能报考的。电影（视）是用镜头说话的，而摄影师对镜头语言的运用体会最深，所以许多优秀的摄影师后来都成为杰出的电影大师，如荷兰的伊文斯、中国的张艺谋等。

第四，它的实用性和适应性特别强。除了电视台、电影制片厂以外，还有报刊、广告公司，还有各单位的宣传报道，都用得上摄影。退一步而言，即算是干个体摄影、照相馆、影楼，它也大有用武之地，就业渠道很宽、很可靠。当然，照相机、家用摄像机已进入寻常百姓家，但科班出身的专业水平与一般人玩玩当然不可相提并论。

此外，有些影视院校还从摄影专业里派生出"灯光照明"专业，这更是个大有前途而相对冷门的专业。顾名思义，它们培养的是专职灯光师和照明师。摄影，就是用光的艺术，灯光照明在电视（影）拍摄中具有举足轻重的作用，任何节目都离不开它们。尤其在各种晚会中，它们的作用更加突出。由于科技的发展，各种新型灯光照明设备层出不穷，激光灯、电脑灯、新型光源灯出现，专业性很强。此外，在各种娱乐场所，如歌厅、舞厅、文化宫等，灯光师也大有用武之地，而且往往是独当一面的。有人担心，自己从没学过相关知识，是否考得上？其实它的考试涉及到专业术语的并不多，只要你对光线、对色彩比较敏感，只要具备中学物理学（特别是光学）的知识，再加上考前多少学一点相关知识，是不难通过专业考试的。相对而言，它的命中率比摄影更高。

制作类

制作类专业，一般称"节目制作"或"电视节目制作"。它的培养目标，是具有一定专业基础知识和专业技能的节目制作人才。它的工作去向，是各级电视台、影视节目制作公司、电视广告制作公司、音像制作机构、电视教学节目制作机构，以及其他影视创作部门。大家知道，一部电视片的创作过程，包括前期和后期两大块，前期以拍摄为中心，后期则以制作为中心。狭义制作只指后期各项工作，包括剪辑、编辑、声音混录、字幕、特技等。一部电视片的形成，前期只拍下来素材带，后期制作才是将素材带编成成品带，他们是最终完成产品的人。

制作专业开设的课程，除公共基础课之外，专业课有电视传播概论、影视精品解读、电视节目制作技术、摄影艺术与创作、录音技术、摄影技术、摄影构图、电视编辑、电视采访与写作、数字节目制作、电视节目编排等。

制作专业有以下几个特点。

第一，要求心灵手巧。一方面，要有很强的悟性和灵气，能正确领会导演或记者的创作意图，对拍到的素材进行取舍、组合、包装。同时又要有很强的创造性，能积极提出修改和建设性意见，这就叫"心灵"。另一方面，因为要和各种机器设备打交道，如编辑机、字幕机、摄像机、电脑等，因此要有很强的动手能力，理科成绩要好，这就叫"手巧"。

第二，要有很强的责任心和精益求精的精神。他们是电视片完成后的第一位观众，又是领导审片之前最后一道工序的质量把关人。因此要求很细心，很有水平，能敏锐地发现问题，及时纠正或补救。在很多情况下，他们还要参与写稿、改稿，对文字功夫要求也很高，尤其是字幕中不能出错别字。

第三，要有很强的协调能力。其它工作也许只负责一个方面，如摄影只负责拍摄画面，录音师只负责声音，而制作人要求什么都懂。制作人对电视的各个环节都要熟悉，是电视的"通才"，能把各个环节的成果汇总，是电视片的集大成者。他们要善于协调各个工种、各个环节之间的关系，谁为主、谁为辅，谁轻谁重，都由他们来协调平衡，善于"补台"，又善于"和稀泥"。此外，他们还要细心、好静、坐得住，耐得住寂寞，耐得烦。所以干这一行的，女性似乎更有优势一些。

第四，在专业考试时，对考生没有特殊限制。它也没有太多的特长要求，是个适应性较广的专业。

此外还应提到新兴的"数字媒体"专业，或称"数字媒体创意"、"数字媒体艺术"。近年来，由于电脑、网络、数字技术的日益崛起，用高科技手段制作电视节目成为不可阻挡的潮流。"数字媒体"专业从工作任务而言，与"电视节目制作"基本相同，其最大区别在于技术手段。它完全运用数字技术，从事影视创作与制作、新媒体设计与传播。我们平常看到的电视节目，有些镜头是一般办法拍不出来的，如美仑美奂的片头，出神入画的特技，叹为观止的广告，通常是通过数字技术电脑做成的。它们在片中占的长度不大，但代表了拍摄的水平，而且使用频率高、出现次数多，一般都不惜工本精雕细刻，成为全片吸引观众眼球的点睛之笔。它们的生产成本很高，一般都以秒为单位计，所以专门从中分出"数字媒体"这一专业。它特别要求有好的创意，能想出新颖的出奇制胜的点子。这是一个融科学思维与艺术思维为一体的复合型人才，理科成绩要好，数学尤其要突出。此外，它还要求有较好的美术基础，不但要有美术常识，熟知古今中外的美术作品，而且要有一定的绘画能力。考试时常有摄影或美术作品分析，或根据画面加标题，或根据命题进行简笔画创作。那些有美术特长、数学成绩好的同学，那些爱钻网络、设计软件程序的同学，更适合报考这个专业。而他们的工作去向，也不限于电视，还有网络、多媒体和广告公司。

制片类

制片类专业，主要是"公共事业管理"、"制片管理"。它的培养目标，是影视节目制片人。他们是电视栏目的领导，主管节目的拍摄。他既懂电视创作，又懂经营管理和市场运作。该专业主要培养电视部门的管理人才和行政领导，也为其他媒体部门培养从事媒体管理、策划、组织协调、项目运作、受众研究等方面工作的专门人才。这是一个新兴的、大有前途的专业。

制片专业开设的课程，除公共基础课以外，还有电视文化概论、影视精品赏析、视听语言、电视节目制作、电视节目策划、影视摄影与剪辑艺术、电视剧创作、影视导演艺术、经济学、管理学原理、管理心理学、会计学原理、财务管理、公共关系学、市场营销学、媒体管理、影视制片管理、媒体政策与法规、影视节目市场研究等。

制片专业具有几个鲜明的特点。

第一，它是个新兴专业，前景看好。在过去计划经济时代，电影、电视实行导演中心制，摄制组经费由上级财政拨款，只要在导演手下设一个专门管理钱财的制片主任就可以了，没有严格意义上的制片人。而今天，在社会主义市场经济条件下，影视管理体制有了很大的改变，由导演中心制逐步变为制片人中心制。

在我国，培养科班出身的制片人还是近年才有的事。这些毕业生是全国首批正规大学培养出来的、经过系统专业学习的制片人，是各地奇缺的人才，其前途无可限量。

第二，它要求有很强的组织领导协调能力。所谓制片人，简而言之，就是拍摄单位的老板，是摄制组的行政领导，具有很高的权威，掌握着人权、财权、拍摄权，负责人事、计划、财经、管理、拍摄、发行等工作，领导着包括导演在内的主创人员。报考该专业的考生，最好有多年担任班、团、学生会干部的经历，有驾驭全局的眼光，有领导指挥组织能力，还要善于处理人际关系，协调各部门的关系。这点与导演相同，但比导演要求更高。

第三，它要求有很强的经济头脑和市场意识，要善于理财。制片人要负责经费的筹措、钱财的开支、作品的发行，要能精打细算，用较少的钱办更多的事。所以那些大手大脚者，那些办事无计划、心中一笔糊涂账的人是绝不能干这一行的。与导演相比，他们需要更强的经济头脑，但他们并不具体指导排戏，更不需要表演才能。

第四，它要求有很高的文化艺术素养，是电视的"通才"。从策划选题、制订计划、编写剧本、筹措经费到组织班子，从前期拍摄、后期制作、审查修改、播出发行到受众反馈，任何一个环节他都必须了然于胸，并作出科学的决策、恰当的调配。他必须有很高的执政水平，运筹帷幄，决胜千里。常言道，"外行不能领导内行"，单靠行政命令、单靠经验摸索、单靠导演指挥的时代已经过去，只能靠行家里手来指挥，领导人必须"有东西看"，才能服众。

近年，一些院校还开设了"文化经纪人"专业，这是比制片人更新、更前沿的专业。它培养具有良好文化素质和高品位艺术鉴赏能力的经纪人。他能掌握文化产业的经营特点和运作规律，了解国内外文化艺术发展趋势，具备现代管理、经济和法律的基础知识，以及国际文化传播的基础能力，能在文化产业、媒体，以及政府相关部门从事文化艺术管理经营的专门人才。该专业所开的课程与制片人相近，对考生的要求也相同。

音乐类

影视院校的音乐类专业，包括"音乐学"、"音乐编辑"、"录音艺术"、"录音工程"、"音响导演"等。它们的培养方向，是既懂音乐又懂电视的复合型高级人才。他们的就业方向，一般在电视台从事音乐方面的工作，如作曲、编曲、配器、录音、音响设备、音乐编辑等，还可以在音乐频道、音乐栏目、音乐节目从事策划、制作、经营、研究工作等。

音乐类专业的最大特点，当然是要有音乐特长，即受过一定的音乐训练、有良好的音乐基础。它的专业考试，初试（面试）要考演唱或演奏，还要考视唱练耳、听音、节奏，考识谱能力（简谱、五线谱）。在复试（笔试）中，一般会考看片答题和作文，包括音乐常识、听音记谱、音乐作品分析等。

必须指出，有人对"音乐特长"的理解过于肤浅。什么叫音乐特长？是"喜欢唱歌"吗？是"嗓子好"吗？是"得过某某歌手赛的大奖"吗？都不是。因为现在会唱歌的人很多，但大多数并不识谱，并不懂乐理，只是听多了耳熟能详，对音乐的理解还仅仅停留在感性认识阶段。而真正具备音乐特长的人，必须有较好的乐感，要懂乐理，最低限度要识谱。如果有人光凭会唱几首流行歌曲就觉得是有音乐"特长"，那实在是贻笑大方了。

还应指出，影视院校的音乐类专业，又不同于一般的音乐专业。

第一，它要求学生既懂音乐又懂电视。他们在大学期间，既要学习音乐类课程，又要学习多门电视类课程，才能成为复合型人才。大家知道，在电视片中，音乐是视听语言的重要元素，但它又必须与镜头画面配合，它的长度、音量、风格都要服从于整部电视片。电视音乐最讲究整体效果和声画蒙太奇，这与一般音乐会上的纯音乐表演很不相同。

第二，它对音乐素质的着眼点，不在于表演才能，而在于音乐创意。该专业将来最大量的工作，是为电视节目配上音乐，并非要你表演，而是要求你配乐，或作曲，或用现成音乐素材编曲，或配器。这种工作要求对电视片理解很深，并用音乐语言诠释其含义，或渲染情绪，或烘托气氛，总之，要服务于画面。其工作成败，关键在于创意，在于想出招数。它并不要求你唱得有多好，却一定要求富于乐感、听力好。有人说，报考电视类音乐专业，考耳朵比考嗓子更重要，这是很有见地的。

第三，它对音乐的专业要求，相对不如音乐院校那么难。大家知道，音乐院校很难考，中央音乐学院和上海、沈阳、武汉、广州等地的音乐学院都是音乐的殿堂，培养的是职业的音乐家（作曲家、歌唱家、指挥家、演奏家、评论家等），招生人数很少，对音乐要求很高，最难。此外还有各省师范院校，也开设了音乐系，培养目标是音乐教师，或其他音乐人才，要参加全省统一进行的联考，考试规范、严格，对音乐要求也比较高。相对这两种情况，影视院校的音乐专业对综合素质要求更全面，但对音乐素质要求相对宽松一些。所以，大家也不必被音乐专业考试吓坏了，不能用一般音乐学院的尺度去衡量，应该大胆地去试一试。

美术类

电视院校的美术类专业，包括影视美术设计、艺术设计、形象设计、影视广告、广告、影视动画、数字媒体创意等。它们的培养方向，是既懂美术又懂电视的复合型高级人才。他们的就业方向，一般在电视台从事美术方面的工作，如人物形象设计、服装、道具、布景、舞台美术等，还有的从事包装、宣传、片头制作、数字媒体创意等。另一个大类是动画片的制作，再者是广告片制作。工作单位也不局限在电视台，还有广告公司、艺术创作室或自由职业等。

美术类专业的最大特点，当然是要有美术特长，即受过一定的美术专业训练，有良好的美术基础。它的专业考试，初试（面试）一般要作自我介绍，回答考官提问，特长展示，分析美术或摄影作品。复试（笔试）中，一般要考素描、色彩，要求对石膏像或其他静物写生，以考查你的观察力和美术基本功。此外，还要考命题美术创作，即提出一个题目，要求展开想像，创作一幅或数幅画，以考查你的创造能力，画种自定，画笔自备。

与音乐类专业的情况相似，美术专业的考生必须对自己有准确的定位，既不要估计得太高，也不要估计得太低。有人认为自己爱画画，还曾得过某某绘画比赛的奖，就有资格报考了。其实这些还不足为据。一般少年都喜欢画画，近年许多同学又迷上了画简笔画和卡通形象画。但是，这与素描和色彩还有一定的差距。

有报考意向的考生，应该尽早参加美术培训，特别是素描和色彩，一定要有相当的基本功才行。

当然，电视院校的美术专业，与一般美术学院有很大的不同。

第一，它要求学生既懂美术又懂电视。学生在大学期间，既要学习美术专业课程，又要学习多门电视专业课程，才能成为复合型人才。大家知道，电视是视听兼备而以视觉为主的艺术，镜头的画面，从构图、用光、色彩到字幕，无不以美术为基础。除动画片以外，画面并不需要用手工绘制，而是用镜头拍摄，但各种造型及其效果都来源于美术设计（人物造型、服装、道具、布景、舞台美术等）。反过来，电视中的美术创作又只是电视片总体创作中的一部分，它必须服从于整部片子的需要。这与一般的纯美术创作有很大的不同，也是不能独立完成的。

第二，它对美术素质的着眼点不在于绘画才能，而在于创意。由于电脑技术的介入，电视中绘画的工作量已大大减轻，它的关键在于形象设计。一台晚会的布景，一个谈话场景的构思，一个徽标的设计，都凝结着美工师的大量心血。别看一个图案、一个广告、一个场景并不复杂，有些甚至只有寥寥几笔，但效果却叫人拍案叫绝。它们都不是难在绘画技术上，而是难在创意、构思上，想出了别人没想出而又最好的方案。所以，考生必须切实加强创意能力的培养，而不要停留在临摹上。

第三，它对美术的专业要求，相对不如美术学院那么难。专业美术学院，如中央美院，以及上海、广州、沈阳、四川等地的美术学院等，是美术的殿堂，培养的是职业美术家（画家、雕塑家、美术家、评论家等），招生人数很少，要求最高。其次是各省的师范学院，都开设了美术系，培养的目标是美术教师，或其他美术人才，要参加全省统一组织的联考，考试规范、严格，要求也较高。相对这两种情况，电视院校的美术专业对综合素质要求更全面，但对美术素质相对宽松一些。所以，大家也不必被美术专业考试吓住了，不能用美术学院的标准去衡量，应该大胆地去试一试。

高考广播影视强化训练

编 导 摄 制 卷

专 业 面 试 篇

谈 面 试

面试的重要性

面试，习惯上又称"口试"，是艺术类考试中极为重要的环节。它一般作为初试放在笔试（复试）之前，也有的放在笔试之后。还有的学校（如中国传媒大学）要进行两轮面试，分别放在笔试之前和之后。

我们觉得，还是叫"面试"为好，而不主张称之为"口试"。因为它决不是把笔试题目改成口头回答。它实际是一种"目测"，是考官代表学校对你进行单个的、当面当场的考查，去发现你身上潜在的艺术素质，看看你是否具备当一名电视人的基本条件。艺术类专业一定要进行面试，因为许多东西光凭笔试、只从卷面是看不出来的。它不仅要看你的知识积累、学问深浅，更重要的是看你的口语表达、心理素质、应变能力、性格特点等，其中台前专业还要考查你的风度气质、相貌形体和特长爱好等。应该强调的是，这些东西对电视、对艺术是至关重要的，但对别的行业并不重要，你照样可以当一位杰出的、卓有成就的人物。绝对不要认为，面试没通过就是素质差，而只是说你干这一行不太合适。

面试的重要性是不言而喻的。它不仅关系到能否取得复试资格，也在很大程度上影响到考生的情绪和状态：考好了，信心倍增，状态甚佳；考砸了，垂头丧气，以至原打算报别的专业也受到影响。还有一种情况，在面试中，考官发现了考生的某一潜质，对你欣赏有加，并作出指导和关照，这就更是"意外收获"了。

在一般情况下，面试也有个量化的成绩，否则无法比较衡量，以决定谁通过、谁被淘汰。这个成绩可能是具体的分数，也可能是 ABCD 等级，再加上细化的A+、A 和 A-。当然还可能是按项目分别打等级，如分成口语表达、知识面、应变能力、风度气质等。再一种办法是写简短评语，如"心理素质好"、"形象一般"、"朴素大方"、"浅薄浮躁"等等。在最后决定通过与否时，这些评语往往起到至关重要的作用。

诚然，面试有一定的偶然性，既有考生临场发挥的一面，也有考官的一面。考官一般有丰富的经验和阅历，但他们对艺术的理解和感受、审美的情趣和标准、看问题的角度和方式也是有差别的。所以为慎重起见，面试时一般安排了两名以上的考官，有的还要进行两轮面试，再加上笔试和将来的高考，一般是不会遗漏人才的。有的同学不在提高自身修养上下功夫，而喜欢去打听考官是谁，打听考官的喜好，以便投其所好，甚至想入非非，企图去"找关系"、"打招呼"，这是错误的。一个真正的艺术家，总希望发现"眼前为之一亮"的希望之星，而决不会昧着良心，去收一个连自己也看不上的人为徒。

还有些考生在面试被淘汰后，不是从自身找原因，而是盲目猜测考官，这更是不恰当的。许多人的一条重要理由，就是自己熟知底细、"平时比我差很远"的一位同学通过了，而自己却被淘汰了，感到很没面子，很不服气。这种情况确实有，除了临场发挥以外，"平时比我差很远"也是不足为据的，因为你衡量的标准不一定是科学的。如有人在学校里经常"表演"、"作秀"，语言过于装腔作势，太书面化；而那位同学没有表演痕迹，清纯本色，"清水出芙蓉，天然去雕饰"，反而更博得评委的喜欢。所以，请大家少去纠缠考官因素，而是努力提高自身实力。万一碰到特殊情况，也不要耿耿于怀，因为你的路还很长、很长。

心态决定一切

中国国家男子足球队前教练米卢蒂诺维奇有一句名言："态度决定一切。"套用这句话，我们认为，在面试中，"心态决定一切"。

面试考得如何，由各方面因素综合起作用。你的知识水平、学问实力固然很重要，但比它更要的还是精神面貌和心态，它们经常起决定性作用。知识实力是相对稳定的，短期内不会有大幅度提升和下降，关键是如何把它表达、发挥出来。我们希望超水平发挥，至少是正常发挥，但实际情况却往往只发挥了几成水平，

这是很遗憾的。五十年前，澳大利亚出过一位天才的田径运动员罗纳德·克拉克，他一共十七次打破男子长跑的世界纪录，但他四次参加奥运会却一金未得，只拿到一枚万米铜牌。他不是实力不济，而是每逢大赛就情绪紧张，发挥失常，被称为"克拉克现象"。在艺术类考试中，也经常出现"克拉克现象"，尤其是在面试中。究其原因，是在现有教育体制下，太注重笔试，而忽略面试。一个高中毕业生，经历过几百次笔试，但几乎没参加过面试，锻炼少，难免紧张失态。

如何消除紧张呢？没有别的办法，就是要加强训练，从小注意培养胆量，敢于在众人面前发言，敢于上台演讲、参加比赛、主持会议。经历多了，见惯了各种场面，自然就放松大胆不怯场了。当然还要增强自身实力，肚子里有货，心中才不慌。正如俗话说的"艺高人胆大，胆大人艺高"，才会出现良性循环。此外最重要的，是面试时要摆正位置，调整好心态。

第一，要把面试当成一次非常普通而有趣的谈话，而不是决定人生命运的决战。有人片面夸大面试的重要性，仿佛成龙成凤，在此一举，给自己增加精神压力和思想包袱。其实应该想，这次只是尝试一下，并不是非走这条路不可，条条道路通罗马，还可以考普通文理科，还可以考别的专业、别的学校，这次就只当是一次练兵吧。许多位著名艺术家、电视人都回忆说，自己只是因为一个"偶然的机会"而踏进这个圈子的。一问，原来他们当初并没有打算报考艺术类，只是陪同一个朋友去考。结果那位朋友发挥失常，而自己却被考官动员，临时一试，却反而考上了。这真的是"有心栽花花不开，无心插柳柳成荫"。我们主张，"平时要有心，考时要无心"。就是平时要当有心人，长期积累训练，胸有成竹；而正式考试时却不要把它当一回事，如入无人之境，轻装上阵，"潇洒走一回"。这就叫"在战术上要重视困难，在战略上要藐视困难"。

第二，要把考官当成一位辅导老师、知心朋友，而不是当成法官和审判员。有人没有摆正自己的位置，仿佛是一位犯人，去接受法律审判。有人上场前就说："好像上刑场一样。""听候死刑宣判吧！"如此必然会战战兢兢，紧张得不知手往哪里放。其实，考官也是个普通人，一点也不神秘。对考官当然要有礼貌，但不必过于谦恭、故意讨好、堆笑。最好的态度是落落大方，不卑不亢，庄重得体。平常在人际交往中，要努力学会和各种不同的人打交道，尤其要学会与自己年龄、身份不同的人打交道，还要学会同陌生人打交道。

第三，要有一颗平常心，集中精力思考问题；而不要患得患失，考虑其他问题。要排除一切私心杂念，全神贯注进入角色，沉浸在谈话的内容中，绝对不能分心，去关注考试结果。长期的应试教育，有些人变得对考试结果十分敏感，精神长期处于戒备状态，带有强烈的实用主义和功利色彩。他们的学习纯粹是为应付考试，考前拼命背，考完全忘光。他们过分关注分数和成绩，尤其关注是否及格和通过。这次参加面试，考前忙于打听题目，乐于刺探"情报"（特别是"考官背景"），到面试时又不认真听考官的问话，反而分出心来察言观色，把考官的一举一动、一言一行都与自己是否通过挂钩，甚至神经过敏瞎猜疑，这是很笨又很错的。我们知道，艺术类面试特别复杂、"有戏"，考官又多是搞艺术的，免不了演点"戏"，开开玩笑，或故作严肃，或漫不经心，或故意逗你玩，这都是对你作心理攻势的手段，看你的应变能力如何，是否经得起考验。所以考试时思想绝对不能开小差，只能关注考官谈话的内容。如果碰到考官反问，你也不要急于解释、分辩，更不能傻乎乎地问："我通过了没有？"

第四，要自信，充分相信自己的实力。考生要培养自己的主见，而不要过分依赖家长。有的考生从小娇生惯养，什么都由父母安排，遇到面试更是不得了，由家长组成庞大的"亲友团"来助阵，无形中增加了压力。这种"亲友团"确实是有害无益的。家长对面试的话题插不上嘴，也不懂，只有两个作用：一是去找考官、领导疏通关系、打探结果；二是制造紧张空气，对子女进行"重要性"教育。在这种氛围下，考生考虑最多的问题不是面试的内容，而是结果，是如何面对"江东父老"；如何向父母交待，如何面对同学们的议论。尤其是在"卡壳"时，不由得气急败坏，满脸通红，以至嚎啕大哭，洋相百出。所以，建议家长不要去作"现场指挥"，不要去干扰打搅，因为这纯粹是帮倒忙。

语言要规范、清楚

语言是人际之间交流最重要、最方便的工具。在广播电视系统，口头语言比书面语言更为重要。在笔试之外还要进行面试，也是为了考查考生驾驭口头语言的能力。一个中学生读了十几年书，笔试经历过很多，而面试训练却极少，所以口头语言表达就成为一个薄弱环节。撇去内容不说，光在口语表达上，就有几个问题要注意。

第一，要讲普通话。讲普通话，本是最起码的要求，但在以往面试中，仍有人在这一点上砸锅。一位同学说他最喜欢的节目主持人是倪萍，但受方言影响，鼻边音不分，让别人误听为"黎平"。我也结识过一位小伙子，极有才华，但他一口浓重的方言，影响了交流。两人交谈时，碰到人名地名，他要借助笔和纸帮忙，才能让人听懂，这是很可惜的。作为幕后的电视人，对普通话的要求并不像播音员那样高，但至少不能低于一般水平，不然，在"吃嘴皮子饭"的电视圈里是难以服众的。

第二，口齿要清楚，声音要洪亮。有些考生性格太内向，面试时太紧张，说起话来结结巴巴，口齿不清，不知所云。此外，有些人声音太小，仿佛说悄悄话，别人听来很吃力，这就给考官留下一个很不好的印象。从将来工作考虑，可能因此而一票否决你。也许这位考生笔试成绩不错，也许他干别的工作会大有成就，但当编导绝对不行。编导要在拍摄现场指挥大家，包括指挥明星，要镇得住场面，如果你口齿不清、声音不亮，谁还听你的？

第三，要注意腔调。面试的时候，要用对话体、谈心式的腔调说话，要避免几种腔调。一是像小学生背书一样的读书腔，二是模仿歌厅、夜总会的港台腔，三是播报新闻一样的播音腔（这往往是兼报播音专业的同学，过分追求所谓字正腔圆，故意硬着喉咙用"共鸣"）。总之，这些话总有点装腔作势，听起来怪怪的，叫人哭笑不得。

第四，要防止习惯性口头禅。有些人讲话的习惯不好，总喜欢重复某些词语，给人以语言不干净的印象（而在笔试中并没有）。还有的人，总喜欢把话的后半句重复一遍；有的又爱在每一句之后加上叹词"嗯"、"呃"之类；有的喜欢加上指示代词"这个这个"；有的滥用关联词"因为"、"所以"，尤其是没有转折意思而误用"但是"、"然而"，形成语病。近年来又流行一个词"然后"，某考生短短的一分钟的自我介绍竟然用了十三个"然后"，而且这种情况并不少见。此外，还有人夹杂一些英语词、港台词和网络语汇，这也是不好的。

2004年12月6日，广电总局对广播电视编辑记者和播音员主持人公布了两个职业道德准则，明确规定要"规范使用语言文字，维护祖国语言文字的纯洁"，并且把它上升为"职业道德准则"的高度。未来的电视人，也应该向这一准则看齐。

考生语言上出现的问题，归根结底，是平常书面训练多，口语训练少，特别是正式表达场合少。要解决这个问题，就要多做口语训练，上课开会多发言，争取当干部，多主持会议，多参加演讲赛、辩论赛。在这次专业面试前，尽量做几次模拟考试，尤其要敢于当着熟人的面（父母、同学）讲话，又要敢于在陌生人面前讲话。这样训练几次，口语能力就会有所提高。

服饰、打扮、姿态要大方得体

除口头语言之外，考生的服饰、打扮、姿态也很重要，它们是口头语言的补充和辅助，被称为"第二语言"。总的要求是大方得体，不要喧宾夺主。青年学生，给人的印象应该是朝气蓬勃，青春朴实，而不需要在第二语言上刻意做作，不要给人以俗不可耐之感。

第一，服装按平常着装就可以了。穿校服、运动服都可以。要防止两种倾向。一是过于随意，衣服脏兮兮的。有的过于休闲化，有的衣服扣子都不扣，有的衣领都没翻好，给人一种不修边幅、大大咧咧的感觉，甚至给人以不严肃、不礼貌的印象。另一种是穿着过分，如穿成年人的名牌礼服。还有一位男生不习惯西装，但家长硬给他买一套西装，结果他穿了浑身不自在，连动作都有点僵。

第二，打扮更应该从简。我们不提倡化妆，何况是幕后专业。最好给考官留下青年学生本色的印象，而不要沾上俗气，给人以光怪陆离之感。常见到一些考生做一个怪的发型，还把头发染成黄色；有的女生，浓妆艳抹，珠光宝气；有的男生留着长发、戴着耳环。他们给人的印象，似乎是"新新人类"，很新潮、很前卫，但评委心中都有数，这种打扮的人，绝大部分是街头的小混混，起码是缺乏事业心的人。

第三，姿态当然也要注意。面试时，考生是站着还是坐着，没有统一规定，但一般都要求"坐有坐相，站有站相"。有人跷着个二郎腿，吊儿郎当，就很不严肃。有人站着但很拘谨，手脚不知往哪儿放。还有人站得离考官太近也不好，一般以三米左右为宜。还有一点要注意，就是有些人"小动作太多"，如不停地眨眼睛、舔舌头、搓手、捏衣角、推眼镜，自己不觉得，但有损于形象。

　　第四，考生的眼睛要看着考官。不要东张西望，更不要望着天花板或地板。眼光要敢于与考官交流。如果还不习惯，可以望着主考官后面一个目标，与它交流眼神。由于考官是坐着，仍能感到你与他作眼神交流。

　　还有一个问题：考生进场、离场时，要不要给考官敬礼？笔者认为可以不必。有的考生进场或离场时，朝考官敬一个九十度的鞠躬，似乎太做作了。考生进场和离场时，微笑着朝考官点头致意，说声"老师好"或"谢谢"就可以了。

谈自我介绍

自我介绍是人际交往的重要手段，如今它又成为艺术类院校专业招生面试的第一个环节。

一般来说，面试中的自我介绍有两种：

一种是"标签式"，只要一句话："我叫某某某"，或加上考号、地区、学校等。它的作用，是在录像时"自报家门"，以便评委辨认，相当于笔试中先填写姓名、考号一样。这种介绍并没有什么技巧，这里不再谈。

这里讲的是另一种，即"演讲式"。它要求考生作一两分钟的口头介绍，大约两三百字。其作用是借此了解考生的基本情况，顺便考核他们的形象气质、语言表达能力。它比"标签式"详细得多，也有一定的技巧。这里根据以往的经验，提出以下参考意见。

要有具体材料，不要作秀表演

自我介绍，顾名思义，就是介绍自己的基本情况，如姓名、年龄、家庭、经历、特长、性格等，考官也借此对你作详细了解和深入考查。但在实际面试中，却发现许多考生讲的完全不合要求，他们根本不是作自我介绍，而只是"作秀"表演。主要有以下几个问题。

第一，没有具体的介绍。

自我介绍时，最普遍、最严重的毛病，是考生根本没介绍具体情况，缺乏起码的要素，缺乏基本的信息。许多人只在开头点了一句"我叫某某某"，之后就完全离题，空发议论，没有任何属于个人的事实。换言之，如果去掉"我叫某某某"，其余内容人人都可以照搬，个个都能够套用，那还叫"自我介绍"吗？还有人连自己姓甚名谁、家住哪里、芳龄几何都不提，该讲的不讲，却大谈什么"人生"、"坎坷"、"梦想"之类，完全是文不对题、华而不实，纯粹是作秀表演。

请记住：自我介绍就是严格意义上的自我介绍，是你对学校的汇报，也是学校对你的了解，完全靠材料取胜，用事实说话。介绍时，最好每一句话都有你个人的特色，都应该只属于你而不属于别人。介绍时，最好每一句话都有信息点，都是一个事实，自己应该少发议论，少作评价。只要摆出材料，"用事实说话"，评委自会从中得出总体印象的。

第二，只有空洞的抒情。

没有具体的介绍，就只剩下空洞的抒情了。大家知道，"介绍"一类文章应该属于"说明文"范畴，而没有材料的介绍就只好靠空洞的抒情来撑门面了。特别是有些擅长写作的"秀才"们，耻于摆材料，而片面地追求所谓的"文采"和"哲理"，于是就写成了文绉绉的"抒情文"。请看：

△平平凡凡的我，却不愿过关在火柴盒里的生活：飞扬的个性，青春的激情，开朗的性格，总觉得自己应该展翅飞翔！

△有人说，用一种冷静的态度和冷峻的眼光看待这个世界，文字中自然免不了有忧郁的美，或美的忧郁。我说不是。

△我把每一个有朝霞的早晨，看作是周末的早晨。但当我发现往后退，就是开始于一点点放纵自己。我开始打点行装，开始漫长的人生跋涉……

乍一看，这些话很有文采，很浪漫，其实都很空洞，没有实际内容，颇有点无病呻吟的味道，矫揉造作，透出一股浓浓的"中学生腔"，也是一种"作秀"。

第三，盲目摹仿"参赛宣言"。

还有一个普遍现象，就是盲目摹仿"参赛宣言"。近年来，许多地方大搞"选美"、"选秀"和"挑战主持人"之类的活动，选手登台时，都有发表"参赛宣言"的环节。于是众人竞相摹仿，艺术类招生的口试也难免受其影响。其实这二者有很大的差别，专业不同，目的不同，场合不同，时间限制不同，选拔方式也不同，是不可盲目照搬的。但许多人认为"参赛宣言"很时髦，仍免不了"作秀"表演，动不动就是豪言壮语，看上去牛气冲天，实际上千篇一律。常见的套话有：

△我聪明，我活泼，我大方，我自信！

△我就是我！一个小小的我，一个独一无二的我！

△我不一定是最优秀的，但我一定是最努力的！

△给我一个支点，我将举起地球！

△走自己的路，让别人说去！

△我的未来不是梦！

好不容易讲到性格了，却又光图时髦而无内容，模棱两可。如：

△我是一个具有多重性格的人，既外向，又内向。

△我爱说、爱笑、爱哭、爱闹；我敢爱、敢恨、敢悲、敢怒！

△我静如处子，动如脱兔。

还有的公开拉选票，显得十分庸俗。如：

△各位评委，请投我一票！

△请大家支持我！

△评委老师，请给我一次机会吧！

△我是一匹千里马，但马能不能腾飞，就看你是不是伯乐了！

当然，以上这些话并不是不能说，但是用多、用滥了，就显得啰嗦、俗气了。电视中的"选秀"竞赛，更多的是一种娱乐，是做给观众看的，需要炒作，需要"作秀"，而专业招生考试是一种人才选拔，是真正意义上的竞赛，需要严肃，需要科学，不可将二者混淆，盲目移植。

第四，过多倾诉自己的理想。

还有一种常见的偏向，就是倾诉自己的理想，篇幅太长，比重过大。许多人刚讲了姓名、年龄、学校以后，就迫不及待地讲自己如何酷爱电视，如何想当电视人，尤其是如何想当播音员……袒露心迹，这本是无可厚非的，但比重过大，从策划学的角度来讲并不恰当。因为时间不允许，每个人只有一分多钟"自我介绍"的机会，你不抓紧推销自己，却大谈考这个专业的迫切心情，绝对是喧宾夺主了。其实，你来报考这个专业，行为本身已经说明了一切，还用你一再表白吗？何况评委最感兴趣的，并不是你的心情如何迫切，更不会以迫切程度来区别、取舍，而是看你已具备哪些报考的条件。所以，关于报考这个专业的迫切心情不宜多讲，有一句就够了，还是腾出时间来摆事实吧！

总之，"自我介绍"最重要的，是定位要准确，不要盲目"追星"，不要表演作秀，不要发表"参赛宣言"，还是实在一点为好。

要讲究表达技巧，不要搞成填表式

与以上情况相反，有人走上另一极端，类似填写考生登记表一样。如："我叫××，今年××岁，来自××市。"虽然有要素，却又太简单、太直白，虽有骨架，却缺乏血肉，这也是不成功的。要增强表达效果，就有必要对重点要素作些说明、渲染、强调，要抓住各种巧合做文章，既可展示一定的文化品位，又可加深别人的记忆。

第一，姓名介绍不能少，一般都要重复说明一下。如：

△我叫章祥，立早章，吉祥的祥。

△我叫张弛，弓长张，松弛的弛，它出自古语"文武之道，一张一弛"。

△我叫王纯，妹妹叫王洁，合在一起就是"纯洁"。

△我叫周志成，父母亲给我取这个名字，是希望我"有志者，事竟成"。

△我叫刘维，与著名歌星刘维维只差一个字。我也喜欢唱歌，不过比起刘维维来就不只差一个字了。

△我叫郭城，当歌星郭富城不再"富"的时候，就变成我了。

这些介绍，都对姓名作了重复或说明。有的是防止同音误听，有的介绍了取名的由来或含义，有的与名人比照，目的都只有一个，就是加深别人对你的印象。尤其在面试中，只讲一遍是肯定记不住的，有必要强调一下，不妨"啰嗦"一点。有的在结尾处还照应一下："这就是我，一个叫某某某的长沙伢子。"在每天几十上百位考生中，如果评委能够记住你的名字，至少记得某个特征，这个自我介绍就是成功的了。

第二，家乡也应该稍作介绍。如：

△我来自著名的瓷城湖南醴陵。

△我来自湖南宁乡，跟刘少奇主席是老乡。

△"浏阳河，弯过了几道弯……"这首著名的歌，使我的家乡浏阳名扬四海。

△一千多年前，诗人陶渊明描写过号称"世外桃源"的理想乐土，那就是我的家乡，湖南桃源。

△"永州之野产异蛇"，读过柳宗元《捕蛇者说》的人，一定知道我的家乡永州。不过，它今天不再荒凉、偏僻。

一般来说，家乡应介绍到县市一级，并要举出一件它最出名的东西，或是名人，或是名产，或是名景，或是名事，或是特殊的地理位置，等等，以唤起别人对你的联想记忆。有人介绍家乡太泛，也不好。如"我来自江南"，"我出生在一个美丽的小山村"，"我的家在洞庭湖畔"，"我的家乡叫蘑菇屯"，不是太大就是太小，信息不很确切，要素就没出来。当然，如果你来自大城市，知名度很高，也就没有必要再说明了。

第三，如有必要，年龄和出生年月日也可以发挥一下了。如：

△我出生在 19×× 年建军节，所以取名"建军"。

△1984 年国庆节，邓小平在北京阅兵时，我出生在长沙市湘雅医院。我和祖国同一天生日，我和祖国同命运。

△再过几天，就是我十八岁的生日。在我成为中华人民共和国正式公民的时候，但愿生日能给我带来好运。

△我属牛，有着牛一样的实干精神，有时也发一点牛脾气。

△我叫陈泓辛，耳东陈，一泓清泉的泓，辛苦的辛。我的名字与"一颗红心向着党"的"红心"两字谐音。巧的是我出生在 7 月 1 号，与伟大的党同一天生日。更妙的是，我满十岁那天，也是个普天同庆的日子——香港回归。

诸如此类，原来单调的东西立刻变得形象化、立体化，评委就可以通过这些了解你、记住你，这就成功了。当然，并不是说每个人的每个信息点都要渲染一番，因为不是每个人的每个点都有巧合之处，或虽有巧合之处但扯得太远，需要转弯抹角解释很多，那也没有必要去渲染。总之，各人只能量体裁衣，根据自己的具体情况设计。此外，还要综合考虑。如果更重要的材料多，就要确保有时间讲，而压缩家乡、年龄等内容；如果考生中同乡很多，你又排在后面，对家乡也不宜多讲了。

要抓住特色，不要流于一般

有些人作自我介绍时，基本要素并不缺，也做了必要的渲染，但总体印象仍很一般化。这里有客观事实的限制，也有主观方面的原因。一方面，考生多半是十几岁的中学生，经历简单，没有太多的东西可讲；另一方面，则是考生不善于"推销"自己。

那么，该如何抓住自己的特色进行包装和"推销"呢？最重要的，应该有一定的策划意识，把自己摆在宏观的背景下，经过综合比较，了解自己的优势和不足，找出合适的定位，进行"形象设计"。正如商品广告，它之所以成功，并不是对产品作了全方位的介绍，而只是突出了其中一点，但这一点给人留下了深刻的印象。同样，一分多钟的自我介绍也不可能面面俱到，什么都讲，但这一点一定要很突出，一定要引人关注。

具体说来，可以考虑以下几个方面。

第一，要抓住属于"少数"的东西。

人们了解外界事物，总是容易记住"少数"的东西、与众不同之处，接触人更是如此。比方说，你是少数民族子弟，与占多数的汉族相区别了，就有必要强调渲染一番。其他，如你是华侨、侨眷，是港澳台学生，是党员，是在职职工，是往届生，是外地考生，是惟一来自某某省的考生等，都应该抓住做文章。这些都属于"少数"，有的在考生中甚至是独一无二的，很容易被考官记住特征标签。如：

△我是一位土家族姑娘，有着土家人淳朴勤劳的品德，有着土家人能歌善舞的本领。

△我是一位华侨，十八年前出生在印尼，四年前随父母回国定居。

△我今年已经××岁了，可能是所有考生中年龄最大的一位。

△在这么多考生中，我是少数几位已经参加工作的在职生之一。

△如果你到我们班去找我，不用问，最高的那个就是我。其实，我比姚明整整矮了一尺，只有一米九，但在同学中确实有"鹤立鸡群"之感。

△我父母都在广播电视系统工作，爸爸是记者，妈妈是播音员。受他们的影响，我从小就喜欢广播电视，希望长大了也能当个电视人。

第二，抓住特殊的情趣点做文章。

特殊的情趣点，往往并不是要素，但是它们很有趣味，或是很有卖点，令人关注。所以要抓住这个点渲染一番，以使听的人留下较深的印象，有时还会引来会心一笑。如：

△我父母都是军人，十七年前，我出生在内蒙古绿色的草原、红色的军营中，每天伴着军号声醒来。十一年前我才离开军营，来到了江南水乡岳阳。

△十八年前，母亲回长沙老家生孩子，不料半路发作，在临时改作产房的卧铺车厢里生下一个女婴，那就是我。从出生那天起，我就感受到祖国大家庭的温暖。

△我比姐姐只晚四分钟来到人世，但就这四分钟，我就得屈居老二！不过取名上我还是占了先，一对龙凤双胞胎，我叫李小龙，姐姐叫李小凤。如今我已经比她高一个头，而且别人都有说我有点功夫明星李小龙的气质。

△1996年的特大洪水，淹没了我的家乡湖南安乡，是解放军从洪水中救出了我们全家，不然我今天不可能站在这里。

△我来自一个单亲家庭，四岁起我就失去了父爱，是母亲一手把我拉扯大。我一定努力上进，将来好好报答母亲。

△我最醒目的标志，是嘴上这颗黑痣。有人说这是"福痣"，有的人说这是"好吃痣"，还有人说是"美人痣"。管他呢，我希望的是：脸上无痣而人有志！

第三，抓住当干部、获奖、参赛等情况做文章。

在自我介绍的各种材料中，评委最感兴趣、最关注的东西，是能显示你综合素质的东西。许多同学当过班团干部，受过各种奖励，参加过特长培训和比赛，取得过很好的名次，还有人在报上发表过习作，上过电视，等等，都是自己的"资本"，都可以介绍一番。当然，要分清级别、时间和分量，要突出级别高的、影响大的。如奖励，最好是区县以上级的（市级、省级、国家级、国际级），至于校级、年级、班级的奖励就不必提了。当然实在没有时，也只好拿出来讲一下。如：

△作为长沙市三好学生的代表，我到北京参加过××××表彰会。去年，我又参加了"海峡两岸中学生手拉手夏令营"。

△我是学校"红枫广播站"的站长，还做过省电台少儿节目客座主持。

△我是长沙市"小杜鹃"艺术团的小演员，几次到外省演出，在电视里也露过一小脸。我担任领舞的舞蹈节目《小背篓》还在中央台播出过。

△八岁那年，我进了省少儿体校学体操，取得过全国比赛的第五名。

△小学时，我参加过两年多的美术培训班，我画的《摘星星》还被选送到日本，参加过国际儿童画展。

△前年，我的作文《大拇指朝上》参加全省"新苗杯"征文比赛获得二等奖。后来它被收入《中学生优秀作文选》。我还在《长沙晚报》上发表过两篇习作。

△从小学开始，我一直担任干部，各种头衔有十几个。其中我最得意的是担任学生会文艺部长，成功组织了两届校园艺术节和三次毕业晚会。

△几个暑假，我都参加了"小主持人培训班"的学习，几次代表学校参加区、市、省的比赛，每次都获得较好的名次，其中一次省级比赛获得三等奖。

第四，抓住兴趣爱好、性格特点做文章。

在没有特长优势、参赛获奖的资本时，或是分量不够时，还有个补救的办法，就是抓住自己的兴趣爱好、性格特点做文章。严格说来，兴趣爱好，只是喜欢而已，并不是特长，缺乏竞争优势，但它至少说明你有这方面的潜在素质，这也算一种特色。如：

△我是个铁杆球迷：甲Ａ、英超、意甲，更不用说世界杯，凡有电视转播的，我一场不拉，对球星更是如数家珍。我的梦想是当一个黄健翔式的足球评论员。

△我最爱交朋友，朋友的事看得比自己的事还重。一次朋友在街上丢了一个背包，我陪他跑了半个长沙城，直到找到，才想起那天是我父亲的生日。

△我最喜欢集邮，目前已有邮票一千七百多张，最令我自豪的，是我有一枚"大龙"邮票，还有一张奥运冠军签名的首日封。

△各门功课中，我最喜欢地理和历史，每年暑假我都要外出旅游。目前，我已经到过十五个省，我的愿望是在三十岁之前走遍全国各省。

△我兴趣广泛，尤其喜欢文学，父亲书柜里的文学名著大多看过。我最喜欢《红楼梦》和《文化苦旅》，还喜欢曹禺的戏剧和汪国真的诗。

△我是个不折不扣的网虫，喜欢跟网友"用手指聊天"。自从家里的宽带网建好之后，我还有了自己的个人主页，连电视都不爱看了。

补充几条注意事项

第一，要认真准备，而不能等闲视之。

自我介绍是面试的第一个环节。它并不记入成绩，但关系到给考官留下什么样的"第一印象"，也直接影响到后面环节的发挥，因此一定要认真对待，精心准备。许多人对此认识不足，总觉得它容易"对付"，过于相信自己的"脱口秀"，结果一上场就卡壳，磕磕巴巴，语无伦次。内容上要么太简单，要么太啰嗦，要么太平淡，要么太空洞，别人不爱听，不会留下什么好印象。其实，自我介绍使用的机会很多，很值得提前认真准备，甚至还要准备详略不等的几套方案，短的十几秒钟，长的一两分钟。建议事先演练几次，征求亲友的意见，然后写成文字稿，再加以增删修改，打响面试的头一炮。

第二，要绝对真实，而不能胡编虚构。

"讲老实话，做老实人"，这是做人的基本准则。做自我介绍，当然只能介绍一个真实的自我。有人为了与别人竞争，不惜胡编乱造、吹牛皮、讲假话，只会给人留下"江湖骗子"的印象。还有人喜欢"攀亲戚"，拉大旗作虎皮，说自己是某位高官的亲戚，是某位名角的熟人，与某位歌星合过影等，这也给人哗众取宠的感觉。即使有些是真实的，如果转弯太多、扯得太远的话，也没有必要"攀龙附凤"，还是朴实一些为好。总之，材料只能取舍，而不能夸大，更不能无中生有。每个人都必须对自己介绍的每一点材料负责，甚至要多作一些准备，以回答考官的进一步提问——考官的第一道问题，往往是从你的自我介绍中引出，是其中令人感兴趣的一点。千万不要只图嘴皮子快活而经不起盘问，只能信守一个原则——实话实说。

第三，要扣紧题目，而不要偏题跑题。

自我介绍中的偏题跑题现象，最常见的有以下几种。一是偏成《我的家乡》，大讲家乡的风光名胜、特产名人，以致喧宾夺主，淹没了自我。二是偏成《我的家庭》，介绍家庭各位成员太多太详，而没有突出自己。三是偏成《我的理想》，这种情况最多。许多人在开头略为点明姓名、年龄、学校之后，就大谈自己为什么报这个专业，大谈"酷爱"、"崇拜"、"圆梦"之类，然后大段抒情表决心，恨不得把自己的心剖出来给评委看，"恳请评委给我一次机会"云云；这是不可取的。其实，最好的介绍就是摆事实，用材料说话，少讲评论性、鉴定性的话，更不要表决心、发誓、赌咒，不要讲空话、套话、废话。

第四，要用口头语，而不要用学生腔。

有人事先做了准备，也写了文字稿，但由于长期"做"作文，结果导致书面语和口头语严重脱节，形成一股"学生腔"。如："两道浓黑的眉和一双明亮的眸子，是自认为最标致的五官；如瀑布般倾泻而下的长发遮住了红润的脸颊……"这些话看上去似乎文采飞扬，但过于书面化，如果当着考官的面"朗诵"这一段话，一定会叫人笑掉大牙。要提醒各位同学特别是"秀才"们注意：一定要少用欧化句、文言句、书面句式，而改用口语式。如"喜欢音乐的我"，应改为"我喜欢音乐"；"周杰伦的歌，是我的最爱"，应改为"我最喜欢周杰伦的歌"；"八岁时"，应改为"八岁那年"；"生于19××年"应改为"出生在19××年"。总之，自我介绍必须给人以亲切大方朴素自然的感觉，而不能给人以背书、朗诵、表演、"作秀"的感觉。

下面附了几位同学的自我介绍，以供参考。

彭宇自我介绍

大家好，我叫彭宇，宇宙的宇，十八岁，是长沙市稻田中学应届毕业生。

我喜欢跳舞，多次参加长沙市"小杜鹃"艺术团演出，两次获得市里民族舞比赛团体第一名，一次夺得全省国标舞比赛二等奖。

我也喜欢唱歌，独唱拿过省级一等奖、省级特等奖、全国二等奖，还为木偶动画片《野菊花》配唱过主题曲三重唱。

我还喜欢体育，韵律操、田径都得过不少好名次。在作文、美术比赛中也取过好成绩。

由于这些，我几次在湖南电视台露脸。在去年的《春节联欢会》上表演过歌舞；在《男孩女孩》栏目里录制过　"SK 状元榜"，在生活频道我跳过《旗开得胜》舞，还拍过公益广告片。特别是在《真情》栏目中，我参加了"榜样夏令营"的拍摄，展示个人才艺十几分钟……

当然，光有才艺是不够的，我的目标是做一个德智体美劳全面发展的人。我长期担任学生会的副主席、宣传委员、文艺委员，具备了一定的工作经验和组织才能。我的学习成绩优良，是长沙市的三好学生和学雷锋的标兵。

请大家记住我，一个叫彭宇的长沙伢子。谢谢！

（注：该生于 2002 年考入湖南大学影视艺术学院表演系）

刘一奔自我介绍

我来自深圳，叫刘一奔，一心的一，奔跑的奔，1985 年出生。我爷爷奶奶都是离休干部，加上父母亲，四个家长都是老师，他们教的课有政治、数学、英语、语文、美术。受家庭的熏陶，我从小就爱学习，五岁起就能夹着拼音写日记。七岁那年，父母工作调动，我也离开湖南老家，来到深圳，这座中国改革开放的窗口城市。

我从来不读死书，而喜欢阅读课外书籍，参加课外活动，"读万卷书，行万里路"。从小学四年级起，几乎每个假期我都参加集体活动，军训、参观、游览，搞社会调查，以"小记者"身份到海南采访。加上随父母的探亲旅游，我已经到过全国大半省，还去过香港澳门，去过新马泰。

我一直担任班团干部，是学校的活跃分子，唱歌、跳舞、演讲、主持节目，舞台上经常有我的身影。我喜欢画画，几次参加比赛都能捧回奖品、奖状，包括一次全国比赛奖。我两次参加全国中学生素质教育的英语能力竞赛，得了一、二等奖。

当然，我最擅长的还是文学写作。我是学校文学社的社长，是《红树林》、《少男少女》、《深圳青少年报》的学生记者。十几年来，我在正式报刊上了发表过二十多篇习作，有的收入《全国高中生优秀作文选》。其中《梦里的葡萄架》、《找月亮》等几篇反响很大，收到各地同龄人的来信有一千多封。

许多人劝我报考北大，或是出国留洋，但我最想的还是当电视人。希望我的理想能够实现，我将像我的名字一样，一心一意向前奔！

（注：该生于2003年考入北京广播学院影视艺术学院戏剧影视文学专业）

孙丫溪自我介绍

评委好！

我叫孙丫溪，赵钱孙李的孙，树丫的丫，小溪流的溪。我是一位土家族姑娘，有着土家人淳朴勤劳的品德，有着土家人能歌善舞的本领。不过我从小随父母在省会长沙长大。我爷爷是一位土家族作家，是湖南省作家协会主席。父亲是湖南文艺出版社的副社长，一位著名的音乐编辑，曾获得全国百佳出版工作者称号。

或许是受爷爷和父亲的影响，我从小就对音乐和文学感兴趣。我爱好唱歌，也学过几年钢琴。我喜欢看书，特别是外国文学，最喜欢 Jane Austen，她的作品我看过很多，最喜欢的是《傲慢与偏见》。中国文学中，我最欣赏的当然还是爷爷那些充满湘西风情的小说了，如《甜甜的刺莓》、《醉乡》等。

我一直担任干部，经常组织学校和班级的活动，还一直担任广播站的工作，曾被评为长沙市十佳少先队员。

我个性活泼开朗，最爱交朋友。这不，还交上了外国朋友。上次日本同学来长沙，就到我家住了两天，现在我们一直保持着联系，已经成为好朋友。

好了，这就是我，一个来自湖南的土家族姑娘，一个来自长沙雅礼中学的辣妹子孙丫溪！

（注：该生于2004年考入中国传媒大学影视艺术学院文艺系文艺编导专业）

黎一帆自我介绍

1987年，建军六十周年的那一天，在长沙湘雅医院里，降生了一个男婴，那就是我。我出生并不顺利，是难产，妈妈只有一个念头，就是希望我一帆风顺，于是给我取名黎一帆。

我爸爸是一位网络工程师。受他的影响，我从小就特喜欢玩电脑游戏，是个不折不扣的网虫。现在我已学了不少网页制作和网络知识。

1996年，父母工作调动。我随他们来到祖国的宝岛海南，在那里度过了五年快乐的时光。我参加了学校的乒乓球队，在孔令辉教练的指导下，我的乒乓球球技大增，进入全省少儿比赛的前几名。作文上也露过一回脸，一篇文章收进了《全省小学生优秀作文选》。我设计的电子贺卡参加全国学生庆澳门回归心愿卡制作比赛，获得了珠海展区二等奖。

初三那年，我又回到了家乡，就读于长沙市一中。它曾是毛泽东和朱镕基的母校，一直是培养人才的摇篮。经过努力，我当上了副班长，社会交往和组织能力大为提高。在这里，我广泛吸收知识，努力开拓眼界。我学的是理科，数理成绩突出，但我也很喜欢人文知识，对时事政治、外国地理、体育比赛更有浓厚的兴趣。我希望将来能走出国门，"师夷长技"，以报效祖国。

（注：该生于 2005 年考入中国传媒大学国际传播学院外语系西班牙语专业）

考官常问哪些问题

考官常问哪些问题，这是很难回答的。因为不同学校、不同专业、不同考官、不同考生，会有不同问题，而且都带有即兴式、随意式的特点，可以说是海阔天空，无所不包。如果抱着应试的目的，打算采用"题海战术"，是根本行不通的。

但是你如果相信自己是一个正常人，这个问题又很好回答。因为面试中的"问题"，大多只能称之为"话题"，就是考官与你聊天，一般人都能回答，不要特别准备。当然，为使表现更精彩，了解一下常规套路也是必须的。下面谈谈话题的基本类型。

从自我介绍引出的话题

考生作完自我介绍后，考官通常从中抽出一点，引出一个话题，以便对你作进一步了解。你谈到自己的家乡，他可能问你家乡出过什么名人；你谈到父亲是教师，他可能问你父亲教什么课；你说自己得过比赛大奖，他可能要你作详细介绍。这些都是平常人际间的交流，并不是"偏题"、"怪题"，不是刁难你。而所谓"答案"，都是你知道而考官并不知道的，并不存在"对不对"的问题，只要如实回答，实话实说就行了。

当然，这也提出一个问题，就是考生准备"自我介绍"时，必须对每一句话负责，对每个信息点都有回答的准备。有人的自我介绍是请人代写的，他只是照背，别人稍一追问就露馅。如一位湖南湘阴的考生，说他家乡出过左宗棠等名人，但细一问，他却说左宗棠是大作家。又如某考生说他在全国比赛中多次获奖，一问才知只是在某次"××杯比赛"中得过一次奖，而并非"多次"。这就给人以夸大其辞、言过其实之感。类似情况如果再次出现，考官甚至会怀疑你的诚信。

考官抽出的话题，通常是他比较感兴趣的一点。所以各人的自我介绍要有些"卖点"，能吸引考官。而考官最不感兴趣，甚至引起反感的，是千篇一律、千人一面的"参赛宣言"，是人人都可以照搬的"决心书"，所以要极力避免。

你最喜欢的"六个一"

考官常问的另一类"问题"，是"你最喜欢哪一本书？"或是"你最喜欢哪一首歌"（哪部电影、哪部电视剧、哪个电视栏目、哪位节目主持人）等等。我们套用"五个一工程"的提法，把它戏称为"你最喜欢的'六个一'"。当然不局限于"六个"，还可以是一本杂志、一位歌手、一个节目等，但绝不会"六个一"都问到。

这类问题没有"标准答案"，你喜欢什么就答什么，并不难。但常见到卡壳的现象。一种是考生从没认真看过一部作品，尤其是没认真看过一本书，平常看电视也是遥控器在手，这个频道换到那个频道。还有人解释道："进高中以来，从没看过一部电影。"或是"功课忙，家长不许我看电视"。这当然不会令考官满意。另一种情况，是考生看得很多，喜欢的也不少，但选择"最喜欢的一部"时，却又拿不定主意，舍不得割爱。所以在复习时，最好梳理一下，准备一下。如果觉得不理想，还可以抽时间再认真看一遍，这比平常无意识看的效果会好得多。当然，切忌看大部头小说和电视连续剧，因为没时间。

确定篇目后，下一个问题就是"为什么？"要你具体讲喜欢它的理由，这才是关键。当然，各人的理由是不相同的，绝不会强求你照搬某一模式。这里没有对错之分，但确有好坏之别。建议考生注意以下几点。

第一，要有条理一点。要尽量把理由梳成几条，两三条即可，还可以强调"第一"、"第二"、"第三"，或是"首先"、"其次"、"此外"，而不要东拉西扯。这个条理化的功夫，在于平常的思维和说话训练。

第二，要具体一点。要尽量举具体例子。如"你最喜欢的电视栏目"，有人说是最喜欢中央台4套的《国宝档案》。接下来还应该宏观介绍这个栏目，再举例说明它，如其中的一期《清东陵慈禧墓》。这就有面有点，既有整体印象，又有具体而典型的材料，不是泛泛而谈。

第三，要实在一点。理由不一定很大，也不要像笔试那样展开，但希望真实、贴切、令人信服。一位桂林考生说他最喜欢的节目主持人是文清，因为与她同为桂林老乡。一位长沙考生说他最喜欢的电视剧是《雍正王朝》，因为它是长沙电视台的作品，他有亲友参与拍摄。

第四，要有品位一点。有同学说他喜欢的电视栏目是《艺术人生》，因为平常只看到明星台前的风光，而《艺术人生》却主要关注明星的幕后；并且不是明星的绯闻轶事，而是他们成长中的艰辛，创作时的付出。这种看法显然深刻许多。又如某同学最喜欢的主持人是李咏，一开口就语出惊人，说："首先是因为他长得丑。并不是我不喜欢帅哥，而是他的才学气质使我忽略了他的长相。他不是偶像派，而是实力派；他不靠脸蛋吃饭，而靠风度取胜。"这里来了个"逆向思维"，从对方的缺点讲起，确实不同凡响。

有人担心，我喜欢的这部作品考官没看过，或是与考官的口味相反，怎么办？这种担心是多余的，因为考官不止一个。再者，这类题目都是开放型的，并没有强求你的口味跟考官一致。何况从你的言谈之中，总可以看出你的综合素质来，与考官看没看过没有直接关系，这点判断经验他们是绰绰有余的。当然，就考生而言，你选的作品尽量要选大家都熟知的，不要选罕僻的。如电视，最好是中央台的，至少是省级上星节目。

你对所报专业的认识

考官常问的另一个问题是：你为什么要报这个专业？你知道它是干什么的吗？

常听到这种回答："我也不知道它是干什么的，反正爸爸要我报的，说是这一行将来好就业……" 又有人说，搞电视很神气，令人羡慕，可以跑遍全国，可以接触大腕明星。还有人说自己文化成绩不好，只好报艺术类，以便降分录取。这些回答诚然是"实话实说"，但肯定不会给考官留下好印象，因为这都不是干事业的，而只是混饭吃。

另一方面，考官也不喜欢泛泛而谈的空洞抒情。如"我的未来不是梦"，"给我一个支点，我将举起地球"，"我要张开理想的翅膀，向着明天翱翔！"这些"豪言壮语"类似"参赛宣言"，装腔作势，令人恶心，但许多中学生却喜欢来这一套。

我们主张，既不要搞实用主义，又不要表演作秀；既要有一定的思想境界，又不能讲假话。归根到底，这不是答题技巧问题，而是思想认识问题。只有对事业很热爱、对专业较熟悉的人，讲起来才是真切自然、发自肺腑的，才是分寸得当、打动人心的。这里的关键，在于事业心。我们毫不怀疑大家对电视事业的热爱，但细究之下，发现不少人是冲台前的"明星"去的；至于幕后专业，有些人是把它当"退路"的，这就谈不上是热爱了。只有真正热爱幕后专业，才能甘当无名英雄。

许多人都知道这句时髦的话："因为热爱，所以选择。"这当然是对的，不过希望更真切一点，具体一点。有人讲他参加过某次电视节目的录制，在现场看到拍摄的经过，萌发了当电视人的愿望。有人讲他听过著名导演谢飞的报告，了解到拍片中的酸甜苦辣，下决心将来当导演。还有人特别讲了"风光"背后的艰辛、付出，讲了自己的精神准备。这些当然全面深刻一些，也更打动考官一些。

既然要报一个专业，就应该多一点了解它、熟悉它、热爱它。除了认真学习招生简章和专业介绍的文章以外，最好能与业内人士谈一谈，以增强感性和理性认识。再者是要注意它与相近、相关专业的区别和联系，不要搞混了。比如导演专业，它与编导、与文艺编导、与制片人有什么区别，等等。

在此基础上，考官会接着问："你觉得自己具备哪些报考这个专业的条件？"实际是对你作进一步的考查，这正是"自我介绍"的延伸。你可以对自己作一个恰当的评估，以阐述自己的专业优势。

你可以介绍周围环境的影响。有人说他父母（或亲友）是搞电视的，受潜移默化的影响，从小喜欢电视。有人说他住在文化宫附近，各种文艺培训很多，受耳濡目染的熏陶，很有文艺细胞。有人说他的语文老师当过记者，经常举采访的例子，使他对记者工作心驰神往，等等。

你也可以介绍自己的特长爱好。如有人说自己能歌善舞，节目多次上电视。

有人说自己酷爱文学，报上发表过"豆腐块"。有人说自己动手能力强，最爱摆弄电器，VCD、数码相机都是无师自通。有人说自己脑瓜子灵，反应快，每次玩"脑筋急转弯"总是获胜。这些就具体多了。

你还可以介绍自己受过的锻炼。 有人说他十岁就离开父母过集体生活，自理能力强，不是娇小姐。有人说他从小就当"娃娃头"，后来一直担任班长，很有组织能力。有人说他在校广播站、校电视台干过，有一些采编经验。还有一位说自己一直担任生活委员，善于理财，有经济头脑，当制片人挺合适，等等。

总之，以上几类题目都不是平常考试中遇到的"填空题"或"简答题"，不存在对不对的区别，只有好不好的不同。它也没有什么"标准答案"，只要据实回答就可以了。它其实是对你的目测，想具体了解一下笔试中难以发现的东西，而这些只有当面交谈才能发现的东西，对艺术类专业特别重要。

常识类题目

为了考查考生的文化积累和知识面，口试中常有许多常识类题目。它们都是"小题目"，相当于笔试中的填空题，或简答题。它们数量极多，范围很广，海阔天空，无所不包。当然，具体到各位考生，又可能只碰到几个，所以带有一定的偶然性，有碰运气的因素。再者，它们都是客观题，有标准答案，有对错之分。

常识题，最常见的有三类，即电视常识、文艺常识和文化时政常识。

先讲电视常识。 一是电视发展史，包括电视的诞生、发展和前景，外国的广播和电视，中国的广播和电视等，这部分粗略了解即可。二是电视节目制作常识，如电视的制作系统，制作流程，创作人员分工，电视节目分类等。这部分有一些术语，要多费些工夫了解。三是镜头和蒙太奇常识，如构图、用光、色彩、景别、角度，还有摄法、速度、字幕、组接、虚化、声音、镜头等，还有蒙太奇的定义、意义、分类、运用等。这是复习的重点。但注意千万不要去死记那些术语，也没有必要去钻牛角尖，去勉强区分它们，只要有这个意识就行了。最重要的还是培养镜头感，能初步理解、表述、分析一般的视听语言。关于电视常识，可以看看有关书籍，而最简单的就是与本书配套使用的《文艺常识》，特别是其中之《电视》、《镜头的拍摄与编辑》两部分。

再讲文艺常识。原来各电视院校招生时，初试都要考文艺常识（笔试），后来又陆续减轻了比重，有的甚至取消。但文艺常识的考查并没取消，只是改变了考法，渗透到笔试中，特别是面试中。

文艺常识，包括文艺综合、文学常识和艺术常识三大块。其中文学部分包括中国古代文学、中国现当代文学、外国文学，艺术部分包括美术、书法、篆刻、音乐、舞蹈、曲艺、杂技、戏剧、电影、电视等。这些内容浩如烟海，数不胜数，全靠长期积累，当然考前系统复习一下也很有必要。建议大家学习与本书配套的《文艺常识》。最好先浏览一下，记住一些重点，即其中的黑体字。再者就是要有针对性，如报广电文学的，应重点复习文学部分，报音乐类、美术类、戏剧类、电影类的，都应重点复习相关部分。由于大家都要报电视专业，所以都应重点复习《电视》和《镜头的拍摄与编辑》两部分。

最后讲文化时政常识。这部分主要是语文、历史、地理、政治、时事常识，有的还包括自然科学、社会生活常识等。这部分内容最广，更加没有边际，只能靠平时各门功课的学习和课外的长期积累。反过来，只要你有一定的文化素养，又会自觉关心周围各种常识，就会对它们感兴趣，这是衡量一个人文化素质高低的重要标准。现在一些年轻人，对流行文化趋之若鹜，提起歌星大腕来如数家珍，对他们的绯闻轶事更是津津乐道，而对国内外大事一无所知，有时达到令人吃惊的程度。另外有些人，"两耳不闻窗外事，一心只读圣贤书"，纯粹一个书呆子。他们总是推说"教材上没讲过"、"老师没讲过"、"时间很忙"，拒不关心课外基本常识，孤陋寡闻，一问三不知，这也相当危险。解决这些问题，根本在于坚实的文化基础（大部分常识在中小学课程中讲过），更重要的是要对课外常识感兴趣。"文科要以社会为课堂"，一个有一般文化修养的人，会自觉关心国内外大事，并不会依赖老师在课堂上讲的。我们平常看电视、听广播、看报纸，就是了解信息，也是掌握知识。

下面列举中国传媒大学近年来在面试中问起的一些文化时政问题。如：

党中央政治局有几位常委？请按顺序列举他们的名字，并指出他们分管什么工作。

去年中国发生了哪些大事？

去年世界发生了哪些大事？

今年是抗日战争胜利多少周年？

联合国现在有哪些常任理事国？

现在台湾的"泛蓝"阵营指哪些党？

现在英国的国家元首和政府首脑各是谁？

耶路撒冷是哪几个宗教的圣城？

长江流经哪些省？

汉武帝是个什么人？

你知道杜甫的哪些诗？

北京 2008 年奥运会的会徽是什么？

什么叫"三农"问题？

什么叫"南水北调"？

请讲一讲高山流水的故事。

请举出几个描写春天风景的成语。

……

有人总是问："如果我答不出，怎么办？"我们认为，任何人都不是万能的，即算智商再高，也有答不出的时候。所以答不出是正常的，你可以如实相告："对不起，我不知道。"考官常常改换别的题目。但如果换了几个题目（而且一般越来越容易），你还是不知道，那就说明你知识面太窄，肯定没有什么竞争优势了。

综合素质测试题

还有一类题目，叫"综合素质测试题"。它题目较长，是从报刊上摘录的一段材料，或综合某一情况的介绍，然后要你作个口头评述，谈谈自己的看法。

一类是有政治色彩的综合素质题。这些材料常常是综合性的，以文化现象、社会现象、时政现象为主，多数还涉及到文学、历史、地理、时事、艺术、新闻、自然科学、生活常识等，是各学科的交叉和融合，只有同时具备各科知识的人才做得出。这些题目还常有些干扰项，看起来似是而非，模棱两可，实际上有明确的答案，看你能否抓住要害。它同时考查了你的知识面、思想水平、理解能力、分析能力和表达能力，有一定的难度。下面试举一例说明。

"独在异乡为异客，每逢佳节倍思亲。遥知兄弟登高处，遍插茱萸少一人。"1999年12月20日，江泽民主席在首都人民庆祝澳门回归大会讲话末段的开头，引用了这首唐诗的后两句。据你推断，这一段将会讲什么内容？此处引用有何深刻含义？在结构上有何作用？

分析：开头的引诗，是唐代诗人王维的《九月九日忆山东兄弟》。这里引诗的后两句，要害是"兄弟"和"少一人"。大家知道，1997年香港回归，1999年澳门又回归，这都是祖国统一大业中的重大胜利。但祖国统一大业并没有完成，接下来要解决的就是台湾问题了。祖国要统一，兄弟要团聚，同胞要团圆。在欢庆澳门回归的时刻，我们不由得想起"遍插茱萸少一人"，想到中华兄弟大团圆只差一个台湾了，不由得百感交集。所以接下来一段，江主席主要会讲台湾问题，讲最终完成祖国统一大业问题。这处引用，以"兄弟"比喻海峡两岸四地的关系，以"少一人"谈台湾问题的遗憾和解决它的期盼，极大地深化了主题，而不是局限在澳门回归这一件事上。在结构上，它有承上启下的作用。

这个题目光看开头，还以为是分析唐诗，是个文学题目，其实它是个时事政治题目。诗和题目中只字未题"台湾"，但联系到时代背景，联系到"少一人"的暗示，任何有政治意识，有新闻敏感的人，都会想到其要害是指台湾问题。反过来，如果只了解政治而缺乏文学修养，也会弄不明白。所以，只有各科知识都具备的人，才会作综合性的分析。

另一类是没有政治色彩的综合素质题。这类题一般为应变能力题，或思维方式题。它又可以分为几类。

一是智力测验题，以数学推理为主，涵盖逻辑、生活常识等。（请参看本书2005年中国传媒大学考试试卷）。

二是"脑筋急转弯"一类题目，带有很浓的趣味性，重在测试反应。它启发了人们的非常规思维，是一种有趣的智力游戏。这两类题目在青年学生中广泛流传，在网上IQ测试题中也很多，同学们很熟悉，这里就不再讲了。

三是思维测试题。这里略举一例。

古时候，有个商人向高利贷者借了钱。高利贷者看上了商人女儿，便逼着商人立即还债，并要求以女孩抵债。他提出了一个办法，把黑白两颗石子放在袋里，由女孩任取一颗。如果取出的是黑的，则女孩抵债；如果取出的是白的，则债务全免。女孩见高利贷者从地上捡取小石子时，两颗都是黑的。请问女孩要怎样才能两全其美？

分析：此题是测试考生水平思维的能力。A.如果拒绝取石子，立刻打开口袋揭穿阴谋，是简单思维。B.如果自我牺牲，以解救父亲，是纵向思维。C.如果从口袋取出一颗石子立刻丢到河里，然后让剩下那颗黑石子证明刚才取出的是白石子，这是水平思维。

评判标准：C 为优良，A 为合格，B 为不合格。

高考广播影视强化训练

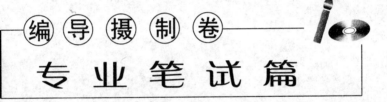

编 导 摄 制 卷

专 业 笔 试 篇

谈看片作文和答题

看片作文——幕后专业笔试的重点

影视类的幕后各专业考试，除了面试之外，都要进行笔试。与别的专业笔试明显不同的是，它们都选择了看片作文或看片答题的方式。也就是先让考生看一部（或一段）电影（或电视）片的录像带（或光碟），再发考卷，然后根据考卷的要求作文或答题。这已成为幕后专业笔试中独具特色的考试形式。

采取看片作文（答题）的形式，是非常科学的。

第一，它最有专业特点。 你报考的是影视类专业，当然应该尽量采用影视手段，连考试也不例外。而且，它强调了对考生视听语言能力的考查。影视作品使用的是一种特殊的语言，即镜头语言、视听语言，这与口头语言（说话）和书面语言（文字）有很大的差异。选拔影视人才，诚然要考查你的语言表达和文字表达功夫，但尤其要考查你对视听语言的理解、表达和创造。所以，光考你能否背诵多少"标准答案"，或光考你计算对多少道试题，显然是不够的。

第二，它避免了命题作文的偶然性，有利于选拔人才。 经过十几年的作文训练，一般中学生都练过几百篇命题作文，有些学校甚至要求学生背诵多篇"范文"，所以在考命题作文时，学生思路难免雷同，容易产生模仿甚至抄袭现象，这不利于培养独立思考能力，也难以看出学生的真实水平。为克服这种弊病，近年各地流行"提供材料作文"，即给一段文字资料，要求考生阅读后，再根据要求作文，标题自拟。这极大避免了命题作文的偶然性，是一大进步。而看片作文则做得更加彻底，它实际上也是给材料作文，不过给的不是文字材料，而是电影电视片了。

第三，它保证了考试的公正性。 看片作文答题，考的完全是能力，是对影视作品的理解、分析和表达能力。这种考法，极大地减少了题目泄密的可能性。万一有人偷看了试卷，但没看过片子，也根本无法动笔。反过来，也许他看过这部片子，但不知道考试要求，依然寸步难行。

笔试的重要性是不言而喻的。如果说，面试打的是"印象分"，而且多半是等级分，那么笔试打的是具体分，更加客观、科学，是对你综合素质的全面考查和评估。如果说，面试的目的只是取得复试资格，那么笔试成绩就是你最后的专业成绩（或其中之一），而且白纸黑字，有案可稽。所以在专业考试中，笔试的地位举足轻重。考生在准备专业考试时，应该把绝大部分精力放在看片作文能力的培养上。

看片是前提

看片作文或答题，首先必须保证看好片子，这是作文的前提。那么，怎样看好片子呢？这里提出几条注意事项。

第一，千万不能迟到。当然，所有的考试都不能迟到，而看片作文尤其不能迟到。其他考试迟到了，只要不超过十五分钟还能进考场，也就是说，只是你缩短了十五分钟答题时间，影响还不大。但如果看片作文迟到了，那就意味着你放弃了该科考试。因为你没看到片子，或看得不完全，那你即算是天才，也无法动笔，"巧妇难为无米之炊"嘛。所以这里不厌其烦，一再提醒。而事实上，这种提醒并非多余，每次仍有人要迟到，理由则是各种各样的：冬天睡懒觉了，路上堵车了，准考证不见了，时间记错了……

第二，要争取到看好片子的座位。有些人过于迂腐、胆小，进考场后，只敢在自己的座位上瞎等，不敢越雷池一步。等到监考老师通知大家可以尽量靠近电视机坐时，又反应迟钝，行动呆滞，忸忸怩怩地搬椅子上前，结果只能坐一个较偏较后的位子。如果自己是近视眼，或前排坐着个高个子，还急得不知如何是好，只好站着看，影响收看效果。请记住，看片子时，一般都没发试卷，容许随意坐，以收看好为原则，千万别太窝囊。

第三，第一遍看片时，最好只看而不动笔来记。一般说来，放片前，监考人员会给考生发草稿纸以作记录。待片子开始播放时，考生就忙不迭地用笔记，尤其是记片中的字幕。其实这很不可取。我们建议，放第一遍时，考生只看而不用笔记。因为第一印象是最深刻、最检验视听语言效果的。你必须全神贯注，眼睛看，耳朵听，心里想，惟独手不能动笔。因为用笔记时，眼睛势必离开电视画面。也许你只写了几个字，但却漏看了好几个镜头，也许这几个镜头是很重要的。这与听报告做笔记不一样，那是听觉的，而电视毕竟以视觉为主。

其实在看第一遍时，有经验的人并没有偷懒，他的脑子一直在开动着，能调动全身的感官，去捕捉有用的信息，慧眼识珠，迅速剔出所需之点。直到放第二遍、你又觉得有必要时，才用笔记下几个关键字眼。或者干脆看完再回忆记录不迟。万一重要的人名实在记不住，也可以用代称，如"这个小伙子"、"那个歹徒"、"她父亲"等等。有些人总认为"不记白不记"，盲目多记，什么都记，却心中无数，没有目标。结果记得虽多，但都是零碎的材料，看不出头绪，像一堆乱麻。

还有一种情况，就是片子较长，总共只放一遍。结果你忙于做笔记去了，看得断断续续，很不连贯，许多镜头都没看到，不能览其全貌。所以，我们强调必须认真看好，主要是指要多动脑筋去想去记，而不提倡因笔记而妨碍看片。

第四，看片时，不要说话。有人养成不好的收视习惯，十分浮躁，总是一边看一边讲话，交头接耳，乱发议论。有的喜欢卖弄自己刚学到的几个术语，如"定格"、"蒙太奇"之类，有的讲点毫无水平的俏皮话，有的急不可耐地问什么问题。还有更糟的，就是存心捣乱，破坏考场秩序，以便混水摸鱼，乱中取胜。这些行为既违反了考场纪律，又影响自己和别人收看好片子。对此，监考人员有权制止。

作文是关键

看片结束后，各人回到座位，接下来便是发试卷、写作文。毫无疑问，写作文是笔试的关键。

关于如何写看片作文，下面还会专门讲，这里先讲几条注意事项。

第一，不要急于动笔。写作文首先都要审好题目、拟好提纲、打好腹稿，然后再写。许多人写作文时，有个很不好的习惯，就是匆匆动笔，没想好就写，想到哪里就写到哪里，结果东拉西扯，思路跳跃，不知所云。我们强调，动笔以前，一定要认真想一想。首先要审好题目：它是什么体裁？有什么要求？立意是什么？没审好题，就会"下笔千言，离题万里"，根本不合要求。其次要拟好提纲：分几个段落？头一段写什么？第二段、第三段写什么？……然后再根据提纲打好草稿。许多考生说，考试时间短，来不及打草稿，或自信自己语言表达能力强，写作文时从不打草稿。我们认为，无论如何，最低限度必须打好腹稿，即在脑子里全文过一遍。否则，文章自己讲不清，别人看不懂，评委看卷时很吃力，留下一个极坏的印象。这种情况应该极力避免。

第二，要讲究文字基本功，特别要打好标点。我接触过许多考生，发现他们很有悟性，知识面广，面试给人的印象很不错。但一看他们的文章，却大失所望，主要是文字基本功太差，不忍卒读。一是书写太差，字迹潦草，许多字无法辨认。（有同学来个扬长避短，故意不交手写稿，而交电脑打印件，这也是不行的，因为考试时不可能带电脑写作。）二是错别字多。三是语病较多，语句不通，这两点不再多说。四是不注意标点符号，尤其是不注意打句号。这个现象十分严重，十分普遍，几乎有半数同学写文章不打句号，而以"·"代之，总是一个点，一直点到底。这可能是受英语习惯的影响，更可能是一种懒惰行为（因为"·"比"。"简单）。要知道，句号是文章中断句的标志，不打句号，就无法标明段落间的层次，也无法确定播音朗读时的停顿长短，更容易形成长句子，引起语法毛病，思路不清晰。这里我们要郑重提出：要打好标点，尤其要打好句号！

第三，文风要朴实，少来华而不实、矫揉造作的学生腔。这也是令许多领导、编辑感到十分头痛的事。许多青年学生到电视台实习，或是向报社投稿，但稿子多半不能用。往往是词藻华丽，内容空洞，装腔作势，言之无物，动不动就抒情，还是文绉绉的欧化句式。看上去文采飞扬，其实似懂非懂，莫名其妙；念起来更是十分肉麻、令人恶心，这是一种极坏的学生腔。

以上几条，都是中学语文学习特别是作文中的问题。许多人专业笔试得分不高，并不是对电视作品、对专业知识理解有什么大问题，而在于语文基本功差，尤其是写作基本功差所致。他们面试给人的印象还不错，但文章看来很吃力，似懂非懂，不知所云。所以，这里要提醒中学生学好语文，尤其要练好作文，这是从事一切学习、一切工作的基础，更是从事电视工作的基本功。

看片作文的类型

看片作文的类型，主要有三种：写故事、写观后感和看片分析。

一是看片写故事。即概括片子的故事梗概和主要内容，属于记叙文范畴。它相当于给一个没有看过这部片子的人讲述故事，又像是"电影说明书"，或是书本的"内容提要"，使受众在很短的时间内了解到全片的主要内容。

二是看片写观后感。即写你看了这部片子的心得体会，属于抒情文范畴。在中学时代，同学们写过不少"读后感"，这二者是同一个类型，写法完全一致。不同之处，仅在于读后感指读书，而观后感指看电影或电视。

三是看片分析。即写评析文章，相当于影评，属于议论文范畴。这是中学练习最少、最不熟悉的形式，偏偏它又是笔试的重点。所以，本书将重点讲述怎样写看片分析。这三种类型，分属三种体裁，写法要求差别很大，切切不能混淆。

四是看片答题。除看片作文外，还有一种形式，就是看片答题。它不是要求写一篇文章，而是回答几个问题。所问问题并没超出以上三种类型，只是目标更明确，避免了理解题意不当的问题，降低了作文的难度。

怕写作文，几乎是中学生的通病。他们说："宁肯答十道题目，不愿写一篇作文！"确实，写作文比答题难。一是它必须全由自己构思立意，不如答题那样目标明确，你问什么，我就答什么。二是它最讲究全文的谋篇布局和框架，讲究整体性，不如答题那样单刀直入。三是它有时间、字数等限制。不光是难，它还有一个问题，就是带有一定的偶然性，凭一篇文章定终生。如果审题不当，或是没写完，就全部砸锅，远不如答题那样数量多而覆盖面广，考查较为全面。

正是考虑到这种情况，近年笔试降低了难度。有的对作文的要求作了提示。有的干脆不用作文形式，改为回答几个问题。还有的既要作文又要答题，但减少了作文的分数、字数，降低了难度。

看片答题限制了话题，使回答不至于离题万里，中学生较易把握。不过，每题的分数值不低，常高达三四十分，所以还是要适当展开，写成一段话，或是"小作文"，而不能简单地列几条就完事，否则得分不会高，缺乏竞争优势。

看片答题时，许多问题只是考查对片子内容的理解，要求并不高。如片中几句台词有什么含义，主角是个什么样的人，他哪些地方值得我们学习，片中哪些内容给你印象最为深刻，这部片子在当前有何现实意义，等等。这些与中学语文课的分析完全一致，只要语文基础好，回答并不难。惟一的区别是，课文是文字，可以反复阅读，而片子是视听语言，稍纵即逝，看得不认真或不用心就抓不住。

有些题目较难，涉及到文艺理论，如艺术风格、创作方法、典型化等。其中一些与中学语文课联系密切，如主题相当于中学讲的中心思想，结构相当于段落大意，手法相当于写作特点等，语文水平高的并不难掌握。而那些较难的，只能靠自己学习一点文艺理论和新闻理论，提高自身素养。

有些问题涉及到电视知识和专业术语。其实，这些属于进大学以后的内容，但既然是电视专业，就不可避免会碰到相关内容。好在它一般并不要求你背诵记忆这些专业术语的名词定义（如蒙太奇），但一定会考你的镜头感——看你对视听语言的掌握，能不能理解编导的良苦用心，它有何表达效果等等。请注意，考查的重点，是看你是否具备未来电视人的潜在素质，考查你的综合素质包括心理素质、艺术素质和文化素质，特别是语文水平，要考你的观察能力、理解能力、分析能力，而不是考你的记忆能力。

下面附了一组例题。值得注意的是：一、同一部片子有三个问题，代表了三种类型、三种体裁、三种写法，决不能混淆。二、它们都有字数要求，实际上是三篇"小作文"。

观看电视片，连播两遍，然后回答问题。

播放电视片《关于拉贝日记的寻访》（中央电视台《焦点访谈》1997 年 3 月 28 日播出）。

一、叙述该片所讲的故事内容。（300~400 字）（20 分）

约翰·拉贝是德国纳粹党人、西门子公司驻华代表。1918—1938 年间，他在中国生活了三十年。1937 年他在南京时，正遇日本侵略中国、制造南京大屠杀。他凭借自己的特殊身份，救助了许多中国难民，并以日记形式，记录了日军的暴行。回国后，他将日记送交希特勒，不久遭到逮捕，之后又被释放，日记被发还。1950 年，他在贫困中死去。

几十年后，拉贝的外孙女莱因哈特夫人找到这些日记，并把它公之于众，引起各国极大的震动，日记再一次见证了南京大屠杀，极具史料价值。

为了寻访拉贝日记中的有关人员，中国中央电视台记者到德国采访了莱因哈特夫人，还到南京采访了许多大屠杀的幸存者。一位是拉贝日记记录过的夏淑琴，她一家九口当年有七口被日军杀害。还有一位丁永庆则被拉贝救助过。此外，记者还采访了纪念馆、档案官的专家。他们从不同侧面，介绍了拉贝及其日记的真实性，从而证明了南京大屠杀的史实：铁证如山，不容抵赖！

二、谈谈你看了这部片子后的感受。（400~600字）（30分）

几年前去南京时，参观过"南京大屠杀遇难同胞纪念馆"。馆中那累累白骨，那"300000"的黑色数字，曾刺痛过我幼小的心灵。今天看了《关于拉贝日记的寻访》以后，我的心被再一次刺痛！灾难深重的中华民族，因为落后，曾如此挨打、如此遭人蹂躏。片中的夏淑琴大娘，当年只是一位八岁的小姑娘，一家九个人竟有七个被日军杀害，其中姐姐还惨遭强奸，她自己身上也留着日军刺伤的疤痕。它似乎在提醒世人：决不能好了伤疤忘了痛！

历史的伤疤，谁都不愿再提，因为那是痛苦的。但今天我们又不得不提。首先是日本今天的军国主义者在给我们上课。他们一直否认侵略历史、否认南京大屠杀，他们修改历史教科书、参拜靖国神社，他们拒不为慰安妇、为化学武器和细菌战受害者、为掳去的华工赔偿……种种动作，传达出一个信号：日本有一小撮右翼势力正蠢蠢欲动，准备翻历史的案。今年是日本投降六十周年，但日本法西斯残余势力一直没有得到清算。作为日本侵略的主要受害者，中国人民不能不保持高度的警惕，要向同为受害者的韩国学习。

其次是国内某些人在给我们上课。几年前，一位红得发紫的影视明星居然穿起日本的皇军军旗装拍封面照，一些玩具工厂居然生产日本皇军帽、指挥刀给小孩玩。姑且不说他们是为日本军国主义张目，但至少是麻木无知，在中华民族灾难的伤口上撒盐！他们或是为名，或是为利，竟然做出有辱人格、国格的事！

相比之下，拉贝的行为要高尚得多。尽管他的祖国与日本是盟国，同为发动二战的法西斯罪魁，尽管他还参加了纳粹党，但他的良知并未泯灭。他曾为中国人民做过两件好事。一是他救助过许多中国的难民，是远东的辛德勒。二是他写下一本日记，记录日军暴行，留下一份特殊的见证。它出自日本的盟国，就从另一个角度证明了历史，加上中、日、美、英各国人士留下的大量人证、物证、旁证（如幸存者、遗骨、实物、文字资料、档案、照片、电影资料等），再次昭示世人：南京大屠杀，铁证如山；日本侵略史，不容抵赖！

三、该片在创作上有哪些特点？（800字以上）（50分）

1.在采访中处处体现了新闻的真实性。

新闻的生命在于真实。为了以事实服人，该片记者寻访了大量第一手材料。他们不远万里，到德国采访了莱因哈特夫人（拉贝的外孙女）。在南京又作了大量调查，费尽周折，从仅有的一点线索入手，找到许多大屠杀的幸存者。其中特别采访了与拉贝有直接关系的典型人物，证明了大屠杀的真实性。

有几处细节值得注意。一是夏淑琴大娘身上有三处伤疤，是日兵当年刺刀留下的。记者拍摄时对准伤疤推成大特写镜头，以提醒大家，决不能"好了伤疤忘了痛"。二是档案馆里有份资料，称拉贝为"艾拉培"，特请专家解释发现这是同一个人，当时是翻译的原因形成了差别。这决不是多余和啰嗦，而体现了严谨务实的工作作风。

这里的材料，每一点、每个细节都必须绝对真实，否则日本右翼势力就会借机翻案，就会否定南京大屠杀的真实性。而记者不辞劳苦、多方寻访，更体现了他们的敬业精神。

2.结构严谨，贯串始终。

全片分为三个部分，一是介绍拉贝日记的由来；二是拉贝日记的内容，以采访夏淑琴揭露日军暴行为主；三是寻访拉贝的遗踪，以采访丁永庆、歌颂拉贝善举为主。三个部分的结尾，又都以采访莱因哈特夫人作总结，全片也以她的话作为贯串。三个部分都围绕一个中心（拉贝），分工明确，层次十分清楚。

此外，它还有一个序幕、一个尾声，加上片中，它三次提到一个贯串的东西——拉贝的墓碑，上面有一个太极八卦图。这一细节三次出现，开头制造悬念，引入主人公，片中交待由来，结尾又再次照应，交待事态的新进展：墓碑将运来南京。这就成为一条贯串线索，使全片结构十分严谨。

3.注意镜头运用和包装。

镜头是纪实的，但镜头运用不是无能为力的，而是大有作为的。该片正是煞费苦心，追求最佳效果。

一是它大量采用黑白片——珍贵历史镜头。它们都是当年中国、日本、美国等记者实地拍摄的，是南京大屠杀的真实纪录，用在片中极具说服力。而这些黑白资料镜头夹在彩色片中，更具视觉冲击力。

二是该片很讲究镜头包装。如介绍拉贝日记的内容时，画面以日记的德文手稿为主，而其中摘要部分又作了强化追光处理，前面再加上蓝色的中文字幕(字幕出现的部位和方式也不相同，有推、移等)，背景则配上当年大屠杀的黑白资料镜头。在声音上，既有解说声，又配上当年难民逃难时的嘈杂声。这几者结合在一起，从视觉、听觉的多个方面形成全方位的刺激，很有震撼力。

谈看片写故事

从历年各校各专业笔试的情况来看，看片作文大体有三种类型。一是概括片子的故事内容（记叙文），二是写心得体会、观后感（抒情文），三是看片分析，写影评（议论文）。三种类型分属三种文体，写法要求差别很大，切切不能混淆。这里先讲第一种，看片写故事。

看片写故事，就是讲出片子的故事梗概、主要内容，如同一个没看过这部片子的人讲故事一样，它属于记叙文范畴。听故事、讲故事，这是每个人从孩提时代就喜欢的事，是一种很好的语言训练。它难度不大，一般人也都熟悉，这里只强调几条注意事项。

要素要交待清楚

同学们在看片之后叙事时，常犯一个毛病，就是不注意交待要素。他们总是按照镜头的顺序，复述片子的内容，反而忽略了从宏观上把握，尤其是不提片子的时代背景，这很糟糕。

电视散文《小橘灯》是根据冰心的名作改编的。同学们在中学已学过原作，应该很熟悉了，但在复述故事时，总是丢掉时代背景。他们多半是这样开头："一天，我到一个村子看一位朋友……"这里虽有时间（一天）、地点（村子）、人物（我和朋友），但并没有抓住要害。我提示他们要注意要素，他们则改为："春节前的一个下午，我到重庆郊外去看一个朋友……"比上面具体了，但要害仍没出来。也难怪，要素的要害在片中根本没提到，但你叙事时必须补上去："这个故事发生在解放前夕的国民党统治区……"不提这一点，整部片子就没办法理解，更不知道"黑夜"象征反动统治、"小橘灯"象征光明，象征对解放的向往和对胜利的信心。这也看出我们语文教学中的弊病：只注意字词句，只注意情节，而忘了宏观上了解其思想内容。

所以，这里要强调：叙述故事时，一定要交待清楚要素，特别是五个 W。五个 W，出自于新闻理论，指何时（when）、何地（where）、何人（who）、何事（what）、何故（why）。当然，并非每部作品的每个要素都重要，更不是说要平均使用力量，而是要树立"要素意识"。

在五个 W 中，通常最要紧的是"何时"。许多作品，特别是新闻事件作品，时间经常要精确到年月日。如 2001 年 1 月 23 日下午 1 点 40 分，在天安门广场，有七名法轮功痴迷者集体自焚。这个日期很重要，因为当天是中国农历除夕，亿万中国人准备办除夕团圆饭的时刻，事态的严重性可见一斑。一般说来，突发事件的年月日都很重要。但就多数叙事作品而言，并不需要具体到何年何月何日，而是要指明它发生的时代背景，这必须从历史的高度去宏观把握。如《还珠格格》，发生在清朝乾隆年间，《阿 Q 正传》发生在辛亥革命前后，《激情燃烧的岁月》发生在解放战争到改革开放初期。时代背景，对于掌握故事情节，理解作品主题至关重要，万万缺少不得。

其次是"何地"，也要求从宏观上把握。也许你不记得具体的地名，但千万不能忽略它的总体环境。如《焦点访谈》中之《难圆绿色梦》一期，故事发生在内蒙古自治区达拉特旗园子塔拉村，可以不提县名村名，但不能不提"内蒙古"。因为这件事不是发生在大城市，也不是在江南水乡，而是在"内蒙古"，属于生态条件很差、经济相对落后的西部地区。在这部片中，"何地"比"何时"更重要。

再者是"何人"。这一般都有会关注，因为它关系到情节，这里只提醒两点。

一是要介绍人物的身份，定位要准确。《焦点访谈》有一期叫《关于拉贝日记的寻访》，其中的拉贝身份很特殊。有人说他是国际主义战士，又有人说他是纳粹分子，这都不对。拉贝是德国纳粹党人，但并不是法西斯分子，而是一个有良知、有正义感的企业家，西门子公司驻中国代表。1937 年南京大屠杀时，他正在南京，目睹并记录了日军的暴行，并利用自己的特殊身份救助过中国难民。只有定位准确了，作品才看得懂，故事才讲得清。

二是有些作品还要讲清人物之间的关系。如话剧《雷雨》中的周萍，与鲁大海是同胞兄弟，却是两个阶级的对立人物；他与四凤是同母异父的兄妹，却发生了两性关系；繁漪是他的后妈，俩人却有不正当的关系……这种错综复杂的关系，在叙述中必须有所交待。当然，一般只要加上同位语即可，如"爱上了同母异父的妹妹四凤"，否则讲不清来龙去脉。而叙述故事，正是考查你对事物理解、概括的能力和驾驭语言的能力。

"何事"，就是故事的基本情节，一般不会忽略。

"何故"，指事情发生的原因，略作点明即可。

结构要大胆突破

同学们在叙事时，最常见的套路就是沿袭片子的结构，习惯性地从第一个镜头讲起，接着讲第二个、第三个……这个方法很不可取。你不可能记住全片的所有镜头，即算记住了，也没有必要那么琐细。这种写法，往往是开头太详，直到讲不下去了，又匆匆结尾，造成头重脚轻，甚至有头无尾。

看片讲故事，一定要大胆突破原片的结构，不能搞"看图说话"。这就有个调整结构的功夫，因为它们分属两种语言。

故事属于文字语言，最讲究叙事清楚，情节完整。最好的方法就是源源本本，按事物发展的来龙去脉讲述，应以顺叙为主，适当加进插叙。

但在电影电视里，结构常是跳跃的。电影电视属于视听语言、镜头语言，它们的特点或优点，是不受空间和时间的局限，常常是上个镜头在这里，下个镜头就跳到别处；头个镜头是今天，下个镜头又跳到昨天。一个很长、很完整的片断，还嫌它太单调，故意剪断，插进别的镜头，以强化戏剧冲突，形成蒙太奇效果。对这一特点必须充分认识，千万不能拘泥于原片镜头的顺序。仍以《难圆绿色梦》为例。有些情节在片中并没有直接出现，而是通过采访、旁白交待，但因很重要，必须补上，如三十六年前风沙掩埋了这里的十八户人家，几十年来徐治民辛勤植树造林，近年来村民乱砍滥伐，等等，虽然没有镜头画面，但还是应该补上。又如在这次采访中，故意把一次采访的内容剪成几段，中间插入各种镜头，有当年种树的资料镜头，有别处采访的镜头，还有空镜头画面等。所以不能纯按镜头先后顺序讲，只能按思路顺序讲。

　　不光结构可以突破原作，叙事角度、人称也可以突破原作。如许多作品采用第一人称角度叙事，你看片写故事时，可以保留第一人称角度，也可以改为第三人称，但绝不容许两种人称交杂混用。

详略要剪裁得当

　　一般来说，看片写故事有字数要求，这既是受考试时间的限制，更可考查你驾驭语言的能力。同一部电影或电视剧，可以详讲，也可以略讲，关键是你对材料的取舍、概括和浓缩的能力。

　　以美国电影《泰坦尼克号》为例。可以把它改写成几十万字的长篇小说，也可改成万字的中篇或几千字的短篇。还可以再浓缩成千把字的故事，或是三百字的内容简介。请看文后附的两份故事稿，前者约一千字，后者约三百字，都能准确概括原片内容，各有千秋。但前者较详尽，而后者更简练，这都根据考试的要求来，根据不同的需要来。一般说来，简稿使用的机会更多一些。

　　繁简之差，在于要善于剪裁。如详稿中，是从"现在"讲起，从老年露丝看到电视新闻讲起，再转入回忆。但在略稿中，这一内容完全删除了，甚至看不出老年露丝的存在。又如繁稿中的许多细节，如杰克用赌博赢得船票，他教露丝吐口水等，都一概删除了。当然，原片的主要情节、人物关系、主题是不能改变的，而结构语言是可以改变的，而情节的繁简度，更可根据要求伸缩掌握。

　　在小说里，主要手法是描写，包括景物、外貌、心理活动描写，以及对话、抒情、议论、叙述等。但在故事里，主要手法是叙述，甚至是概述，不需要描写、抒情、议论。如以下《泰坦尼克号》的详稿，除有一段对话外，其余都是叙述。而在略稿中，连这段对话都没有，叙述语言更概括，被称之为"概述"。我发现，中学生特别爱描写、爱抒情、爱议论，而这些在叙述故事时恰好都用不着，希望大家注意。

总之，写故事就是写原片的精华版、浓缩版，是生产"压缩饼干"，字数不长但都是精华，是整个故事的骨架。

泰坦尼克号（电影故事详稿）

电视上播出一条新闻："寻宝探险家布克为了寻找1912年沉没的泰坦尼克号，从沉船上打捞起一幅保存完好的一位年轻女子佩戴着一条钻石项链的画像。"这条新闻引起了一位百岁老妇的注意。她激动不已，随即来到布克的船上。原来她名叫露丝，就是画像上的女子。看着画像上的女子，看着画像，往事一幕幕浮现在她眼前——

1912年4月10日，被称为"世界工业史上的奇迹"的"泰坦尼克号"从英国的南安普敦出发，驶往美国纽约，开始了它在大西洋上的处女航。码头上人山人海，人们争相目睹人类有史以来最大、最豪华的船。露丝，一位漂亮的贵族小姐与她的母亲及未婚夫、钢铁大王之子卡尔一起登上了头等舱。与此同时，年轻的画家杰克通过与人赌博，幸运地得到了三等舱的船票，他和伙伴飞一般地跑到码头，跳上甲板，登上了泰坦尼克号，他们高声欢呼着，仿佛是大海的主人。

露丝是个外表循规蹈矩，而内心有着强烈的反叛意识的女孩。她早已厌倦了贵族们无聊的生活。在甲板上，杰克看到了露丝，被她深深吸引。露丝对未来的婚姻生活感到万分无奈，她的内心如波涛一般汹涌澎湃。当她试图跳入大海时，恰巧被杰克发现，他救了她，两人由此相识。露丝向杰克吐露着心声："我觉得这一生不过如此，像活了一辈子似的，又像是站在悬崖边上，没人拉我回来，没人关心，甚至无人理会。"杰克耐心地开导着露丝，带她去三等舱中跳舞，甚至教她如何吐出又远又直的唾沫。在杰克乐观精神的开导下，露丝找回了失去已久的快乐。

露丝的未婚夫卡尔发现了杰克和露丝的来往，他送给露丝一条价值连城的项链"海洋之心"，试图挽回同露丝的爱情。然而这一切都无法打动露丝的心，因为她已经深深地爱上了杰克。在卧室中，露丝戴上了"海洋之心"，由杰克画下了那张令她永远难忘的画像。露丝决定上岸后与杰克一起生活，幸福似乎已掌握在两人手中。

然而由于泰坦尼克号撞上了冰山，船身右侧破裂了，尽管它号称"永不沉没"，人们却能感到它在一点一点地下沉。可是这时杰克却被卡尔栽赃陷害，被关在下层船舱里。

露丝回到空无一人的舱里找到杰克，在紧要关头找来斧子救出了他。他们来到甲板上，露丝在杰克的劝说下上了救生艇。然而在登上救生艇的最后一刻，露丝改变了主意，她重新跳回到泰坦尼克号上，决定与杰克生死与共。

杰克拉着露丝跑到船尾，爬上栏杆，直到泰坦尼克号沉没。两人落入海中，杰克将露丝推上了一块木板，自己则泡在冰冷的海水中。他鼓励着露丝，要她答应好好地活下去，而他自己的身体却越来越冷，最终缓缓沉入大海……

救援船救起了露丝，杰克却被冰海永远地吞没。

八十四年后，露丝又来到泰坦尼克号沉没的地方，将"海洋之心"抛入海中，以告慰杰克的在天之灵……

泰坦尼克号（电影故事略稿）

1912 年 4 月 10 日，"泰坦尼克号"从英国南安普敦出发，横渡大西洋，驶往美国纽约。贵族小姐露丝与母亲、未婚夫卡尔登上头等舱，巧遇穷画家杰克。露丝对未婚夫十分不满，无奈之下，她试图跳海自杀，被杰克救下。两人由此相识相爱。

卡尔发现了露丝与杰克的来往，十分恼怒。他先是送钻石项链"海洋之心"给露丝，试图挽回爱情，继而栽赃陷害杰克偷了"海洋之心"，把他关进下层船舱。

正在这时，泰坦尼克号撞上了冰山，船身一点点下沉。紧急关头，露丝救出了被关押的杰克。在杰克的劝说下，露丝随着妇女们登上了救生艇，但在最后一刻，她跳回泰坦尼克号，决定与杰克生死与共。

在泰坦尼克号沉入大海的最后一刻，两人跳入海中。杰克将一块木板推给露丝，而自己则泡在冰冷的海水中，直到沉入大海。露丝则被救援船救起。

八十四年后，年迈的露丝来到当年沉船的地方，吊唁杰克和一千多名亡灵。

谈写观后感

写观后感或读后感，同学们在中学阶段练得比较多，而它们在专业考试中出现的机率比较少。这里不多说，只想强调几点。

要把自己摆进去

写观后感，最重要的有两点，一是要"观"好，二是要"感"深。

所谓"观好"，就是要看好电视片，这是写好文章的前提。有些人看电视时，有个不好的习惯，就是很不专注，往往手拿遥控器，从这个频道换到那个频道。有人声称，他从没有完整地看过一部片子，而只是断断续续、零零星星地看，蜻蜓点水，走马观花。也许这对了解全片故事的情节影响不大，但对深入体会作品的感情内容却是致命伤。因为这样看，感情线索是跳跃的，掌握内容是不全面的，很难形成强烈的感情波澜，而感受对写好观后感是至关重要的。

看电视时，一定要认真，要投入，要全神贯注。要提醒一点的是，与看片分析强调理性思考不同，它更强调感性思考。也就是要把自己摆进去，沉浸在作品具体的情境之中。要与片中的人物同喜、同悲、同愤、同乐，才能感同身受，才能体会人物的喜怒哀乐，才能领会作品的主题思想，这就是"感深"。

诚然，不是所有的电视片都适于写观后感，有些片子太短，有些片子并没有什么感情色彩（如大多数广告片、科教片，以及服务性、财经类节目），都很难写观后感。只有那些感情色彩强烈、有煽情效果的片子才适于写。这一点，命题者一般会考虑到的，我们不必担心。问题在于，考生面对一部电视片，不注意抓它的感情波澜，那就是到了宝山也会空手而归的。这里，考生的心态特别重要。有些考生非常紧张，总是进入不了角色，没办法"入戏"，脑瓜子总在盘算考得不好，如何面对父母同学，或是察言观色，去看监考老师和其他考生的表情，或是为进考场前的一件小事而埋怨自己……脑袋里杂念太多，就再也装不进片中的内容，更不用说沉下去体验了。前苏联有个伟大的戏剧家叫斯坦尼斯拉夫斯基，他提出了"体验派"的理论，主张演员一定要深入生活，体验角色，写出对人物的分析，沉浸在角色的感情中，表演才是真实自然的，这就叫"入戏"。写观后感虽不是演戏，而体验情感的原理则是相通的。

物理学有个名词叫"共振"，就是两个物体振动的频率相同时，两个振动物的波就会相互影响，导致振幅放大，在声学里就形成"共鸣"。我们看电视片时，一定要在思想上感情上与片中人物保持一致，保持同步，保持相同的频率，才会形成"共鸣"。

要注意两个联系

在看片作文的三种文体中，看片写故事扣原作是最紧的，而写观后感扣原作是最松的。写观后感时，往往只要抓住电视片的一个方面（特别是主题），然后展开联想，发表看法，挖掘心得，总结体会。它不必拘泥于作品，更不要就事论事，相反地，它必须比照、联系相关的事物，思路才开阔，体会才深刻。具体说来，要注意两个联系，一是联系时代背景，一是联系个人实际。

联系时代背景。就是要把作品放在历史的大背景下，联系它所反映的时代、创作的时代，特别是联系当前的形势来作文章。《关于拉贝日记的寻访》是《焦点访谈》的一期。它写一位叫拉贝的德国友人，1937 年在中国目睹了"南京大屠杀"，救助过中国难民，并用日记记下了日军暴行。只有联系中国抗日战争初期的历史背景，了解当时日本与中国、与德国、与美英之间的关系，才能理解这本日记特殊的史料价值。也只有联系战后几十年来日本右翼势力没有得到清算，他们拒不承认侵略罪行、妄图修改教科书、否认南京大屠杀，才能理解老话题为什么要重新提起的道理。甚至在今年，在纪念二战结束和日本投降六十年的时候，日本仍不能正视历史，小泉首相继续参拜靖国神社，联系这些新材料，再看八年前拍的这部片子，就会感到有新的认识。总之，绝不能就事论事，而必须调动自己的历史常识和政治时事常识，与时俱进，才有这个敏感，也才能抓到点子上。

联系个人实际。就是指要尽量结合个人的体验来谈。我们知道，时代背景对大家都是一样的，而每个人的感受则是各不相同的，观后感正是要挖掘这些既有共性又有个性的东西。如果觉得"事不关己、高高挂起"，那就只能搞空对空了；如果只是超然物外，评头论足，那肯定很漠然、很空泛，也没有个人特色。还是那句话，要把自己摆进去，结合自己的身份、经历，联系周围的所见所闻，比照作品的相关内容，一定会触发良多感慨，其中许多是很有震撼力的。

电视散文《妹妹，永远的遗憾》写了一个感人的故事：一个贫困家庭的十二岁小姑娘，为支持三个哥哥完成学业而辍学，毅然挑起家庭生活重担，外出打工。许多同学能联系自己或周围的实际来写，显然深刻得多，动人得多。一位来自农村的同学联想到父母为供自己念书，不惜含辛茹苦、节衣缩食，连家里喂的鸡都舍不得吃；而自己进城后却盲目攀比，装阔，去吃"肯德基"，感到十分惭愧。一位同学比照作品中的妹妹辍学，谈了自己参加"手拉手活动"，到贫困山区参观时受到的震撼，介绍了与贫困学生结对子的经历。更多同学表示要珍惜优良的学习条件，身在福中要知福。显然，这些体会都具体得多，生动得多，也真实得多。

要讲究感情和文采

在看片作文的三种文体中，观后感是最讲究感情和文采的。正因为这一点，我们把它归到抒情散文一类，而不是议论一类。抒情文，应该以抒情为主，当然也结合文章写作的其它表达方式，如叙述、描写、议论和说明。

中学生最喜欢写抒情文，也比较擅长写抒情文，因为它的约束、限制较少，而青年人又正处在感情充沛、挥斥方遒的时候。

抒情的方法有多种，最常见的是**直接抒情**，直抒胸臆，公开表露自己的看法和情感。但直接抒情不宜过多使用，因为它常使文章情意过于直露，而缺少含蕴曲折，其中，特别要防止矫揉造作、故作多情，所以我们更提倡**间接抒情**，即结合叙述、议论、描写的抒情。一是依附于"事"的抒情，就是寓情于事，边叙述边抒情。二是依附于"理"的抒情，就是寓情于理，在议论中注入感情。三是依附于"景"的抒情，就是寓情于景，情景交融。

抒情还要注意几点。一是要有真情实感。作者务必"为情造文"，让自己的内心情感自然流露；而不能"为文造情"、虚情假意。二是要有健康向上的情趣。文章要表现"自我"，要有真情实感；但这些感情必须是积极、健康的，而不是颓废、没落的。三是感情要服从主旨表达的需要。感情的抒发必须有利于烘托和渲染主旨，使读者产生共鸣；但感情的滥用又常使人生厌。请大家把握好这些分寸。

抒情文是各种文体中，最不讲究框架、套路和格式的，只要能表情达意，先写什么、后写什么，并没有统一规定。但是，抒情文比较讲究文采，观后感也不例外，它有几个特点。一是它在思路上比较灵活，常常有大幅度的跳跃，而不受空间和时间的约束，可以说是天马行空，自由驰骋，充满了浪漫主义色彩。二是它在句式上比较整齐，大量采用排比句和对偶句，念起来朗朗上口。三是在词藻上比较华丽，词汇量较丰富，少用所谓"大白话"。当然，这里绝不强求一律，只要有体会、有感受，怎么写都成。

最后提醒一点：不论思路如何撒得开，最后都必须归到"纲"上，这个纲，就是作品本身。在观后感的结尾，最好回到电视片，照应一下，扣住题，才显得很完整。

谈看片分析

看片分析，是近年艺术类招生运用得十分普遍的一种考试形式。它先让考生观看一部电影片的录像或光碟，然后按要求写文章。这充分体现了电视的专业特色，有利于发现具有初步电视意识的好苗子。同时，它避免了命题作文的偶然性，有利于考出真实水平。也因为这样，它最能拉开考生之间的差距。与面试的"印象分"不同，笔试的成绩更加具体、客观、过硬，所以在专业考试中，它占有举足轻重的地位，每个考生都必须认真准备。

那么，怎样写好看片分析文章呢？根据以往的经验，我们提出几条建议以供参考。

不要写成观后感

写好看片分析文章，首先在于能否准确把握文章的体裁。考生最常犯的毛病，就是审题不当，完全不符合考试要求，体裁不合，把它写成心得体会、观后感了。这样，哪怕文章再有文采，哪怕你"自我感觉良好"，得分也不会高。所以，有必要分清观后感与看片分析的不同。

首先是文章的体裁不同。观后感，就是心得体会，这一类文章基本属于抒情文范畴，抒情色彩浓。而看片分析则是文艺评论，属于议论文范畴，理论色彩浓。前者重在情、重在感，而后者重在理、重在议。前者常有喜怒哀乐的句子，如"看了这部作品后我很感动"、"我义愤填膺"、"我心潮澎湃"之类；而后者的态度比较冷峻，一般用各种议论手段，夹叙夹议，分析阐述，充满理性色彩，而不追求情感和文采。

其次是作者的身份不同。写观后感时，作者不论地位高低，都只是普通观众；而写看片分析时，作者的身份却变成了"评论员"和"业内人士"，至少应是个"准电视人"，即将来可能进入电视行业的后备队。你们既然来报考，就应该有一定的准备，有潜在的素质，就应该有初步的专业眼光和职业意识。你们在看电视时，就不能把自己混同于一个普通观众，而会多一个心眼、多一番思考：假如我是专家、评委，我该给这部片子打多少分？假如我是同行、同事，我该向它学习什么？假如让我来拍这部片子，我该怎么拍？总之，你必须寻找电视内行人的感觉，逐步培养专业眼光，逐步完成角色的嬗变：观众——准电视人——电视人——专家。

再次是针对的目标不同。观后感针对的是"这件事"，即作品所讲的故事内容；而看片分析针对的则是"这部片子"，即作品本身、它创作的成败得失。前者回答的问题是：你知道这件事之后，有什么感想？这件事给你什么启示？而后者回答的问题是：这部作品该怎么理解？它有哪些地方比较成功？如《难圆绿色梦》这部片子，讲述了植树模范徐治民的事。他辛勤种树几十年，把荒漠改造成绿洲，但近年他年老腿瘫，无法管理，树被大量砍伐，沙丘又复活了。如果写观后感，针对这样的事，当然应当表示痛心、谴责。但写看片分析时，则应针对这部片子，分析它获奖的原因、成功的经验，应当表示赞叹、欣赏。可见，同一部片子，针对的目标不同，思想倾向、感情基调是明显不同的。

最后是文章的侧重点不同。写观后感时，重在作品的思想内容和教育意义；而写看片分析时，则重在作品的创作经验和表达方式。前者要求紧扣主题思想，联系实际，抒发感受；而后者要求紧扣创作特色，分析其表达效果，分析它的形式是如何为内容服务的。还有人说，前者光看"台前"就行了，而后者更多的是看"幕后"。

俗话说，"外行看热闹，内行看门道"。简而言之，所谓看片分析，就是要你以"内行"的眼光，讲出作品的"门道"来。

这里顺便讲一下标题。标题是作品的重要组成部分，相当于人的名字或脸面，不可或缺。电视片要有个好标题，同样，分析片子的文章也要有个好名字。评分时，标题要占百分之五至百分之十的分数。而且只有确定了标题，全文才有一个核心，一个目标，才能围绕它作文章。但在考试中，仍发现许多问题。

第一种是没有标题。提笔头一句就写"这部片子……"像平时回答问题一样，根本没有标题概念，这当然最差。

第二种，在文章之前写上电视片的名字，如《难圆绿色梦》。其实这并不是要你分析文章的标题，怎么能将二者搞混呢？

第三种，有标题，仔细一看又有问题。仍以上片为例，有些标题是《保护我们的绿色家园》、《绿色的呼唤》、《前人栽树，后人乘凉》。从这些名字看，它们还是针对该片所讲的这件事，而不是针对这部片子。所以写着写着，就写偏题，变成写观后感去了。请注意，标题最好是对这部片子的评语，如《深刻的内容　精湛的手法》，这样就不会搞错目标，而会扣题很紧。

还有第四种，在片名前后加上"评"、"论"、"谈"之类，如《评〈难圆绿色梦〉》、《〈难圆绿色梦〉浅谈》等。这是合格的，只是嫌题目太泛，口子太大。

第五种聪明一些，把上面这个题降为副标题，而在前面再加上一个评语性的正标题，如《一部优秀的电视片——评〈难圆绿色梦〉》。这当然是合格的，唯一的不足是正标题还是太笼统了，因为它几乎可以加在一切评析文的前面，太缺乏特点了。

较好的办法，是精心设计好一个正标题，再加上副标题。正标题有很多种方式，要求在准确的基础上，尽量新颖醒目一些。它可以直接点明主题，如后面例文中的《妹妹应该歌颂吗？》；也可以是注明所开的小口子的，如《四块银元的妙用》；还可以是标明创意的，如《一二三四五》等等。平时要多看点文章，留心学习别人的长处，举一反三，多学点套路。

此外，要尽量突出标题，让它更醒目一些。位置要放在版面中间，前面至少空四格；字号要大一些，可占用两行，或用黑体字；或在标题前后各空一行。要像书报刊排版一样，让标题多占一些位置。

要有议论文的框架

明确看片分析是议论文这一定位之后，接下来就是谋篇布局的问题了。常见的毛病有以下几种。

一是全文只有一段。有些人根本没有"段落"这个概念，不会分段，往往想到哪里写到哪里，天马行空，东拉西扯，思路跳跃，胡子眉毛一把抓，这种情况当然最糟糕。

二是"串讲式"或曰"赏析式"。它往往从电视片的第一个镜头讲起，然后第二个，第三个……一边叙述内容，一边作些评点，还美其名曰"夹叙夹议"。这好比语文老师串讲课文，念一段，讲一段。这种写法缺乏宏观的提炼，没有形成小论点，没有上升为理论，没有归纳总结，就事论事，好比"看图说话"，也不合要求。它还带来另一个后果，就是叙述太多，而议论太少，往往头重脚轻，开头十分啰嗦，结尾又草草收场。

三是"杂文式"。这经常发生在擅长写作的同学身上。他们不满足议论文的一般套路，斥之为"条条框框"、"八股文"，很想展示自己的文才，于是把它写成文艺性论文，即杂文。当然不排除少数尖子可以写出优秀的杂文来，但在考试时一般不宜采用，太冒险。

正确的写法，应该按照议论文的一般框架，即有论点、论证、结论三大部分。具体到看片分析，每一部分又有些特殊要求。

第一，开头是提出问题，即论点部分。这部分要简略，但必须包含两层意思。

一是要简单介绍这部片子：它叫什么名字（标题），作者是谁（哪个台拍的），属于什么栏目（体裁），它讲了什么内容，表达什么主题等。当然不是说每项都要一一交待，但至少要让别人明白，而不能像回答问题一样，开头第一句就是"这部片子……"

二是要对这部片子作个总的评价，即提出全文的中心论点，如"这部片子拍得非常成功"云云。如果能再加上一句"特别是在××、××和××方面"，即把全文的小论点提一下，相当于全文的提纲、目录，那就更好了。

第二，中间是主体，是分析问题，即论证部分。它要求讲出几条理由，以证明你中心论点的正确性，分析你这样评价它的原因。你刚才的中心论点是"这部片子很不错"，这里就要讲"何以效之"，即它的几个成功之处，有哪些创作经验。建议讲几条优点或特点，至少两条，最好三条，顶多四条，而且每一条应该分别写成一段，每一段都应该提炼出一句评语，即小论点。

小论点应该精辟、整齐、醒目，最好归纳成句式比较整齐的排比句。为了突出小论点，还最好把它们放在各小段的开头，或改成粗体字排版，或作为小标题。

还可以在前面加上"第一、第二、第三",或"首先、其次、再次",或用排比句式。而且,小论点应该是评语式的主谓句,如"主题深刻"、"结构严谨"、"人物鲜明"之类,而不宜是目录型的偏正词组、介词结构、动宾词组,如"主题方面"、"关于结构"、"再看人物"之类。

在提出小论点之后,应该围绕这一点作文章,"摆事实、讲道理、作分析"。应该结合片子的内容,举出具体的例子,夹叙夹议,边叙述有关的情节或镜头内容,边分析它们的表达效果,以证明自己观点的正确性。还可以比照别的作品,或引经据典,或展开联想,深入阐明自己的道理。这里要防止两种倾向。一是光叙述内容,不作分析,变成讲故事去了,当然不行。二是光发议论,或空洞抒情,扯得太远,没有结合片子内容,与作品完全脱节,空对空,那也不行。相比之下,前一种倾向更普遍,叙多议少,值得注意避免。

必须强调,论证部分是文章的主体,是全文的重点,又是全文的难点。它的篇幅要占全文的绝大部分,短了不行。这一部分能不能写好,决定了文章质量的高低,它也是全文评分的主要依据。

第三,最后是结尾,是解决问题,即结论部分。这部分很短,主要对全文做个总结。其中可以指出作品的缺点和不足。(有人认为,讲作品的缺点,应该属于第二大段,即论证部分,因为它也是一个小论点,不过是从反面论证罢了。这种分法当然也是正确的。)还可以提出希望,或补充说明,或照应开头,或总结归纳。这一小段的开头,经常是"总之"、"总而言之"、"综上所述"之类的词语,还可引用名言诗句,以较有文采的、意味深长的语言收束全文。有了这些,文章就有头有尾,完整无缺,并形成一个高潮,给人留下深刻的印象。文章的结尾,像体操比赛的落地动作、跳水比赛的"压水花"动作一样,给评委留下最深刻的印象,直接影响得分高低,也不能草草收场。

以上这些都是议论文的常规写法,看片分析只是把它具体化而已。当然完全可以灵活掌握,作建设性改造。我们不主张把"框架"当成"框框",束缚了思路。但就中学生而言,一般按这个格式去写较为妥当。建议动笔之前先拟好段落提纲,至少要想清要讲哪几层意思,然后按照提纲或思路,一段一段写来。这样,论文的框架就很稳,就可以做到段落清楚,层次分明,小论点突出。

要提炼出小论点

解决了体裁和框架的问题后，下一个难点就是，从哪几个方面去分析，如何提炼出小论点。大家对这个问题普遍感到头痛。我们不妨由浅入深，从感性到理性，逐步学会提炼小论点。

我们可以从观后评片中得到启发。平常看电视之后，总会相互询问："昨天的电视看了没有？你感觉怎么样？"接着会提出看法，展开讨论，这就是最简单的评片活动。

我们还可以从语文课里得到启发。课文前后有什么阅读提示和思考题？老师对你的作文写了什么批语？从这里往深处想，就能学会抓主题（中心思想）、结构（段落）、手法（写作特点）等。

建议大家学一点文艺理论常识。这样才能找到理论武器，提高鉴赏品位。如：文艺与生活，文艺与政治，文艺的典型性，文艺批评，创作方法，流派，风格，体裁等等。特别是"典型"这个概念使用很多，要学会。

还建议大家学一点电视常识。电视片有自己的特点，如形声兼备，视听合一，不受空间时间限制，用镜头语言说话，用蒙太奇手法等。如果能了解一些电视创作的手法，熟悉它的工作程序，就能从电视的角度来分析它了。

下面提出一些选题，供大家参考。

第一，主题方面。主题就是作品的立意或中心思想。这部片子的主题是什么？可以与相近题材的作品比，看看有什么不同，哪一个更深刻。也可以结合时代背景，分析它有什么现实针对性。还可以分析它的标题是否精彩。（详细内容请看下篇《谈主题分析》。）

第二，结构方面。结构类似于语文课里的段落。这部电视片分为几个部分，它以什么为线索，结构是否严谨，怎样开头，怎样结尾，怎样过渡，怎样照应等。其中开头和结尾是最好讲的，也是最重要的。

第三，人物方面。作品的主角是个什么样的人，形象是否鲜明突出，性格特点如何，作品用什么事实来表达人物的性格。次要人物有什么特点，与主要人物有什么联系。两个人物在性格上有什么相同点，又有什么不同点。

第四，选材方面。作品选择了什么材料来表达主题，这些材料是否真实、具体、集中，详略是否恰当。哪些材料具有典型性，哪些细节特别精彩。其中细节描写最重要。（细节，就是指那些细小而含义深远、不同寻常的动作。）

第五，手法方面。这相当于中学语文里的写作特点。常见的艺术手法，有对比、托物言志、借景抒情、象征、因小见大等等，其中用得最多又最好写的是对比。这些手法运用是否成功，是否新颖、有特色。

第六，新闻方面。如果是新闻类作品，还涉及到许多新闻问题。如新闻的真实性、时效性，是否坚持了新闻的党性、群众性、战斗性原则。此外还可探讨记者的采访工作，采访是否深入，主持是否成功等。

第七，镜头方面。电视是用镜头说话的，它的镜头语言运用如何，如构图、用光、景别、角度、色彩运用如何，它的摄法、速度、字幕、特技、声音、镜头表达怎样。哪些镜头特别精彩，运用了什么蒙太奇手法等。

第八，其他方面。除此之外，属于创作的各个方面，只要你觉得有特色的，也都可以分析。如音乐方面（音乐的基调、演奏、演唱和设计等），美术方面（美术设计、人物造型、服装、道具、色调等），表演方面（演技、角色感等），艺术风格，以及播音、主持等方面都可以讲。

应该强调指出，以上这些绝不需要，也不可能全部讲到，只要选其中三四点特别突出、十分明显的讲。甚至可以只讲其中的一个方面，但下面仍应提炼出小论点，以便把这一方面从各个小点讲深、讲细、讲透。

要全面考虑，掌握分寸

最后补充几条注意事项。

写文章最要讲辩证法，要全面处理好各种关系，掌握好分寸，防止走极端。

第一，要充分肯定作品的优点，而不要专门挑刺。金无足赤，人无完人，分析作品，当然可以讲它的缺点，但必须掌握好一个度。有些年轻人，眼高手低，用大半或全部篇幅讲它的缺点，这就过分了。要知道，拿出来的电视片，除特殊情况外，总是好的或比较好的，有些甚至是获奖作品。正确的态度应该是充分肯定优点，附带言其不足。在措词上、提法上也要谨慎，如用"美中不足"、"瑕不掩瑜"之类。

第二，要有专业眼光，但不要乱用专业术语。有人太急功近利，刚刚接触几个术语，就忙不迭地对号入座，结果捡了芝麻却丢了西瓜。他们往往"看图说话"、"看镜头说术语"，满眼只剩下"定格"、"特写"、"蒙太奇"之类的术语，而忘记了全片宏观的东西，特别是主题，那就是舍本逐末了。对于专业术语，不要看得太重，那些主要是考上大学以后才去学的。初学阶段，似懂非懂，不要乱贴标签，更不要卖弄，以免贻笑大方。

第三，要扣住作品，但不要拘泥于作品。事物都是相互联系的，分析时必须进行横向和纵向的比较，与同一题材、同一体裁、同一作者的其他作品进行比较，才能比出特色来。此外，许多作品都与时代背景有关，特别是新闻片，要联系它拍摄或播出的日期。总之，要防止两种倾向，一是缺乏联想能力，只是就事论事，不敢越雷池一步；另一种是天马行空，离开作品本身去阐述什么道理和感想。

第四，要学会看电视，才会评电视。一般人看电视是为了获取信息、欣赏、娱乐、消遣放松，这都无可厚非。但立志当电视人的考生，就不应该停留在这个层面了。他们看电视时，应该加上学习的目的，提高鉴赏水平。我送大家两句话，就是**"带着学习的目的看电视，带着职业的眼光学新闻"**。建议大家要学会看电视，养成良好的收视习惯。要多看中央电视台的节目，多看新闻片、专题片和艺术短片，而少看电视连续剧，因为时间不允许。看电视的时候，不要以"小市民"的眼光，光去看"美人"、看"明星"，光去寻求刺激。应该带着问题看，边看边想。先要理解作品，深切感受每个镜头的表达效果，分析这样处理的良苦用心，当创作者的"知音"。再与志同道合的同学议一议，与周围人交换一下看法。最好能强迫自己把看法写成文章，至少写一段评语或"收看笔记"，然后请有关专家老师指导一下，多练几次笔，看片分析能力就会大大提高。

谈主题分析

主题是作品的灵魂

主题分析，是看片分析中首先碰到的问题，也是最重要的问题。

什么是主题呢？主题是指创作者在反映生活、阐明问题时，通过作品内容所表现出来的基本思想、感情走向和创作意图。总之，主题就是创作一部作品的主要目的和思想倾向，也叫"立意"。

主题大体相当于中学语文课里讲的中心思想，通常包括材料和观点两个部分。一般的格式，先是材料，即"这部作品通过对××××的描写（论述、记录）"重在介绍作品内容。然后是观点，即"表达了××××思想"，"歌颂了（或说明了、阐述了、提示了、揭露了、讽刺了、批判了……）××××的道理"，重在概括作品的立意。以鲁迅的《祝福》为例，其主题可以概括为："这篇小说描写了20世纪初浙东一位劳动妇女祥林嫂一生的悲惨遭遇，反映了封建势力对劳动妇女的摧残压迫和精神毒害，揭示了封建道德吃人的本质。"

主题是作品的灵魂。明代黄子肃在《诗法》里说："大凡作诗，先须立意。意者，一身之主也。"我们不能离开主题，孤立去看某一句话、某一个镜头，否则就会犯片面性的错误。中央电视台曾用过的开始曲《国歌》只配上十个镜头，如国旗、国徽、天安门等，显然，它的主题是歌颂祖国。但在同学看镜头记画面时，仍发现一些问题。一种是太泛，如把"国旗"写成"红旗"，把中国国家博物馆写成"建筑物"。另一种是太细，如把长城写成"八达岭"。画面上确实是航拍的八达岭长城，但从宏观上看，这里应该写"长城"而不是写"八达岭"。因为长城是中华民族的象征，这里作为代表国家大台的开始曲，应处处突出它代表中国的政治含义，而淡化它的地名含义——只有在风光导游片、介绍长城的专题片时才应该强调"八达岭"。这两种错误，都源于没有扣紧这段片子的主题。

主题是作品的核心。主题是否正确深刻，是衡量作品好坏、价值高低的主要标准。主题对作品的各个要素起着统帅的作用，决定了片子结构的安排、材料的取舍、表达方式的采用、镜头语言的运用等。正如清初大思想家王夫之讲的："无论诗歌与长行文字，俱以意为主。意犹帅也，无帅之兵，谓之乌合。"在平常的写作中，仍经常见到这种"乌合"式的作文。有的文章，词藻华丽，描写生动，但就不知道总体是表达一个什么意思，别人看不懂，自己也讲不出个所以然，还美其名曰"随笔"，其实是一些词语的堆砌，有躯壳而无灵魂。

在电视片中，许多片子的主题很清楚，尤其是新闻片。《焦点访谈》中的许多片名本身就表达或提示了主题，如《邪教本质　残害生命》、《美国人权糟透了》、《铁血卫士方红霄》、《脱衣舞跳进烈士陵园》等。

但大多数电视片，主题没有这么直接，需要稍作留意。一种是以《焦点访谈》为代表的新闻评论片，其主题常由记者或主持人在片头尤其是在片尾点明。二是通过片头或片尾的字幕、旁白总结，如电视散文《妹妹，永远的遗憾》，电视人物专题片《养虎人》等。三常出现在故事片、电视剧中，借片中正面人物之口说出，如《生死抉择》、《任长霞》等。四是主题歌通常代表了作者的意图，如电视剧《宰相刘罗锅》的主题歌唱道："天地之间有一杆秤，那秤砣是老百姓。"片中的刘罗锅境遇很不好，屡次被罢官。他到底好不好，并不由皇上说了算，老百姓心中自有一杆秤，历史自有公论，天理自在人心。这首歌不仅点明了主题，而且深化了主题，不仅使观众关心人物的命运、结局，而且启发了很多做人、为官、处世的道理。

还有些作品主题比较隐晦，需要作更深一些的分析才能领悟，这就得靠对社会的深刻认识，要有一定的理论水平。有一支歌叫《女人是老虎》，写小和尚下山去化斋，行前老和尚警告他不许接触女人，因为女人是老虎，很可怕。小和尚下山后，见了女人，觉得并不像老虎那样可怕。光看歌词还难以明白它的用意，仔细一分析，才知它是一首寓言式的诙谐歌曲。它讽刺了残留的封建正统意识用清规戒律去禁锢人们的头脑，束缚人们对幸福生活的追求。

电视是靠镜头语言、视听语言说话的，好处是形象、直观，易于理解。但电视又是一种"快餐文化"，这种快餐化趋向越来越厉害。受电视文化熏陶长大的青少年，必须要加强理性思考，不要当思想懒汉。有人片子看完了，只觉得好玩好看，哈哈一笑，而不去认真思考，那就太肤浅了。特别要提醒的是，看电视不能用来代替书面阅读，因为阅读才能培养想像力、理解力和分析力。有些中学生对影视片主题分析感到犯难，归根结底，是语文学得不好。

与相同题材的作品比

分析作品的主题，首先是它是否正确。如果作品观点错误，甚至反动，那当然要批判、要批评。不过这种情况在我们见到的影视作品中较少见，这里不多说。

当然，作品不能停留在主题不犯错误的水平上。就算主题是正确的，也是各不相同的，这就是主题的具体性。只有具体分析各部作品在主题上的差别，才能使主题分析落到实处。这里介绍一个最好的方法，就是拿它与相同题材的作品比。俗话说"货比三家"，又说"不怕不识货，就怕货比货"，"有比较才有鉴别"。可见，只有"比货"才能"识货"，只有通过比较，才能分出作品的个性来，才能找到它们各自的定位。

相同题材可以创作出许多作品，而题材相同并不等于主题相同。深入一比较，就会发现它们之间的差异。

先看一个例子。1912年4月，世界上最大最豪华的游轮"泰坦尼克号"从英国的南安普敦出发作处女航，横渡大西洋，驶往美国的纽约。但五天以后，该船在纽芬兰附近海面上撞上冰山而沉没，船上有七百多人被救生还，其余一千五百多人遇难，这是世界上最大的海难。以此为题材，曾拍过两部著名的电影。一部是英国在20世纪50年代拍的黑白故事片《冰海沉船》，一部是美国在90年代拍的彩色大片《泰坦尼克号》。前者以纪实的手法，探求沉船的原因，反映了当时社会中的人生百态，以揭露阴暗面为主。后者则是歌颂的主题，它虚构了一对青年男女杰克和露丝的恋爱故事，写出在大难临头的危险时刻他们至死不渝的爱情。很显然，二者的主题是大不相同的。

主题不相同，引出一个相关的问题，就是它们之中谁更有社会价值、更有意义一些这就是主题的深刻性问题。主题的深刻，是在主题正确基础上的进一步要求，是衡量作品思想内容和社会价值的主要标准。主题要深刻，就是要揭示事物的本质，反映事物的内在规律，不停留在对事物表面现象的罗列和陈述上，而能有更深一层的了解，有新的发现，能给人以启迪。

　　下面我们以比较的方法来分析三首宋诗，看看它们的主题有什么不同，哪一首更深刻些。先按时间顺序读一读：

饮湖上初晴后雨
苏轼

水光潋滟晴方好，山色空濛雨亦奇。

欲把西湖比西子，淡妆浓抹总相宜。

晓出净慈寺送林子方
杨万里

毕竟西湖六月中，风光不与四时同。

接天莲叶无穷碧，映日荷花别样红。

题临安邸
林升

山外青山楼外楼，西湖歌舞几时休？

暖风熏得游人醉，直把杭州作汴州。

　　这三首宋诗都是千古名诗，都是七绝，题材都是写杭州西湖美景的，但深入一分析，就发现它们的主题思想各不相同。

　　先看杨万里的一首。杨万里是我国古代写诗数量最多的诗人，一生作诗两万多首。他最擅长写景状物，能细致抓住景物特点，作生动的描写，被称为"诚斋体"。这首《晓出净慈寺送林子方》正体现了这一特点。诗中写了西湖六月的盛夏风光：碧绿的荷叶直铺到天边，粉红的荷叶映衬着红日，色彩鲜明，构成一幅美丽的风景画。这是一首纯粹的写景诗，谈不上有什么深刻的思想意义。

再看苏轼的一首。苏轼一生坎坷，但他生性乐观，积极开朗，热爱生活，热爱自然。这次他出来游西湖赏景喝酒，开始阳光灿烂，不久又遇雨，很扫兴，真是天公不作美。但苏轼很达观超脱。他认为，晴天波光粼粼固然好，但下雨时山色空濛，像一幅水墨山水画，也不错，别有一番情趣。最难得的是他能进一步想：为什么会这样呢？原因是西湖本身很美，无论外部环境如何改变，它都是美的，春夏秋冬，晨昏昼夜，晴霜雨雪，也都是美的。这就好比是美女西施，本人长得美，所以无论化不化妆，无论淡妆还是浓抹也都是美的。所以，这首诗不仅反映了作者豁达开朗、积极用世的生活态度，还蕴含了生活的哲理，给人以启迪，这是一首哲理风景诗。

至于林升的那首，实际上是一首政治讽刺诗。诗的要害是最后一句"直把杭州作汴州"。北宋末年，金兵攻破北宋王朝的首都汴州（今开封），先后掳去宋徽宗和宋钦宗，此为"靖康之变"。徽宗之子、钦宗之弟赵构逃到江南，在杭州建立南宋王朝，此为宋高宗。但他重用奸臣秦桧，迫害岳飞抗金，根本无意收复北方失地，反而成天游山玩水，歌舞升平，醉生梦死，苟且偷生。这首诗表面上写景，但字里行间讽刺了宋高宗沉迷山水、偏安江南的投降主义路线。

一经比较就可以发现，三首诗的立意完全不同。从反映社会的深度而言，从思想内容而言，杨诗最浅，而林诗最深。

所以我们在分析作品时，不能就事论事，就作品讲作品，更不能只从字、词、句去讲语法修辞，而首先必须考虑它的思想价值。分析时思路一定要广，要多作横向比较。为此平常要多看作品，积累多了，才有作品可比，一比，就可以比出哪一个更深刻了。又如《难圆绿色梦》，写的是环保题材，类似新闻很多，如这里垃圾遍地，那里脏水排入江河，这里歌舞厅噪音扰民，那里沙尘暴严重等等。这些作品主题都是正确的，但都只停留在"曝光"上，写现象多，挖根源不够。而《难圆绿色梦》写得比较深刻，它选取园子塔拉村这个典型，从前是造林治沙的先进单位，现在却面临第二次沙化，从而揭示保护环境、保护资源，就是保护我们生存家园的深刻主题。

当然，还要防止另一倾向，就是不问青红皂白，一碰到作品就恭维它"主题深刻"，甚至分析广告片时也说它主题深刻，这就未免太盲目、太庸俗了。只有那些深刻反映重大社会问题的作品才谈得上主题深刻。另外一点，同类作品相比时，也不能认为越到后面的主题就越深刻，关键要看作者思想认识水平的高低。

下面再举几个例子供大家思考练习。

例一，有三部电视连续剧，《康熙微服私访》、《雍正王朝》和《还珠格格》，都是清宫戏，而且都是写清朝前期盛世的三代帝王康熙、雍正、乾隆的故事。但三部片子风格不同、主题各异，请作分析。你认为哪一部的主题最深刻？哪一部较浅？

例二，《白毛女》的故事，最早源于"白毛仙姑"的传说，1945年编成歌剧，1951年拍成电影，1965年改编成芭蕾舞剧。这四者在主题上有何不同？

例三，1958年，郑君里导演、赵丹主演了电影《林则徐》；1996年，谢晋导演、鲍国安主演了电影《鸦片战争》。两部影片取自同一题材，但侧重点不同，主题也有差别，请作分析。

联系时代背景比

在主题分析中，经常采用的另一方法，是联系时代背景比。如果说，与相同题材作品比是横向比较，那么联系时代背景比就是纵向比较了。

联系时代背景，首先指联系作品所写内容的时代背景。凡是内容深刻的作品，总是能从政治历史的高度，反映当时社会的特点，它们与时代的脉搏一起跳动，喊出了时代的最强音。离开时代，许多作品完全无法理解。如上面林升的《题临安邸》就是这样，它文字很直白，没有任何难懂之句，它难就难在对时代背景的了解上——南宋与金的民族矛盾，南宋王朝内部投降主义与抗战路线的矛盾，以及"杭州"、"汴州"的含义。很多人读不懂这首诗，并非语文水平低，而是因为历史常识不够。

又如电视连续剧《大宅门》，写北京一家老字号药店家族几十年的变迁，从晚清、民国一直写到解放后，几乎与20世纪相始终。片中的许多变故，无不与中国当时的政治历史、时代背景相联系。

联系时代背景，其次指作品创作的时代背景。许多作品创作于事件发生之后若干年，这就不可避免打上创作时的时代烙印，包括政治背景、指导思想与创作环境等，其中许多因素对作品主题有或多或少的影响。关于鸦片战争题材的电影，著名的有两部。一部是《林则徐》，由郑君里导演、赵丹主演。该片拍于1958年，是向建国十周年献礼的重点片，当然打上50年代的创作特点，如歌颂人民斗争，突出三元里抗英，突出谴责投降派的卖国行径等。另一部是谢晋导演、鲍国安主演的《鸦片战争》，该片拍于1996年，是迎接香港回归的史诗巨片，与前者有许多不同。它重在揭示中国为什么会打败仗，对此进行了认真的反思，就是"落后就要挨打"。而落后的原因是腐朽的社会制度，闭关锁国。正如影片开头字幕所说："一个民族只有真正强大起来以后，才会认真反思过去的屈辱。"这就比前者站得更高、看得更远，也只有在改革开放以后、香港即将回归之时才能拍出这样的作品来。

此外，我们还发现，"文革"前后的作品，也多少打上"文革"的色彩，即"以阶级斗争为纲"。如《红灯记》、《智取威虎山》、《沙家浜》等都是写革命历史题材的，但都有忆苦思甜的唱段，其中的英雄人物也都是"三突出"、高大全。

联系时代背景，最后还指联系今天的时代背景。许多作品写的是历史上的事，但只要联系当前的形势，就不难发现它有很强的现实针对性。如《康熙微服私访》，写的是三百年前的事，但联系今天，发现它仍有一定的教育意义。康熙为什么要微服私访呢？就是他想了解真实的民情。如果他以皇上的身份去到民间，那还不排场十足，各地官员还不报喜不报忧，那哪能了解到真实情况呢。再者，康熙去民间，主要目的是考查官吏是否贪污腐败。联系我们反腐败斗争，当然可以从中受到启发。

又如《关于拉贝日记的寻访》，写的是南京大屠杀的历史见证人、德国人拉贝的事。我们不光要联系事发当年1937年的历史背景，更要联系到当前的国际时事背景：目前日本仍有一小撮右翼势力企图复活军国主义，他们修改历史教科书，企图为侵略战争翻案，否认南京大屠杀，参拜靖国神社，拒不为慰安妇、为掳去华工、为细菌战受害者赔偿。这正是当前我们要回顾历史、不忘国耻的原因，但如果不能联系当前的国际形势，也没办法理解拍这部片子的原由。

即算是近年拍的作品，也可以联系新的提法、新的精神，阐发它在主题上的深刻性。《难圆绿色梦》拍于1996年，至今已九年了，但其中提到的保护环境、保护资源的问题仍很有现实意义。联系到一些新的提法，更觉得它的前瞻性。如联系到"可持续发展观"，联系到"加强党的执政能力建设"，联系到"坚持科学的发展观",联系到"建设节约型社会",更觉得这部片子不简单。所以,我们一定要学好时事政治,关心国内外大事,才能与时俱进,站得更高,看得更深。

关于标题的分析

标题就是作品的题目,它与主题是两个有联系但又完全不同的概念。这里姑且放在这一部分来讲。

标题是作品极重要的组成部分,当然也是分析的重点之一。好的标题往往给人留下深刻的印象,值得人们好好分析研究。

标题的作用是多方面的,起码有以下几条。一是称代作用,相当于人的姓名,是作品的标志和代码。二是广告作用,相当于书刊的封面,吸引受众来观看。三是点题作用,用标题来点明主题,有画龙点睛、帮助受众理解作品内容的作用。

标题的设计没有一个统一规定,只要效果好就行。当然有一般的原则,就是"五宜五不宜"。

一是宜短不宜长。标题要便于称呼、记忆,必须言简意赅,字数要尽量少。当然,不同体裁对字数的要求不一样。在电视片中,新闻消息的标题最长,一般有十几个字,多的有几十个字,它是整条新闻消息内容的浓缩,概括了较多的信息。但在文艺作品中,标题最讲究凝炼、含蓄、醒目,所以一般不超过十个字。有些电影片名太长,就很难称呼,如《盖世太保枪口下的女人》十二个字,《拿什么来拯救你,我的爱人?》十一个字。而文学大师鲁迅、茅盾、巴金、曹禺等,其作品标题都很短,一两个字居多,顶多三四个字,这都值得我们学习。

二是宜虚不宜实。把长标题改短,压缩、删减字数不是好办法,关键是要改换思路。把实质性内容的标题改作副标题,再在前面加上个虚化、抽象化的正标题。如《××市纪念中国人民抗日战争胜利六十周年大型文艺演出活动》,太长,太实了,可移下改为副标题,再在前面加上一个虚而短的正标题,如《反侵略之歌》、《热血颂》、《光明赞》等。又如"五一"晚会,可设计为《五月放歌》、《咱们工人有力量》、《五月的鲜花》、《"五一"之歌》、《劳动颂》,还可以更虚一些,如《创造》、《丰碑》等。

三是宜特不宜泛。标题最好只属于"这一个",有各自的特色,而不是年年、人人、次次都可以用的。一次,两个制作班的同学举行联欢,黑板上标题最早只是《联欢会》,太泛了;后改为《友谊地久天长》,又觉得太笼统了;最后定为《同是制作人》,才觉得有特色。全国各地每年的春节晚会,就用过不少好标题,很有地方特色。如长春台的《长春春长在》,湖南台的《潇湘春韵》,贵州台的《茅酒之乡春光媚》,宁夏台的《塞上世纪风》,山东台的《齐鲁迎春》等,都很不错。

四是宜雅不宜俗。有些作品为了追求轰动效应,故意用了一些低俗的标题,哗众取宠,实在很没品位。如有人把《水浒》译成外文,意思是《一百〇五个男人和三个女人的故事》,引着受众往歪里邪里想,当然不好。又如小说中有《丰乳肥臀》、《我是你爸爸》,就显得很不庄重。

五是宜整不宜散。标题,特别是小标题,应该尽量用整齐的句式或格式,形成一种整齐美。一种是对偶式。如《迎回归　颂祖国》(迎香港回归晚会)、《两地情　一家亲》(香港与内地捐助希望小学)、《国奥输了　长沙赢了》(中国国奥足球队在长沙负于韩国队未能出线的专题)、《深刻的主题　精湛的艺术》(某影评文章)。二是排比式。如湖南经视台《幸运》栏目的几个游戏环节分别为"幸运猜猜猜"、"幸运唱唱唱"、"幸运跳跳跳"、"幸运转转转"。三是共语素式。如吉林省电视台的春节晚会为《吉林　吉庆　吉祥　吉利》,中央电视台元宵晚会为《团聚　团圆　团结》,中央台某年春节晚会的一个小品为《昨天　今天　明天》等。

以上是从形式角度分析。当然,标题好不好,关键还在于内容。下面略举几例说明。

中央电视台《焦点访谈》栏目作过几期关于公路乱罚款的报道,都很精彩,在全国引起巨大反响。其中标题起了重要的作用,令人拍案叫绝。一条叫《罚要依法》,反映山西207国道乱罚款的情况。它的好处,一是简短,只四个字。二是精辟,它提出的"罚要依法",简直成了一个口号、一条原则:我们不反对罚款,该罚的一定要罚,但罚款一定要依照法律、依照制度,否则本身就违法了。三是巧妙,它利用"罚"和"法"的谐音做文章,显得深刻而有趣。

另一条叫《咸宁工商　取财有"道"》,反映湖北咸宁工商局在107国道乱罚款的事。标题点了"咸宁工商"的名,这是非常严厉的批评。更妙的是一个"道"字,一词多义,一语双关。这个"道",一是道路,指107国道。二是门道,指他们利用乱罚款来敛财,完全是歪门邪道。三是道义,俗话说"君子爱财,取之有道"。而这里，"道"字加上引号，其实是反语，讽刺他们行为不道义。其他优秀标题还有很多，大家只要觉得好，都可稍作分析，以解其妙。

另外有个小问题，就是电视片中标题出现的方式、次数，有时也有文章可做。一般情况下，标题出现在片子开头，犹如文章标题一样醒目。但也有其他方式，如《你好，桑兰》，标题出现在片尾。许多电视剧在正标题之外，还用小字幕方式不断出现在画面的下角，以方便观众收视。还有的标题出现在序幕之后、正片之前，起了引入正题的间隔作用。《焦点访谈》对标题的出现很讲究，往往出现多次，每次都以字幕方式，出现在关键时刻，颇有画龙点睛、深化主题的作用。《难圆绿色梦》的标题就五次出现，每次都出现得恰到好处。

看片分析习作选

深刻的内容　精湛的手法

——评《焦点访谈》之《难圆绿色梦》

①《难圆绿色梦》是中央电视台《焦点访谈》中的一期，反映了内蒙古植树模范徐治民的遭遇：他艰苦造林几十年，把贫瘠的沙地改造成绿洲。然而近年来他老了，林子没人管，乱砍滥伐之风猖獗，绿色的家园又成了荒丘……

②该片讲的事情令人痛心疾首，但它的创作经验又叫人拍案叫好。这部片子是拍得很成功的，它深刻的内容和精湛的手法是值得称道回味的。

③其一，它主题深刻、有新意。环保题材作品屡见不鲜，但有些只停留在单纯的"曝光"上，如某处垃圾成山，某地水土流失等等，显得比较肤浅。《难圆绿色梦》则透过现象挖本质，尖锐地指出：是保护资源、保护环境，还是只顾眼前、毁掉人类赖以生存的家园？这实际上提出了"可持续发展"的观点，具有不一般的深度。片中有黄和绿两种基调色，黄的是现在风沙肆虐的景象，绿的是资料片中过去绿树成阴的景象。它们交替出现，对比强烈。绿与黄的较量，就是树与沙、人与自然、生存与毁灭的较量。当年造林——黄变绿，如今砍树——绿变黄。而《难圆绿色梦》的片名，正点出了它的主旨：呼唤绿色，再圆一个绿色梦！而作品讲的，还不仅是环保。徐治民看到园子被毁时叹道："太甚了，败家货！"这里更痛斥了一切违反科学、破坏劳动成果的行为。换来一片绿洲，需要几十年血汗，而毁坏它，却只消几天功夫。此中道理，并非该片首先提出，但讲得如此深刻、新颖、生动，却并不多见。

④其二，它的人物形象丰满感人。这是一部"曝光"作品，但主人公徐治民却是个正面形象。作为劳动模范、全国人大代表，他是个英雄人物，却是个"悲剧英雄"。鲁迅说，悲剧就是把人生有价值的东西毁灭给人看。该片挖掘的正是他

身上的"悲剧性"。他辛劳几十年（片中有他当年种树和地头吃饭的资料镜头），如今却年老体衰，行走不便。更大的不幸，是他种的树不断被人砍掉，包括他引以为自豪的"树王"。而带头砍树的，正是他亲手培养的接班人高才！此外，还有人破坏纪念他造林功德的碑文，以发泄对他制止砍树的不满。可见最关键的，还在于人们观念的自私和环保意识的淡薄。作品不是写他的英雄气概和豪言壮语，而是写他受到的伤害和打击，这就使它不同凡响，更加感人。

⑤其三，它善于捕捉细节。作品很少高谈阔论，很少谈环保的意义，而是用事实说话，用大量典型的材料说话，特别是用细节说话。徐治民到园子塔拉去时，只见一片荒凉。这时出现一个镜头：一只羊用后腿撑着，支起前腿去吃树上的叶子，当地寸草不生，沙化之严重，可见一斑。当他见到"树王"被砍时，再也撑不住了，瘫倒跪下，下意识地用拐杖去戳树桩上的沙垢。这时，镜头推成特写，夸张了拐杖的分量，仿佛它戳在徐治民的心上，也戳在一切有良知的人的心上！类似细节，片中比比皆是，形成了强烈的视觉冲击力。请注意，这些不是导演设计出来的，而是记者慧眼识珠，及时捕捉的，不过予以强化处理罢了。

⑥其四，它大量采用了空镜头和同期声。空镜头就是没有人物的镜头，如风光、物件等，一般在新闻片中很少用到。但这部片子讲的是环保，所以漫天的黄沙、光秃的树桩、爬行的甲虫，以及资料片中当年茂密的林带、累累的果实，都恰到好处地反映了主题，可见空镜头不空。片中还大量采用了同期声，记者尽量少说话，而让当事人自己多说。尽管当事人讲方言（已加字幕弥补），徐治民甚至有点口齿不清，但他们的话最真实、最有感情。其中他在"树王"前老泪纵横的镜头很长，是全片的高潮，是最动情处。但此时并没加音乐，也没加字幕，更没加解说，而是采用了现场同期声——呼呼作响的风沙声。它是环境恶化的表现，更像是老人的呜咽和抽泣。此时无言胜有言，它比任何解说都更精彩。

⑦当然，本人觉得该片也有些不足。如开头结尾，主持人在演播室里陈词，并不是最佳方案，因为正襟危坐，有点高高在上的味道。反倒是记者站在风沙中，头发都被吹乱，反而更有现场感和震撼力。此外，片中的正面力量表现不够，比如编山曲的金琦，开头介绍了，后来就没有下文了。而高才把砍树的责任推到承包上，也容易使人误解。

⑧总之，《难圆绿色梦》是一部优秀的作品，它获得全国电视好新闻一等奖是当之无愧的。作为一个未来的电视人，我从中学到了很多东西，确实受益匪浅。

[**点评**] 我们以这篇习作为例，谈谈看片分析文章的框架。全文共分八个自然段（已在前面加了号码），可以分为三个大段，其提纲如下。

一、（①②）开头：提出问题——论点（略）

　　①简介：片名、作者、栏目、体裁、内容。

　　②总评：提出中心论点——这部作品很成功。

二、（③④⑤⑥）主体：分析问题——论证（详）

　　③小论点一：它主题深刻，有新意；

　　④小论点二：它人物形象丰满感人；

　　⑤小论点三：它善于捕捉细节；

　　⑥小论点四：它大量采用空镜头和同期声。

三、（⑦⑧）结尾：解决问题——结论（略）

　　⑦不足：

　　⑧总结：

一二三四五

——评电视新闻评论片《难圆绿色梦》

　　新闻界有个著名电视栏目——中央电视台的《焦点访谈》，它有一期经典节目——1996年播出的《难圆绿色梦》。作为初学者，我看了以后，感到受益良多。姑且将其优点梳理为"一二三四五"五个字，即一个主题、二种色调、三段板块、四次采访、五处细节。下面逐一分析。

　　所谓一，是指一个深刻的主题。该片反映了内蒙古园子塔拉村的典型情况。这里原来的生态环境十分恶劣，经过徐治民等人几十年的植树造林，荒漠变成了绿洲。但近年来，林子无人管理，乱砍之风盛行，绿洲又变成了荒漠。很显然，本片的主题是保护资源、保护环境。这类新闻数以万计，题材并不新鲜，但它的不同凡响处，就是主题更深刻。它没有停留在一般的"曝光"上，而是挖掘了现象后的本质——某些干部缺乏环保意识，眼光短浅，急功近利，杀鸡取卵。片中的高才是当年的种树功臣，现在的村长，却又成为砍树的带头人。他的逻辑是，承包以后树不属于村上管，树长在人家地头上，所以宁肯砍掉卖钱，忘了砍树导致生态失衡的后果。用现如今一句时髦的话来讲，叫做"缺乏科学发展观"，违反了"可持续发展"原则。尽管片子拍于几年前，但今天看来仍发人深省，这不能不佩服作者的高瞻远瞩。

所谓二，是指两种对比的色调。片中有两种主色调，一是现在遍地的沙——黄色调，二是过去资料片中的树——绿色调。园子塔拉村曾是全国植树治沙的样板，徐治民是第三届全国人大代表，过去多次报道，留下大量珍贵的历史镜头，正与现在形成对比。这次记者去采访的灵感，可能有几处直接来源于资料片。如当年几个人在树下乘凉，而现在则满目疮痍。记者有意找到同一地点、同一角度，用同一摄法（推镜头）拍摄，形成了强烈的反差。又如老人乘车重返园子塔拉，特地插入两个资料镜头：绿树成阴、果实满枝，而现在一片狼籍。再如当年的"树王"，郁郁葱葱，需两人合抱，而如今只剩下一个光秃秃的树桩，这几组镜头，都是一前一后、一树一沙、一绿一黄，是"对比蒙太奇"的成功运用。"绿"代表树，代表过去，代表环保，代表科学发展；而"黄"代表沙，代表现在，代表破坏，代表败家行为。在这里，色彩不仅是自然事物的客观纪录，而且代表了创作的理念。资料片的大量运用为本片增色不少，而绿与黄的反复较量更深化了主题，形成强烈的视觉冲击。

所谓三，是指三段严谨的结构。全片除序幕和尾声外，正片大体分为三大板块。一是在徐治民家中采访，二是到园子塔拉采访，三是对李磊等人采访。全片的编辑思路，既没按事情发展的时间顺序拍成"编年史"，也没按记者采访的活动顺序记成"流水账"，更没杂乱无章地凑成个"大杂烩"。它的结构基本以采访活动为线索，分成以上三大部分，但每一部分都根据需要作了一些调整，加进了一些"插叙"镜头。或利用过去的资料镜头进行对比（如上所述），或插进采访村民的镜头（避免了采访一个人的单调和冗长），或保留说话的原声，而配上各种空镜头画面：漫天的黄沙、移动的沙丘、干枯的树丫、爬行的甲虫等。这就使全片在结构上既有大体的框架，又灵活多变，摇曳多姿。

所谓四，是指记者四次精彩的出镜采访。记者尽量把镜头对准群众，自己少露脸（可出声音），需要出镜则是画龙点睛之处。第一次，记者走在茫茫沙丘上，现场介绍这就是当年徐治民植树治沙的地方。这里，可看出记者深入实际的作风，也看出现场报道的好处，比主持人在演播室讲话更具真实性和现场感。第二次，记者满足老人的愿望，扶他上车去园子塔拉，这看出记者的敬业精神。本来他们已采访了多人，也去过园子塔拉，拍下的素材足可以做一期不错的节目了。但他们仍不满足，因为他们知道，只有让主人公到第一线去，才有"戏"，用新闻界的行话说，才能"抓到活鱼"。果然，老人回到园子塔拉，亲眼看到自己的劳动成果被毁，受到刺激，这是全片最动人的一段。第三次，记者介绍石碑：背面碑文记着老人造林的功绩，正面大字却被人砸坏。从这里也看出记者的新闻素养，慧眼识珠，善于发现问题，又善于借题发挥，抓住被砸的三个字做文章。第四次，采访小孩李磊。记者没用成人语言讲大道理，而是顺应情势，问李磊怎么玩，挖沙做什么，挖个洞给他看，等等，步步引导小孩认识缺水的严重性。记者见什么人说什么话，表现了高超的采访技巧和提问艺术。

所谓五，是指五处精彩的细节。一是老人在地头吃饭，这是当年的资料镜头。为了植树，他连午饭也不回家吃，而是由老伴送到地头，吃的也是简单的饭菜。劳动艰苦，生活清苦，但心中很幸福，写出了他一心扑在造林上。二是羊吃树叶。老人去园子塔拉时，看见一只羊踮起后腿，抬起前腿，直立去吃树叶。羊是吃草的，但地上寸草不生，只好吃树叶，当地生态被破坏之严重，可见一斑。三是老人用拐杖戳树桩。当他看到当年的"树王"只剩下一个树桩时，不由得跪下来，用拐杖去戳树桩上的沙垢，以发泄他极度的痛苦。四是李磊挖沙。不久前他还从沙下挖出了湿土，但这次却挖不出来，因为很久没有下雨了。五是奶奶扫床。李磊家的床上，奶奶用扫帚扫床，没扫的是黄沙，扫过的是绿毯，对比鲜明，叫每个看过的人起鸡皮疙瘩。类似细节，片中比比皆是。这些细节不是哪位编剧虚构的，而是记者敏锐发现、及时捕捉、适当强调的（如推成特写），更觉弥足珍贵。

好了，如果再算下去，《难圆绿色梦》还可以算出六、七、八、九、十来。如首尾有六个推镜头，徐治民有七个不同表情的特写镜头等等。但那样写来，未免太啰嗦，而且有玩文字游戏的味道了，还是干脆打住，下次再谈吧！

[**点评**] 此文的显著特点，是构思新颖、大胆。它将片子的某些特点，概括为"一二三四五"共五个方面，并逐一分析说明，做到了条理清楚，好讲好记，给人以深刻的印象。另一值得肯定的地方，是作者很有心。他细致观摩了片子，认真梳理了论点，巧妙归纳了要点。为什么大家都看了的作品，有些人熟视无睹、空手而归，而有些人却迅速提炼出了小论点呢？这里有水平问题，但更重要的是学风问题，"无心"与"有心"问题。"世上无难事，只怕有心人"，只要"有心"，办法总是可以找到的。此文提供了一种思路，初学者更容易从中受到启发。

《难圆绿色梦》三题

主与次的映衬

《难圆绿色梦》是一部只有十二分钟的新闻短片，却塑造了几个鲜明的人物形象。它成功的关键，是突出了主要人物，也没忽视次要人物，主次分明，互相映衬。

徐治民是片子的主角，一位勤劳朴实的老愚公，一位乐于奉献的真英雄。不过，片子主要不是写他过去的丰功，而是写他现在的不幸。他年老体衰腿瘫，令人同情；他几十年劳动成果被毁，让人痛心；他培养的接班人辜负期望，叫人失望；村民砸他的碑，以发泄对他制止砍树的不满，更使人不寒而栗！但即算这样，老人也没有半句怨言，没计较个人得失，只是用近乎哀求的声音拜托大家："把树好好保护住！"这是一位多么可亲可敬的悲剧英雄啊！

在徐治民周围，还有金琦、高才和李磊等次要人物，着墨不多，却也栩栩如生。

金琦是徐治民的老朋友、老上级、原林业局长。他为徐治民编山曲以歌颂之，他送礼来探望之，他深刻指出防护林被毁的危害性。在作品中，他代表了正面的力量、作者的观点。

高才是徐治民亲手培养的接班人，当年种树的功臣。但在新形势下，他不能与时俱进，为贪图眼前利益而带头砍树，成为徐治民的对立面、作品批评的主要对象。但他并不是腐败分子，他只是认识上存在着问题，缺乏可持续发展观。

至于李磊，他只是个小孩，并没卷入矛盾冲突。写他，自有另一番含义。他代表下一代，代表明天，代表"前人栽树，后人乘凉"中之"后人"，代表"不要吃祖宗饭、断子孙路"中之"子孙"。邻居家已被迫搬走，下一个就轮到他家了。难道悲剧还要在下一代身上重演吗？——写李磊的用意，正在于此。

"红花虽好，还须绿叶扶持"。如果说，徐治民是一朵红花，那么，金琦、高才和李磊则是三片绿叶，分别从正面、反面、侧面来烘托，使得红花绿叶相互映衬，相得益彰，更加鲜明生动，光彩照人。

黄与绿的对比

作品有两种主色调，一是黄色，一是绿色。黄与绿，相互较量，相互对比，充盈全片，贯穿始终。

黄色是现实，是漫天的黄沙，是生态平衡被破坏的恶果。绿色是过去，是遍地的绿树，是资源环境受保护的美景。

当然，如果再往前延伸，绿色之前也有过黄色——三十六年前的一场风沙，掩埋了这里的十八户人家。是徐治民辛勤植树数十年，艰苦造林几千亩，才使园子塔拉绿树成阴。但高才带头砍树，村民群起效仿。结果是：盖房子的木料有了，风沙却又来了，沙丘离房子越来越近了，一户户人家被迫搬走了，园子塔拉又变黄了……

同样，如果再往后延伸，黄色之后也必将是绿色。因为人们已经深感大自然报复的厉害，懂得保卫家园就要保护森林。人们呼吁：还我绿色家园，还徐治民一个绿色的梦！这样，黄——绿——黄——绿反复较量，成为园子塔拉村几十年历史的主色调。

感谢摄影记者，为我们留下当年这里绿树成阴的资料镜头。（这首先得感谢徐治民，正因他造林有功，又是第三届全国人大代表，园子塔拉也成为全国植树治沙的典型，才成为报道的重点。）但令人遗憾的是，这些绿色的镜头只记录了昔日的美景，与眼下漫天的黄沙形成了鲜明的对比。片中多次出现对比蒙太奇的组接，都是现在的黄沙接过去的绿树，过去的林阴接现在的树桩，触目惊心，惨不忍睹，形成强烈的视觉冲击。就连李磊奶奶扫炕上的黄沙，扫过之处露出来的也是一床绿色的毯子——园子塔拉人时时都在渴望绿色啊！

黄与绿的对比，与其说是一种艺术创作手法，还不如说是对生活的深入观察和对主题的深刻认识。

首与尾的呼应

历来的作品特别强调开头和结尾，古人就有"凤头、猪肚、豹尾"之说。就是说，开头要俊美、精彩，结尾要有力、深刻；开头要造气氛，结尾要掀高潮。《难圆绿色梦》正有这个特点。

它打破《焦点访谈》的惯例，在主持人演播室陈词之前加上了一个"序幕"：漫天的黄沙，枯干的老树，扛着镢头上山坡的老人……把受众一下了带到了内蒙古沙漠，那生态条件十分恶劣的西部农村。一阵苍凉的山曲传来："三十里的明沙四十里的水……"引出了主人公徐治民。这种开头新颖独特，不同凡响，使大家预感到了什么，被吸引着往下看。

与此相呼应的是结尾。同样它也打破惯例，在主持人演播室陈词之后还加上一个"尾声"。一个长长的拉镜头，徐治民坐在他的纪念碑前，喃喃地念叨着："白栽了，白栽了，沙子又活了."然后像留遗嘱一样告诫大家："把树好好保护住……"看了令人无不为之动容，同时感到意味深长，回味无穷。

与开头形成呼应的还有正片结尾处。邻居家、李磊家、李磊坐在沙丘上，随着这三个长长的推镜头，随着《难圆绿色梦》标题字幕的最后一次出现，又传来片头听过的山曲："三十里的明沙四十里的水……"歌声唤起了人们对徐治民的怀念，才深知植树造林的重要，更备感保护环境的意义。

值得注意的是，即算是主持人在演播室的陈词，也没有半点说教，甚至连"环保"、"可持续发展"之类的术语也没提，而只是以平实的语言、深情的语调，讲述了事情的原委。而结尾处更是点睛之笔："前人栽树，后人乘凉。砍了大树，后人连个凉也乘不上。园子塔拉的人们不该忘记大树的恩情，更不应该忘记给他们建造绿色家园的这位老人。"下面再接徐治民在碑前的叮嘱以作结尾。

一个别开生面的开头，点题；一个意味深长的结尾，点睛。这确实是首尾呼应，浑然天成。

[点评]《难圆绿色梦》的分析例文连选了三篇，原因有三。一是该片的评析例文较多较好，舍不得割爱。二是该片确实是部经典片，可学之处很多。三也是想说明，同一部片子可有不同种写法。此文也是有特色的一篇，它采用"三题"，实际上是三篇小论文，三个小标题又用统一格式，排比句，做到了分工合作。三篇又是三组矛盾，三个对立统一体，在构思上确是下了一点功夫。此外在语言上也较为严整，多用对偶句、排比句，遣词造句较为讲究。

如泣如诉 如画如歌

——浅谈《妹妹，永远的遗憾》的艺术风格

一位十二岁的农村小女孩，牺牲自己童年的幸福，毅然放弃学业，挑起全家

劳动的重担，以支持三个哥哥读书深造。《妹妹，永远的遗憾》讲了这样一个催人泪下的故事。与其说这是一部电视散文片，还不如说它是一首电视诗，一幅电视画。经过作者的精心打造，该片呈现出浓浓的诗情画意，可以说是如泣如诉，如画如歌。它以丰富的镜头语言，动人的声音效果，营造一种唯美的艺术风格。下面从视听两个方面略作一分析。

先看视觉方面。电视是以视觉为主的艺术，镜头画面是造型的主要手段，活动画面的连接、组合更使它有了独特的镜头语言——蒙太奇。《妹妹，永远的遗憾》一片的一大特点，正是采用了较丰富的蒙太奇手法。

为了塑造妹妹的形象，该片用了几组象征蒙太奇。一是两株摇曳的狗尾巴草，配着妹妹的镜头多次出现。它象征妹妹像狗尾巴草一样，平凡、普通，甚至贫贱，不像牡丹那样雍容华贵，也不像水仙那样高雅轻盈。但它有顽强的生命力，不屈不挠，不向命运低头。二是蜡烛两次出现，既写出家庭的贫困（只能在蜡烛下写信），更象征了妹妹的奉献精神：燃烧自己，照亮别人；放弃自己的学业，成就哥哥的前途。三是水上飘浮的一片树叶，两次出现在妹妹外出打工的镜头前后，象征妹妹像树叶一样到处飘泊，有家不能回。

此外，该片还用了多组重复蒙太奇。像上面三个例子——狗尾巴草、蜡烛、树叶，在片中不止一次出现，每次重复都引起人们对前次的回忆，加深了印象，更强调了它们的寓意。特别是妹妹外出打工时，有一个她回头的特写镜头。在片子快结束时，这个镜头再次出现，并且让它连续重放了三遍，造成了强烈的视觉冲击。除了突出妹妹的形象外，它还表达了妹妹对家的依恋：她虽然离家，但她对家依依不舍，颇有点"一步三回头"的味道，真是妙不可言。

另外，该片在镜头组接上，很少用"切"的方式，让两个镜头硬接，而基本采用"叠"的方法：第一个镜头还没结束，第二个镜头画面已逐步显现；第二个镜头还没完，第三个画面又逐渐显现出来，依此类推。当然，两个镜头画面相叠时，尽量让画面主体不重叠，不干扰，而是相配合、相呼应。如开头，画面之左是哥哥穿军装的侧面头像，他看到了什么？这时，画面右边逐渐叠出妹妹瘦小而远去的背影。待哥哥的头像消失后，左边又叠现了他们家的破屋。如此连续出现，环环相叠，使镜头衔接非常连贯，有一气呵成之感。更重要的是，它烘托了哥哥想妹妹、妹妹念哥哥、你中有我、我中有你、互相牵挂、互相关心的兄妹情深，可以说是水乳交融，不可分割。这种组接方式，以前虽也见过，但用得如此之多，却是它的一大特色。

再看听觉方面。电视以视觉为主,但又兼有听觉,听觉也是很重要的元素。《妹妹,永远的遗憾》在视觉元素中,最有特色的,一是语言,二是音乐。

电视散文片的重要特点,是有很强的文学性,以文学作品的朗读为中心。片中的语言不是对白,而只有画外的朗诵。片中的角色虽也由演员扮演,但极少有对白,如果需要对白,演员也只张嘴而不讲话,声音由画外音(朗诵)代替,而且不论几个角色,不论男女老幼,都由朗诵者一人承担。片中的朗诵者是张保全,他读得真好!声音很有磁性,很有感情,声情并茂,极富感染力。如果不看画面光听声音也是一种艺术享受。

另一种声音是音乐。片中音乐的基调舒缓柔美,形成一种凄婉动人的风格,很好地烘托了作品催人泪下的情绪。但片中音乐的旋律并不复杂,主要只有两段主旋律,其余都是主旋律的重复出现或变奏处理。每当妹妹出现,或需要抒情、没有朗诵时,主旋律及变奏曲就重复出现,塑造了妹妹的音乐形象。该片写的是中国贫困山村的故事,但它没有采用中国民间乐器二胡、洞箫等(它们都擅长表达凄婉、悲怆的情绪),反而采用了西洋乐器钢琴,这也是恰当的选择。钢琴是"乐器之王",表现力很强,表达力特别丰富。

该片在音乐上的另一特色,是它的伴唱。它没有主题歌,没有插曲,但并不等于它没有演唱。它采用了女声无唱词的哼唱,歌词只有一个字:"啊——啊——"似唱非唱,似哼非哼,好像是母亲的催眠曲,又好像是山谷的回声,似乎很不经意。但正是这种不经意的演唱,营造了充满女性色彩的音乐氛围:柔美、温馨,甚至略带凄苦。这种手法,在一般电视中比较少见。

总而言之,《妹妹,永远的遗憾》的视听语言是丰富多彩的,蒙太奇、组接、朗诵、音乐等方面更是新颖独特,值得我们好好学习。

[点评]该文从视觉和听觉两方面,分析了电视散文《妹妹,永远的遗憾》一片的艺术风格。其中视觉又从蒙太奇和镜头组接两点分析(蒙太奇还分为象征蒙太奇和重复蒙太奇两段),听觉则从朗诵和音乐两点分析(音乐还分为基调和伴唱两段)。结构是比较严谨的。初学者在写影评时,一定要先梳理好自己的思路,拟好段落提纲,再围绕小论点夹叙夹议作分析。搭好全文的框架,是文章成功与否的关键。此外,用文字介绍电视片的画面和音乐,有较大的难度,该文也做得不错。

妹妹应该歌颂吗？

——也评电视散文《妹妹，永远的遗憾》

《妹妹，永远的遗憾》是青岛电视台拍的一部电视散文片。我们看后，觉得它艺术性不错，朗诵一流，音乐精彩，镜头语言丰富多彩。不过片子的内容我们却另有些看法，集中到一点，就是——片中的妹妹应该歌颂吗？

《妹妹，永远的遗憾》讲的故事是：在一个贫困的山村里，有一户穷苦的人家。十二岁的妹妹为了支持三个哥哥读书，只读到小学四年级就辍学，挑起了全家的生活重担，地里干活，家中操劳，外出打工……

显然，故事是虚构的。虚构本无可厚非，但不能违反生活的真实，虚构过了头就变成了虚假。片中的情节正是过了头。一个十二岁的小女孩，要挑起全家生活的重担，确实太离谱了。她打工每天只挣几毛钱，却要支付三个哥哥的学费和生活费，未免太夸张了。要知道，每人每年光学费就要几千元！而妹妹除了"开源"打工外，只是"节流"省钱。她每次到县城给哥哥送钱，舍不得坐车，而是跑一百多里山路。她家没有电灯，也没有煤油灯，只好在蜡烛下写信。她甚至连一瓶廉价的花露水也没见过……总之，片子极力渲染农村之穷，看不出建国以来，特别是改革开放以来我国农村的巨大进步。另一方面，它又极力夸大妹妹的能耐，让她以苦行僧式的方式挑起了这副担子。这可能吗？作者并非不会算这笔账，但为了矫情，不惜夸大其辞，这就难免失真了。

片中字幕说，这是"一曲无私奉献的颂歌，一份催人泪下的亲情"。未免有点自吹。

先看头一句。"无私奉献"总有一定的时代印记，像雷锋那样，当然是无私奉献。他全心全意为人民服务，专做好事不留名，他的服务对象一不沾亲二不带故，甚至素不相识。更重要的是，雷锋有远大的理想，有崇高的觉悟。但片中的妹妹能与之相比吗？她只是为三个亲哥哥，更不见任何理性思考，既谈不上高尚，也难以说无私。离开思想觉悟去歌颂"克己"、歌颂"牺牲"，本身就带有盲目性，更不符合"以人为本"的原则。

再看第二句。三个哥哥中，至少有一个已经成年，可以干活了，但为何干活的事总是推给妹妹？她才十二岁呀，这合理吗？现实生活中，的确有几兄弟争着把上学的机会让给亲人的事,那当然是亲情。但片中的亲情却是单方面的,妹妹可为哥哥做出牺牲,却丝毫不见哥哥们的牺牲,反而说"哥哥们唯一能做的,就是好好读书。"(他们绝不肯放弃读书的机会!)当然他们还有一点表示,就是送妹妹一瓶花露水、一瓶擦脸油。说白了,就是用妹妹挣来的血汗钱,去买一点廉价的化妆品,去买断妹妹的青春年华,以求得心灵的安慰,逃避良心的谴责,这合情吗?

此外,片中的一些观点也令人不敢苟同。三哥说:"我们知道,妹妹也想读书,可是她一走,地里的活谁来干?父母谁来照顾?"这是什么逻辑?干活就应该是妹妹的义务,而读书则是哥哥们的权利!作品把这点看得天经地义,说穿了,这是封建思想、"男尊女卑"观念在作祟!因为女孩子迟早要嫁人,所以读到小学四年级就辍学。对这种明显违反《义务教育法》的行为不批评,反而歌颂,不是剥夺妹妹受教育的权利吗?让十二岁的妹妹去打工,干成年人都难以承受的苦力活,公然使用童工,这不明显违反《劳动法》吗?对这种行为不制止、不解救,反而歌颂,这不明显违反《妇女儿童权益保护法》吗?所以,这部片子不仅情节上虚假不合理,观念上落后不合情,而且政策上违法不合法。

当前,我国还有几千万贫困人口,还有几百万失学儿童,所以党一再抓扶贫工作,抓"希望工程",还特别启动了"春蕾工程",以解决贫困女童上学问题。解海龙的照片《大眼睛:我要读书》、张艺谋的电影《一个都不能少》都呼吁让失学儿童重回课堂,态度都是积极的。但《妹妹,永远的遗憾》却不是这样,而只是表示一下"遗憾",甚至歌颂放弃学业的"牺牲精神",这就与时代精神相去甚远了。我们要的不是廉价的同情和遗憾(如那瓶花露水),而是实际的行动;我们不应该歌颂女童打工这种违法行为,而应该伸出援助之手,让她们重回课堂!

时代在前进,人类已进入了21世纪,中国也进入全面建设小康社会的新时期。我们必须站在时代的高度,去看待、解决各种社会问题,而不是停留在宋元明清,去歌颂妇女的"牺牲"精神。

当然《妹妹,永远的遗憾》只是虚构的故事,所讲的事当不得真,一个初学者也没有必要去吹毛求疵。但看到这部片子实在有些做作、有些片面,总觉得有些话要讲,不吐不快,于是冒昧写了这些话,不知诸君以为然否?

[点评]在众多看片分析的习作中,这篇可算作是"另类"的一篇——它主要讲作品的缺点。我们认为,应该欢迎大家提出不同意见,鼓励青年独立思考,才

能培养出真正有能力、有主见的电视人。不过作为青年学生，血气方刚，写这类以批评为主的影评时，要特别注意有理、有节、有利。所谓"有理"，就是要摆事实、讲道理，能够以理服人，而不是乱扣帽子。所谓"有节"，就是有节制，把握好一个"度"，讲究批评艺术，注意说话分寸，适当留有余地，不搞片面绝对。所谓"有利"，就是注重效果，讲求实效，权衡利弊，要对自己有利才为之。考试时，评分标准首先看观点的正确与否，而持批评观点的文章容易引起争议。当然，如果作品确有问题，而你又分析得好，那你的文章就是一篇佳作了。有时，你的文章观点虽有些偏颇，但不是原则问题、政治思想问题，而评委又善于容人、胸怀宽广，那得分也应该不低。但这多少有点冒险，考生要慎重行事。

四块银元的妙用

——电影《红色娘子军》学习笔记之一

久仰中国第三代电影导演领军人物谢晋的大名，近日看了他的代表作《红色娘子军》，感到果然名不虚传。这部红色经典电影片拍于四十多年前，曾获首届电影百花奖最佳故事片、最佳导演等四项大奖。它写的是1930年在海南岛上的革命斗争故事，一支特殊的红军部队——全部由贫苦妇女组成的"红色娘子军"连的经历，其中又以主人公吴琼花的成长史来贯穿。

《红色娘子军》代表了"第三代导演"特别是谢晋的导演风格：细腻、严谨，善于通过个人命运来反映一个时代，追求现实主义风格，讲究戏剧结构，注意电影特点，善用蒙太奇手法等。它的成就是多方面的，要学习的地方是全方位的，这里只谈其中四块银元的妙用。

在影片中，编导精心设计了一组小道具——四块银元，并让它先后四次出现，每次都出现在吴琼花成长的关键时刻，起了画龙点睛的作用。

吴琼花本是恶霸豪绅南霸天家的女奴，多次逃跑都被抓回。一次，红军党代表洪常青化妆成华侨商人外出侦察，来到南府，以买个丫头为名解救了她。因为有任务在身，走到分路口时，洪放走了她，指明了道路，让她到革命根据地参加红军——红色娘子军（即将成立）。吴琼花正准备走，又被洪叫住，接过洪随身掏出的东西。她伸开手掌一看，四块银元闪闪发光。她激动得朝洪深深地鞠了一个躬，然后转身，朝洪指明的道路，飞也似地奔跑，终于参加了娘子军。这是四块银元的第一次出现，它体现了洪对吴的关怀，更记载了吴琼花人生道路上的第一次飞跃——从受压迫的奴隶到参加革命，翻身求解放。

　　吴琼花参加娘子军后，第一次执行任务是侦察敌情，路上巧遇仇人南霸天。她报仇心切，不顾队友劝阻，违反纪律而向南开枪，暴露了目标，导致整个计划失败。事后她受到军纪处分，关了禁闭。在禁闭室里，洪常青严厉批评了她的错误，又耐心启发她的觉悟，给她讲清报私仇与革命目标的区别，使她受到极大的震动。她给来探望的队友讲自己的体会时，手里在拨弄着什么，一看，原来是洪给她的四块银元。这是四块银元的第二次出现，它见证了吴琼花人生道路上的又一次飞跃——从参加革命队伍到思想觉悟的提高，从单纯报仇到成为自觉的革命战士。

　　此后，吴琼花在革命队伍中锻炼成长，百炼成钢，并提出入党要求。红军大部队转移时，娘子军奉命掩护。任务完成后，娘子军也准备撤离，吴琼花、洪常青和队友们都勇挑重担，要求留下牵制敌人。争执不下时，洪命令她转移，并说："你现在已经不是一个普通战士了，昨天，党支部开会讨论，一致通过你为中国共产党党员，你必须服从支部的安排。"吴琼花听了，激动不已，与洪握手、敬礼后，准备离去。刚一转背，她又想起了什么，从挎包里取出一件东西交到洪的手里，说："那么，这就算是我交第一笔的党费吧！"原来还是那四块银元。这是四块银元第三次出现，它表明了吴琼花人生道路上的再一次飞跃——从革命战士成长为共产党员、无产阶级先锋队组织中的一员。

　　洪常青为掩护娘子军而负伤、被俘，受到南霸天的严刑拷打，但他英勇不屈，壮烈牺牲。事后吴琼花打扫战场，意外发现洪常青在战斗中匆忙掩埋的公文包。吴琼花打开一看，只见里面有她的入党志愿书，还有她交的第一笔党费——四块银元，她毅然擦干眼泪，背起洪的公文包，坚定地前行。后来接上级通知。由她继任娘子军连的党代表。这是四块银元第四次出现，它记录了吴琼花人生道路上的再一次飞跃——接过先烈留下的重担，成为娘子军的领导、党的优秀干部。

　　在电影中，这四块银元贯穿始终，四次出现。每次出现时，都有吴琼花伸开手掌展示银元的大特写镜头，每次都出现在她成长道路的转折关头。从奴隶——参军——有觉悟的战士——共产党员——党的先锋战士，四块银元记录了她的成长历程，见证了她的思想飞跃。四块银元只是小小的道具，但在影片中却含义深远。它还体现了洪常青（党代表，代表党）对她的挽救、教育、帮助和信任，体现了《娘子军连歌》唱的："共产主义真，党是领路人。"

利用道具做文章，在电影、电视片中是屡见不鲜的，而在片中多次出现以形成贯串、照应，使之结构严谨的，则相对较少，如果能够让道具画龙点睛、含义深远的则更是凤毛麟角。像《红色娘子军》这样，能运用四块银元来提高思想性、增强艺术性的，确实不多见。它提供了运用道具贯串照应的经典范例，看了叫人拍案叫绝，令人回味不已。

[**点评**]一部经典电影，成就很多，分析起来难度很大，初学者感到"老虎吃天，无从下口"。一条重要的经验，就是切忌贪多求大、面面俱到，如果什么都写，势必什么都写不好，尤其是在考试中。这篇评析电影《红色娘子军》的文章给我们的启发，就是，口子一定要小。它只选择影片中一组小小的道具——四块银元做文章。因小见大，分析了作者设计它的创作意图和良苦用心，以及它的表达效果，口子小而意义大，结构上也有前后照应、贯串始终的作用，构思是很巧妙的。此外，本文的另一个特点是，它以叙述为主，在串讲故事中交代四块银元的出现，对其意义只稍作点染。中学生是擅长叙事的，相对于议论、分析来较易掌握一些，这就叫"扬长补短"。当然这样一来，该文的理论色彩欠了一些，议论分析少了一些。但总的来说仍不失为一篇好文章。

清新脱俗五棵柳

在商潮滔滔、红尘滚滚的电视剧制作的流水线上，反映现代农村生活而且没有商业操作印记的《梦醒五棵柳》，显然清新脱俗。

它的艺术表现颇有新意：现实主义的基调毫无疑义，但从MTV式的片头起，你就会被弥漫全片的浪漫气息所感染，风俗喜剧的底蕴显而易见，但当女主人公的命运发生一个又一个逆转时，你又能真切地感受到她们心头的伤痛。

　　但《梦醒五棵柳》的主要内容，还是五棵柳村一群村姑人生命运由逆境向顺境的转化。转化的大背景自然是农村改革的大潮，但编导关注的首先是人，是人的性格与命运。于是我们看到了夏葵这样一位在今天的荧屏上难得一见的、让观众的心灵与眼睛同时为之一亮的人物。

　　夏葵不是个高大全式的人物，但无论拿传统道德的尺度，还是拿现代伦理的标准衡量，她都是个近乎完美的女性。她有点刘慧芳的因子，但比刘慧芳泼辣；她有点李双双的影子，但比李双双温柔；她也吃苦耐劳，也开拓创新，但谁也不想把"铁姑娘"、"女强人"、"改革家"一类现成的帽子戴在她头上。她就是她"这一个"，她的独特性熔铸在传统美与现代美的交融之中，反射着理想与现实相撞击的光芒。

　　夏葵的扮演者原华是个青年演员，她能让观众相信她塑造的这个新人的真实性可靠性，就是一大成功。这部电视剧以女角为主。春柳、夏葵、秋兰、冬梅、花丫，外加半月，简直就是六朵金花。但与她们配戏的几位男演员的称职表演，使我们相信了"红花还得绿叶扶"的道理。

　　在男角中，最引人注目的是村头嘎头。他与夏葵组成一对既是潜在对手又是潜在情人的矛盾体。夏葵逐渐征服嘎头的过程，与她逐渐征服观众的过程同步。该剧存在多条人物关系线，表现得最细腻的当是夏葵与嘎头的这条线。

　　陈力导演更是显示了她富于魅力的艺术个性。看《梦醒五棵柳》，我不时想到导演的存在，这是因为我不时地发现导演艺术家的智慧与激情。这智慧与激情既是艺术的，也是人生的，包括对普通庄稼人的同情与钟爱。你想，电视剧里组织了那么多的戏剧冲突，但最终居然没有伤害一个庄稼人。陈力善于在叙事过程中营造具有强烈情绪与心理冲击力的华彩乐章，但同时她又选择最朴素的农家炕头作为物质环境。这部电视剧充满着人情味，这人情味在最后的婚礼场面上用写意的大红布张扬到了浪漫主义的顶点。但你还要承认，《梦醒五棵柳》是一部真实反映 90 年代农村变革现实的电视剧。

　　[点评] 电视剧是很难评的，因为它们一般篇幅不小，可评之处太多。而此文的最大优点，在于它并没打算面面俱到，什么都评。它只抓住该片的艺术风格，扣住"清新脱俗"这一点做文章。其中又以人物为中心，特别是对女主角作了分析。全文言简意明，没有半句废话，也不打算按部就班、生套格式，显得十分老到、成熟。借用它评电视剧的一个词，这篇文章也是"清新脱俗"的。

拼搏才会步步高

——电视音乐片《步步高》赏析

"世间自有公道，付出总有回报。说到不如做到，要做就做最好——步步高！"歌曲《步步高》的主要唱词，本来就耳熟能详，经过电视拍摄的MTV《步步高》，更使它插上艺术的翅膀，变成可视可听的精品，激励人们奋发向上，步步高升！

"步步高"三个字，本来只是吉祥话，如同"恭喜发财"、"万事如意"一样，反映了美好的祝愿。而《步步高》作为专有名词，最初只是"广东音乐"的一个曲牌。后来它又被广东某电器企业买断，成为著名的品牌。歌曲《步步高》则编写唱词、谱上曲子，成了企业的形象歌曲。现在再把歌曲拍成MTV，主题得到进一步的升华。它没有停留在一般的祝愿上，而是提出了一个问题：怎样才会步步高？它用镜头回答：只有两个字——拼搏！

这不是一部纯舞台纪录片，它设计了不同一般的演唱方式：背景是耸入云霄的大厦，前面广场上有一个很小的高台，三位男歌手在高台上放歌，他们是林依伦（穿橘红衣）、景岗山（穿白衣）和高林生（穿黑衣）。三位歌手并没跳舞，但画面给人以强烈的动感。原来这里没用一个固定镜头，而是不停地推拉摇移，其中移镜头又占绝对多数：左移、右移，特别是上移（升）和下移（降）。但无论如何移，都给人以运动、向上的感觉，仿佛坐在摇臂上，从移动中看演出，同他们一起努力向上、步步高升。

值得注意的是，画面并没有局限在三位歌手上。歌声虽然没断，但画面却配上了体育比赛的镜头，约占全片的一半多。有长城上跑步的镜头，有水下游泳的镜头，尤其是雨中踢足球的镜头。这些与歌手的镜头交替剪辑、反复出现，形成了本片最主要的艺术思路——平行蒙太奇。本来，家用电器与体育比赛之间并没有直接的联系，但是通过"步步高"，它们找到了共同点，就是：只有顽强拼搏、奋发向上，才能"更上一层楼"。这里用了大量的体育镜头，但它不是体育片，不是奥运会报道，也没有用一位体育明星的镜头，而只是象征一种精神，即"更高、更快、更强"的精神，奋勇拼搏的精神。

大家知道，足球赛中最精彩的是射门的镜头，往往来个慢镜头重放，世界杯足球赛的"精彩射门集锦"更是迷倒了无数球迷。发人深思的是，这部MTV中，踢足球的镜头虽多，却没用一个射门镜头，而全是争球、铲球的场面。这当然不

是疏忽，更不是不懂体育，而是另有深刻含义。原来作者正是借此来淡化它的体育色彩，而突出它的象征意义。也就是说，它强调的是过程，而不是结果；是态度，而不是成绩；是耕耘，而不是收获；是付出，而不是回报。但正如歌词唱的，"付出总有回报"。只要努力了，自然会有好的结果；即算不成功，也无怨无悔。

值得留意的另一点，是片中设置的比赛环境并非一帆风顺。跑步镜头不在田径跑道上，而设在长城上。陡峭的城墙，连绵的烽火台，运动员攀上一个烽火台，交过接力棒，下一个又继续向更高处攀登。这分明象征了不断进取的精神。同样，足球比赛也没在风和日丽的绿茵场上，而在滂沱的大雨中（足球比赛从来是风雨无阻的）。雨水、泥水、汗水、泪水，也许还有血水，"五水"交织在一起，增加了难度，更体现了运动员不畏艰险、栉风沐雨的拼搏精神。

本片在镜头上也颇为讲究，试举几例如下。一、慢镜头：长城上跑步、球场上比赛，大量采用了慢镜头，突出了拼争的形象。而倒地铲球溅起的水花、身上淌下的汗水滴下，经过慢镜头处理，更有液体的质感。二、快镜头：一位少女手持气球站在街头人群中，是快镜头。仿佛路人行色匆匆，穿梭而过，暗喻歌词中"一分一秒，一路奔跑"，岁月流逝，时不我待，必须珍惜时间。三、用光：片头前奏曲中，运动员采用逆光、侧逆光处理。一个男人赤裸着上身，突出了他健美的肌肉和淋漓的汗水，仿佛一尊雕像，充满了阳刚之气。四、角度：片中大量采用仰拍的角度，再加上不停的移拍，给人一种向上的崇敬之感。

综上所述，MTV《步步高》是一部优秀的音乐片，是音乐作品的电视化。它不是纯音乐片，也不是纯体育片，更不是纯形象宣传广告片，但它又综合了这些片子的优点，而具有更丰富的内涵：不管你干的是哪行哪业，不管是工农兵学商，不管你是运动员、歌手，还是电视人，都必须拿出拼搏精神，不断进取，奋勇争先，才能天天向上，步步高升。

[点评]这是一篇赏析式论文。这类论文理论色彩较淡，而感情色彩较浓。它不要求提炼出很多个小论点，但一定要当个有心人，留心观察，深入思考，当作者的知音。它要求读深、读透作品，分析片子的表达效果，理解作者的良苦用心。这种写法，中学生较易掌握，不妨多试。另外，作为音乐片，千万不能只听音乐，光跟着哼唱，而必须留意它的镜头画面，看看它是如何策划的，如何表达甚至深化原作主题的，如何与音乐配合的，如何增强表达效果的。

陈佩斯为火腿肠增辉

——电视广告《双鸽火腿肠》创意赏析

《双鸽火腿肠》的电视广告创意，简而言之，就是由陈佩斯和"陈佩斯"一起介绍产品。

利用名人来推荐、介绍产品，在现代电视广告中已不是什么稀罕事。一大批艺术、影视和运动界的名人都纷纷在电视广告中登台亮相，最早一批在广告中亮相的明星有李默然、史进、巩俐、潘虹、马季、李宁等。名人对观众有较大的影响，把他们引入商品广告中，有利于引起观众对广告的注意和兴趣，提高产品的知名度。然而，并不是仅仅聘用名人来做广告就能提高它的宣传效果。名人只有在广告中运用适当，才能充分发挥其名人效应。较之一般的名人广告，《双鸽火腿肠》做得很不一般。

第一，名人与产品相协调，定位准确。陈佩斯是一个喜剧小品明星，以滑稽幽默著称。他那亮闪闪的光头，与那圆滚滚的火腿肠，总容易产生视觉联想。反之，如果让陈佩斯去为化妆品、洗发水或电脑、DVD一类产品做广告就不伦不类了（特殊创意除外）。用滑稽幽默的名人来表演，不仅不会破坏产品的形象，而且容易在欣赏广告的过程中，自觉地接受广告的宣传，接纳该产品。

第二，它的视觉表现新颖、独特。该广告利用电视摄像特技，让一个陈佩斯变成两个正在对话的陈佩斯，视觉形象新奇、有趣，令人百看不厌。这有利于延长广告寿命，引起观众的注意。

第三，广告情节合情合理。在许多名人广告中，我们可以看出，人物与产品格格不入，人物的表演也很生硬。《双鸽火腿肠》则不同，它让陈佩斯表演切火腿肠，接着又品尝火腿肠，整条广告的情节合情合理，没有造作之感。

总之，《双鸽火腿肠》在创意上是比较成功的。如果说，光头使陈佩斯的表演"增辉"，那么，陈佩斯的形象又使双鸽火腿肠增辉了。

不过，这部广告片也有明显的不足，就是"双鸽"品牌名称在广告中不够突出。观众往往记住了陈佩斯，甚至记住了火腿肠，但忘记了火腿肠是什么品牌，那到商店去买火腿肠，该买哪种牌子的呢？

[**点评**]这是一部老的电视广告片，采用名人效应也并不新鲜。不过该文还是

扣住了这条电视广告在名人效应上的几个特点，条分缕析，在短短的广告片中挖掘出了较多的创作经验。电视广告从诞生至今，已经经过了几代变革，现在的广告，从创意到包装、制作都非同日可语。但我们学习广告、学习电视，仍可以从这些老广告中获得启发。

撼人心魄的眼光

——摄影作品《明眸》析

《明眸》是一幅很有特色的照片，画面上，是一个用布围住头部的女孩，她只露出一双眼睛和上半个鼻子。但正是这双眼睛，透出了撼人心魄的眼光。

作品的趣味中心，就是她的两只眼睛。观众只看一眼，就好像被她看到了内心世界，完全暴露在她的眼前。她的眼神让你无法拒绝，那逼视的眼神好似无时无刻不在看着你。这就是它强烈的艺术感染力。

作品的构思很奇特。画面上，只有露出的眼睛、眉毛，而其余的通通不表现。这就使画面更简练，不会分散观众的注意力。作者只让她露出两只眼睛，除对生活的感触外，还有较好的造型手段。在整幅作品中，观众能与之交流的只有这两只眼睛，它是感情交流的桥梁，产生了强烈的震撼力。

作品的影调是低调。画面上，深色调占了三分之一，高调只在左边的上下两角，这就产生了强烈的对比。在深色调中，并不是一深到底，而是闪烁出两只逼视的眼睛，这就使眼光亮度在深色调中脱颖而出。当然这幅作品的用光并非十全十美，右耳处有一丝线光，它削弱了眼光，与整个画面明显不协调。如果把这丝线光处理得暗一点，眼光的感染力就会更强。

作品的光线是适度的。作者运用了左侧光来表现被摄体，使画面产生了对比，并且有一定的空间透视感。布在这种侧光下产生了一定的质感，女性脸的肤色感很真实。但被摄入的右耳边处的光线显然有点过多。

这幅照片的景别是特写。想要把一个人的眼神淋漓尽致地表现出来，运用特写镜头是最合适的。整幅作品虽然看不到她的面部表情，但可以从那两只逼视的眼睛看出情感，这就为作品增添了想像力。

这幅作品表现的对象是人。作者在人像摄影中做到"以形写神，神形兼备"，作者之情和观众之情相互密切配合，达到内在真实和外在真实的统一。摄影以现实生活和景物作为表现对象，只有对事物进行细致的观察和深切的感受，从司空见惯的东西中发现不平常的美，才能激起人们的感情，陶冶人们的情操，启迪人们对生活的认识，才有审美价值。这幅作品正是把人类隐藏的感情通过拍摄表现在观众面前，与观众产生直接的交流。

总之，《明眸》的构思、创意、造型手段都值得学习，值得借鉴。

[点评]有些学校的某些专业，特别是摄像和数字媒体创意专业，要考"摄影作品分析"，这在面试中更为常见。这主要是考查考生的观察能力和镜头感。这里涉及到较多的镜头常识，如构图、用光、影调、景别等，但这些都不难理解。希望大家学习一下与本书配套使用的《文艺常识》，特别是学好其中之《镜头的拍摄与编辑》一章，再对照照片分析一下，是可以掌握基本套路的。如果有困难，还可以就自己的直观印象，谈你对画面的理解：它表达了什么内容？它与常见的照片有什么区别？你觉得它好在哪里？等等。

就这篇习作而言，它抓住画面最大胆的地方——突出女孩的一双眼，又分别从构思、影调、光线、景别等角度分析，重点突出，角度多样，有较高的艺术鉴赏能力。

高考广播影视强化训练

编 导 摄 制 卷

附　　录

难圆绿色梦

中央电视台《焦点访谈》1996 年 8 月 1 日播出

一

一片茫茫的黄沙。（右摇）

一棵干枯的树丫。（上摇）

一位老人肩扛镢头，沿山坡往上走。（剪影）

一片绿色的树林。（右摇）

随着以上镜头，传来一段歌声："三十里的明沙四十里的水，七十里路我来寻徐治民你。来寻你呀你不在，你不在，你在那个园子塔拉把呀把树栽……"

二

演播室大屏幕前，主持人章伟秋说："观众朋友，您现在听到的这首流传在内蒙古达拉特旗的山曲，唱的是一位老人种树治沙的故事。歌里的徐治民今年已经八十二岁，他在园子塔拉种了一辈子树，耗尽了毕生的气力。如今老人腰弯了、腿瘫了，但是老人心里依然惦记着那个绿色的园子塔拉。"

三

徐治民家，金琦来探望徐治民，把礼物放在桌上。记者画外音："这位来看望徐治民的人，就是给他编山曲的老朋友金琦。今天，他又来到徐治民老人的家，看望卧病在床的老朋友，同时也带来园子塔拉的消息。"（推成徐的近景，字幕：徐治民 植树老人）

金琦与徐座谈。金："我最近还去园子塔拉一趟，就前两天。"

（徐的特写）金："西边的防护林都没有了。集体栽的树，大一点儿的，基本上都分给个人了，基本上都砍掉了。"徐治民不由得眉头一皱。

四

一行光秃秃树桩，触目惊心。（镜头前移，停在一棵大树的树桩前。第一次出现标题：难圆绿色梦。）

一棵倒在地上的树干。

一堆锯断的树干。

五

采访村民。（近景，字幕：村民　李二林）李："好几万块钱的树拍卖了。"记者画外音："拍卖了？"李："哎。拍卖了以后说，一个礼拜之后交回钱来。"

村口墙边，堆放着几段木料。

村边树前，竖立摆着一堆木料。（摇上）李的画外音："前年秋天弄的，都一年多了，现在一分钱也没给集体拿回来……"

李（近景）："谁厉害谁把树砍了。"

六

一光秃秃的树丫。（摇下）一位村民正在锄地，他头戴用树叶扎成的"遮阳帽"。记者声："这以前是不是都有树呀？"

村民肖三（特写）："呃，原来这都是树。"

（资料镜头，推）当年绿树成阴，几位村民在树林间乘凉。肖："你也砍，我也砍，众人都给砍了。"现在同一处地方，同一角度，（推）却只剩下几个树桩。记者声："你砍过吗？"肖："也砍过。"记者声："地里边的树都分给各家各户。"肖声："在谁的地里谁砍。"记者声："没有人管吗？"

（字幕：村民　肖三）肖："原来老场长在的时候，老场长管，不让砍。后来老场长上年纪了，走了，就没人管了。"记者声："老场长就是徐治民？"肖："呃，徐治民，老场长。"

七

徐治民家中。徐了解这些内容后，不禁老泪纵横。（推成特写）徐抹眼泪（大特写）。老人痛哭流涕的脸。（大特写）

八

（资料片）当年，徐治民老人在地头种树。（推）（标题第二次出现：难圆绿色梦。）记者画外音："徐治民老人在园子塔拉苦心经营了三十多年。从 1958 年开始，一共植树造林四千亩。"

（资料片）当年徐治民辛勤劳作的镜头，一张朴实的脸（特写）。记者画外音："园子塔拉因此成为全国植树治沙的样板。"

（资料片）当年徐治民在地头吃饭，干粮咸菜。老伴送饭菜来，她也开心地笑着。记者画外音："……徐治民也因此出席了全国群英会，成为第三届全国人大代表。"

九

徐治民家中，老伴接受采访。（特写，字幕：徐治民的妻子　薛美荣）老伴："那可也受上罪了，不然怎么会闹成一身病？　一身的力苦出的尽尽的……"

老伴的话刺痛了徐治民的心，他痛不欲生，头一偏，不由倒在枕头上抽泣着。老伴的画外音："要不他现在痛苦呢。我盘算着也痛苦了。"

十

村边，金琦接受采访。（近景，字幕：金琦　达拉特旗原人大副主任、林业局长）金琦说："这个园子塔拉的形成，全靠这防护林带的保护。这防护林带一破坏，沙子很快会进入园子塔拉，园子塔拉有第二次沙化的可能。"

十一

一片茫茫的黄沙丘，寸草不生。（字幕：记者　周墨）周墨走来，说："观众朋友，我走过的这片沙丘，就是徐治民老人当年带领十八勇士植树治沙的地方……"

沙丘上，一株孤独的树，旁边几个树桩。记者声："仅仅四五年的时间过去，这里的绿树不见了……"

沙丘上，一棵树。记者声："而眼前的这片沙丘……"

周墨站在沙丘上。（镜头向左摇，只见一片黄沙成海。）记者声："而沙丘的主体正以惊人的速度向这个村庄逼近。"画面上，只见沙丘已逼近村庄，几栋房屋依稀可见。

十二

村头，采访村民。（字幕：村民　李俭师）（李戴帽的特写）记者声："大爷，我们看到的这片沙子现在还在走吗？"李答："走得厉害。"

一棵树，孤单地立在沙丘上。（镜头右摇）李的声音："把树砍了，沙就流动开了。那时沙丘多了，（徐）老汉把它固住了，固住就不动了。"

李俭师的脸。记者问："您估计多长时间推到你的地里？"李答："用不了几年，用不了几年。"

十三

地头，采访村民。（字幕：村民　李二林）李正拿盆往地里浇水，旁有一个小孩。记者声："每年这里有多少沙子？"李答："沙？三四十公分深吧。"

李在玉米地（摇下）。李接着说："前几年还能种小麦，现在连小麦也种不成了。"

十四

徐治民家。徐左手拄拐杖，右手扶着桌子，艰难地前行，两位记者扶着他。记者画外音："老人终于坐不住了。他一再要求，再次回到园子塔拉，看一看他种下的树。"

老人右手扶墙壁（特写）。

老人蹒跚的脚，前有一根拐杖。记者画外音："我们也再次陪他前往这个位于内蒙古自治区沙漠北部边缘的小村。"

透过吉普车的车头，可见黄绿相间的村边道路，马达轰鸣。

十五

汽车颠簸着（晃）。徐治民喜笑颜开的脸（特写）。记者画外音："大爷，园子塔拉到了。"老人激动地喃喃自语："园子塔拉到了。"（晃）

（资料镜头，边框虚化）过去的园子塔拉，一片茂密的绿树（左移）。记者声："到了。"

（资料镜头，边框虚化）绿树中，果实挂满枝头。

十六

徐治民从车内向外望（中景）。

一棵被砍的大树（摇上）。

老人神情凝重（推成特写）。（标题第三次出现：难圆绿色梦）

一排被砍的树倒在地上。

老人从车窗里向外伤心地望着。（近景，推成特写，标题结束。）

一群羊在树下。其中一只羊用后腿支撑着，抬起前腿，直起身子去吃树上的叶子。另一只羊也昂头看着树叶。

老人在车内痛苦地呻吟着："这块园子算是丢了！"他用手帕擦鼻涕："唉！太甚了，败家货！没人做主了啊。"

十七

庄稼地里，高才正拿锄头劳动，跨过田垄。记者画外音："让老人失望的，正是他当年亲手培养的接班人，园子塔拉现任村长高才。"

（字幕：高才 园子塔拉村村长。）高才（近景）说："这承包以后，基本上就不属于咱们村上管。村里也管不了啦。"

十八

（字幕：资料）（当年的资料镜头）一棵参天大树（下摇），树旁站着徐治民和他的徒弟。记者画外音："正是高才，亲手砍掉了这棵老人引以为自豪的园子塔拉最高最粗的'树王'。"

十九

高才的近景。记者声："是你的锯的吗？"高才："是我锯的，我闹成了。我还准备让它长一段时间，可是在人家的地头上……"记者声："锯了以后你干什么？"高才："我小子盖房子用了，在树林召做口料了。"

二十

当年的"树王"，如今只剩下一个光秃秃的树桩（俯 推）。记者画外音："这就是那棵最大的树，也让人卖了。"

老人看着树桩，再也支撑不住，不由得瘫倒跪在树桩前。（标题第四次出现：难圆绿色梦。）

老人用拐杖艰难地戳着树桩上的沙垢。（特写）

老人痛苦不堪的脸。风声呼啸，似乎在呜咽，在为老人鸣不平。

老人欲哭无泪。

光秃秃的树桩。（摇上）天空赤日炎炎。（逆光）

二十一

纪念碑背面。记者周墨出镜："观众朋友，这座纪念碑，是1986年达拉特旗人民政府为徐治民老人建造的。这上面的碑文记载了老人一生植树治沙的业绩。但是现在我们看看这块碑的正面。"（跟移至正面）周墨继续说："这上面有三个字没有了。听说有人在园子里面砍树，徐治民老人制止他们，他们就把这三个字打掉了。但是这三个字恰巧是最重要的。'林'没了，'治沙'不要了，那我们的家园又怎么样呢？"

二十二

茫茫的黄沙被风吹起。

沙丘上，沙土飞扬。

一片黄沙，风声大作。

一丛荆棘在风沙中摇曳。

配合以上画面，记者的声音："其实，园子塔拉人都有过背井离乡的痛苦经历。三十六年前，一场风沙掩埋了这里十八户人家……"

沙堆被风吹动，向前推移着。

沙丘前，隐约看出被包围的房屋。

沙丘后，两棵树摇曳着。

以上画面配着记者的声音："不幸的是，这样的悲剧正在园子塔拉下一代人的身上重演。"

二十三

一只小虫在沙地上蹿着。

一只老鼠在沙地上飞跑。

一只小手终于抓住了老鼠，喊叫声。

小孩李磊抓住老鼠，得意地笑着。

李磊用树根撩着手上的老鼠。记者的声音："你们怎么玩呢？"李："摔跤，挖沙，挖土。"

（字幕：李磊）（李磊的近景。）记者声："挖土干什么？"李磊："挖土，捏圪蛋蛋耍了。""那你现在挖个给我们看看。""好。"

李磊跪在沙地上，用手扒开沙土，记者跪在一旁看。

沙丘上，三个小伙伴在嬉笑喊叫，一个小女孩拿着手帕。风吹过，呼呼作响。

李磊用手挖出个大沙坑。记者："下面有什么？"李磊："湿土。""你把湿土掏出来看看。""挖不出来了。"

李磊被风吹着。记者："以前挖出来过吗？"李磊："挖出过。""怎么挖不出来？""现在不下雨了。""多长时间不下雨了？""很长时间了。"风卷着沙，呼啸而过。李磊的眼睁不开，眯成一条缝。

二十四

沙丘旁，几棵树顽强地支撑着村边的防线。（拉：李磊的家。）记者的声音："这就是李磊老少三代生活的居所，离房后的沙丘，只有二十多米远。"

记者进入李磊家，李奶奶戴着一顶防沙的白帽子跟在后面。记者声："风沙正一天天向他们家挺近。"

二十五

李磊家里，炕上厚厚一层沙子。记者声："这床上怎么这么多土？"奶奶："刮风刮的。""啊，刮风刮的。"

奶奶侧面，（字幕：李磊的奶奶）记者声："这开多长时间的窗户刮这么多土？"奶奶："就刚才这一阵风。"奶奶用扫帚扫炕，扫过与没扫过的地方，绿与黄形成了鲜明的对此。记者："像刚才这点风在你们这儿是小是大？"奶奶扫炕："这不算大，一股一股的。"

二十六

（字幕：村民 孙培柱）孙在家中接受采访："今年不明显，是今年砍的嘛，明年就会有问题。"

女村民接受采访："明年就会出明沙，挡风的树都砍了，没挡风的了。"

村民李俭师接受采访："不行了，这个地方。走着走着，又沙化了，又和走的时候一样了。又是流沙，就跟流水似的，噗溜溜，噗溜溜，住不住了。"

二十七

李磊家外，镜头右摇至邻居家。山曲歌声再起："三十里的明沙四十里的水，七十里路我来寻徐治民你。来寻你呀你不在，你不在，你在那个园子塔拉把呀把树栽……"（歌声中，第五次出现标题字幕：难圆绿色梦。）

李磊家。（推镜头，歌声继续，标题继续。）记者声："园子塔拉的下一代，李磊他们还能在这里住多久？"

　　邻居家，人去房空，家徒四壁。（推镜头，歌声继续，标题继续。）记者声："我们看到，李磊家的邻居已经搬迁了。"

　　李磊一人坐在沙丘顶上。（推镜头：大远景→中景）他无奈地低下头，抓起一把沙子，任风吹着沙子飞扬……

二十八

　　演播室大屏幕，主持人章伟秋："前人栽树，后人乘凉。砍了大树，后人连个凉也乘不上。园子塔拉的人们不该忘记大树的恩情，更不应该忘记给他们建造绿色家园的这位老人。"

二十九

　　纪念碑前，徐治民坐在地上。（拉）他喃喃地嘱托着："白栽了，白栽了，沙子又活了。有了树才有了粮食地了。把树好好保护住！又治沙，又治风，治得多了……"

（根据电视片录像带记录整理）

专业招生笔试试题选

说明：此处收录近年部分影视院校专业招生复试（笔试）的试题。其中部分试题作了文字上的调整，部分试题根据考生回忆整理，并非原卷原文，内容文字难免有些出入，仅供参考。

2001 年

浙江广播电视高等专科学校文艺编导专业笔试（影视作品评析）

一、电视作品名称：电视散文《小橘灯》

二、评析内容和要求：

1. 简要回答问题：

（1）这篇电视散文的原作的作者是哪位作家？她的原名叫什么？（5%）

（2）"小橘灯"的特殊含义是什么？（10%）

（3）在散文中"她妈妈一定好（①）了吧？因为我们大家都好（②）了"，和上文小姑娘说的"那时我妈妈就会好（③）了"，"我们大家也都好了（④）了"，这四个"好"字怎样理解？（5%）

（4）编导在原著的处理中，去掉了一个人物"我"的朋友和"我"朋友回来后一段关于小姑娘父亲的情况介绍，你认为编导这样处理的用意是什么？（10%）

（5）编导在作品环境处理的过程中选用暗黑色影调，这与表现小姑娘什么精神有一定联系？（10%）

（6）统计写出全片中画面的大约镜头数。（10%）

2. 写作评析文章（50%）

（1）就本作品的表现手法，选择个合适的角度，结合你的思想感受，写一篇评析文章。题目自拟。

（2）评析文章写在本校统一发放的绘有密封线和方格的稿纸上。

（3）作品播放两遍。

浙江广播电视高等专科学校广电文学专业笔试（影视作品评析）

一、电视作品名称：电视散文《**妹妹，永远的遗憾**》

二、评析内容和要求：

1. 评析文章正题自拟，后加副标题——评电视散文《妹妹，永远的遗憾》。

2. 评析内容应着重分析电视散文电视艺术表现手法的特色，不要写成一般的观后感。

3. 字数 1500 字左右。

4. 写在本校统一发放的绘有密封线和方格的稿纸上。

5. 作品播放两遍。

浙江广播电视高等专科学校电视摄像专业（含摄影方向）笔试（影视作品评析）

一、电视作品名称：《**火祭三星堆**》

二、评析内容和要求：

1. 简要回答问题：

（1）统计写出全片画面的大约镜头数及分段。（10%）

（2）列出全片中所有的画面有太阳的镜头，分析各镜头在全片中的作用。（20%）

（3）列出全片中给你印象最深的青铜人头像的镜头，简要分析其光源的位置和艺术效果。（10%）

（4）分析全片使用的几种素材类型的作用和其艺术效果，如动画、文物实景、资料片等。（10%）

2. 写作评析文章。（50%）

（1）就全片表现手法的某一角度，如画面、色调或景别等，写一篇评析文章，不要写成一般的观后感。字数 1500 字以上。

（2）写在本校统一发放的绘有密封线和方格的稿纸上。

（3）作品播放两遍。时间延长半小时。

浙江广播电视高等专科学校电视摄像专业（灯光与照明方向）笔试（影视作品评析）

一、电视作品名称：《追日》

二、评析内容和要求：

1. 简要回答问题：

（1）"追日"的含义是什么？全片用"追日"作题有何用意？（10%）

（2）统计写出全片画面的大约镜头数及分段。（15%）

（3）分析全片画面色调的特点。（15%）

（4）分析全片结构的特点。（10%）

2. 写作评析文章。（50%）

（1）就全片表现手法的某一角度，写一篇评析文章，不要写成一般的观后感。字数1500字左右。

（2）写在本校统一发放的绘有密封线和方格的稿纸上。

（3）作品播放两遍。

浙江广播电视高等专科学校电视节目制作专业笔试（看片分析）

一、电视作品名称：电视散文《想念梵高》（河北电视台）

二、评析内容和要求：

1. 简要回答问题：

（1）梵高是什么时期、哪个国家的画家？他的画主要受哪些画家的影响？（6分）

（2）梵高的绘画除《向日葵》、《一双鞋》、《播种者》以外，你还知道哪些？（6分）

（3）"他有家可回，而无家可回的可能是我们"这句话中"家"的含义是什么？如何理解这句话？（10分）

（4）统计写出本作品画面的大约镜头数。（8分）

（5）本作品和梵高的绘画作品在造型、色调处理上各有什么特色？（20分）

2．写作评析文章。（50分）

（1）就本作品的表现手法，选择一个你感受最深的角度，写一篇评析文章，不要写成一般的读后感。题目自拟。

（2）评析文章写在本校统一发放的绘有密封线和方格的稿纸上。

（3）作品播放两遍。

浙江广播电视高等专科学校录音艺术专业笔试（影视作品评析）

一、回答内容和要求：

1．根据标准音听写单音。（共5题 ，20%）

2．根据标准音记忆听写。（共2题，10%）

二、电视作品评析。

1．作品名称：《雨打芭蕉》

2．评析内容：

（1）什么叫广东音乐？它的主要风格是什么？（10%）

（2）广东音乐的主要乐器是什么？还有哪些著名曲目（至少举三例)？（10%）

（3）写作评析文章。（50%）

①根据乐曲表现的内容和情绪，从音乐的表现手段及自己的内心感受和联想等，写一篇评析文章。不要写成一般的读后感。题目自拟。

②字数1500字左右。

③写在本校统一发放的绘有密封线和方格的稿纸上。

④作品播放两遍（已录制好，不用倒带）。

2002 年

北京广播学院文艺编导专业笔试（影视评析）

观看专题片《西南情韵》，回答以下问题。

1．通过观看，谈谈与广播、文字、口传等方式相比，电视在保留传统方面有什么特长。

2．通过观看，谈谈民歌在日常生活中有哪些作用。

3．谈谈本片在风格上的特点。

北京广播学院电视编导专业笔试（影视评析）

观看电视片《**中国足球纪事（二）**》，回答以下问题。

1. 这部片子主要选择哪些重要事实或事件来表现中国足球所走过的艰苦历程？（500~1000 字）（35 分）

2. 片中有哪三个细节给你的印象最深？如何评价这些细节？（35 分）

3. 这部片子通过记者、球迷、米卢之口，阐述了哪些有益的人生哲理？举两三个例子，说明这些哲理的意义是什么？（30 分）

北京广播学院电视编导专业笔试（影视评析）

观看电视片《**蕉窗听雨**》，回答以下问题。

1. 这部电视片如何表现了人与自然的和谐？又如何表现自然的花木与人工园林的巧妙融合？（40 分）

2. 请举例说明"相识固然不难，理解未必容易"这句话的含义？（30 分）

3. 这部电视片阐释了哪些深刻内涵的思想和哲理？（30 分）

北京广播学院导演专业笔试（影视评析）

观看短剧《**较劲**》。写一篇不少于 1500 字的影评。题目自拟。文章应包含以下几个内容。

1. 这部电视片的主题思想是什么？

2. 人物对白语言有什么特点？这样处理的目的是什么？还有哪些处理有相同的目的？

3. 剧中印象最深的一段戏是哪里？

4. 请为该片重新设计一个结尾。

浙江广播电视高等专科学校文艺编导专业、音乐编辑专业笔试
（影视作品评析）

一、简要回答下问题：（60%）

（提示：片子中提到的人物主要有：戴维·撒尔诺夫、古列布莫·马可尼、约翰·洛基·贝尔德、查尔斯·詹金斯、弗拉基米尔·兹沃尔金、罗斯福、伊丽莎白、艾森豪威尔、阿德莱·史蒂文森、肯尼迪、尼克松）

1．观看该片后，拟定一个该片的片名。（5%）

2．根据你观看该片后的理解，概括出该片的中心思想。（10%）

3．该片编导采用了哪些素材来说明片子的中心思想？（10%）

4．该片画面色调有什么特点？为什么这样处理？（10%）

5．片子中出现了几个"不相关"的"赌金"的画面镜头，在片子中有什么作用？寓意是什么？（10%）

6．片中有几处"断磁"（即无电视信号），是片子磁带的质量问题，或者是制作上的失误，还是另有画面的内容表现的需要？为什么？（15%）

二、写作评析文章（40%）

就本片内容及表现手法，选择一个你感受最深的角度，写一篇评析文章，不要写成一般的观后感。题目自拟。（评析文章写在本校统一发放的绘有密封线和方格的稿纸上。作品播放两遍。）

2003 年

北京广播学院公共事业管理专业笔试

写一篇演讲稿，1500 字左右。

假如你是一名学生，打算竞选班级董事会，请你写一篇演讲稿，提出你的方案，设计该班的管理章程。要能充分体现你的个性、魅力和能力。（1 小时）

北京广播学院公共事业管理专业笔试（看片分析）

观看台湾影片《**爱情来了**》（片段）（约40分钟，未完）

1．先把情节讲出来，要讲出人物关系和故事梗概。

2．再根据自己的想像，编写后面的部分。题目自拟，1000字以上。（1.5小时）

北京广播学院广电文学专业招生笔试 （广电文学写作）

1．给几个元素：钟表、手枪、笑声、十岁的男孩和他的父亲。请用动作细节编一个故事。（800字以内）

2．给情景作文：老张爱管闲事，一早出去蹓跶，看见两个青年在厮打。他走上前去……

请写一段人物对白，要能表达人物性格和情节。（500字以上）（2小时）

北京广播学院戏剧影视文学专业招生笔试（电视作品分析）

观看电视单本剧《**军中最后一个马帮**》，根据剧本的主题、结构、情节等方面，写一篇1400字左右的分析文章。

（看片1.5小时,共3小时）

浙江广播电视高等专科学校广电文学专业笔试（影视作品评析）

观看电视散文《**对院的女孩**》。

1．该片表达了一种什么样的感情？

2．写评析文章：从表现手法、效果、画面、音乐等方面评析，但不必面面俱到。字数在1000字以上。

浙江广播电视高等专科学校广电文学专业笔试（广电文学写作）

命题作文：

1．《**锻造**》。

2．《**高高的电视塔**》。

要求：二题任选其一，写成散文，字数在1200字以上。

浙江广播电视高等专科学校电视节目制作专业、数码影视制作专业、电视摄像专业、灯光与照明专业笔试（影视作品评析）

一、作品名称：《一把炒米》

二、简要回答下列问题（50分）

1. 简要叙述该片的故事情节，分析其结构特点。

2. 作品通过什么造型元素来结构全片的？其时空有何特点？（提示：从色彩、影调、构图来分析）

3. 白天和夜晚摄影曝光控制有何特点？

4. 片中运用了哪些景别？运用最多的景别是什么？这种景别在造型上有什么意义？

5. 本片的摄影构图有何特点？（提示：①运动 ②线条、斜线条、竖线条）

三、写评析文章（50分）

根据影视作品评析的内容和要求，写一篇800字以上的评析文章。（评析文章写在写在本校统一发放的绘有密封和方格的稿纸上。作品播放两遍。）

浙江广播电视高等专科学校录音艺术专业、录音工程专业笔试

观看片子《上海申办世博会宣传片》，回答问题。（40%）

1. 本片中应用了哪些民族乐器？

2. 本片的背景音乐是根据我国什么地方的音乐素材改编的？有何特点？

3. 交响乐队的乐器可分为哪几组？歌曲的演唱形式有哪些？

4. 本片已经改编的背景音乐有何特点？

作文：一切音乐都是植根于民族音乐中，请就"越是民族的，就越是世界的"这一观点，写一篇评论文章。不少于800字。（60%）（2小时）

2004 年

北京广播学院广电文学专业笔试（文学写作）

1. 写一段对白（话剧本）《我的父亲母亲》（800字以上）

2. 用动作形式写作《相见时难别亦难》（800 字以上）（共 3 小时）

北京广播学院广电文学专业笔试（看片分析）

观看徐静蕾主演的《**我和爸爸**》，写一篇 1500 字以上的影评。（共 3 小时，含看片 1.5 小时）

北京广播学院电视摄像专业、电视编导专业、
电视节目制作专业笔试（看片分析）

观看电视片《**生命之歌**》，回答问题。

1. 该片的主题思想是什么？它在当今社会中有什么作用？（30 分）
2. 举出该片的三个精彩细节，说明它对该片主题的作用。（40 分）
3. 谈谈你对片子的一些思考。（30 分）（该片约 30 分钟，安徽电视台拍摄）

北京广播学院文艺编导专业笔试（看片分析）

观看纪录片《**南国之音**》（介绍福建南音），然后回答问题。

1. 你认为南音成为当地现实生活组成部分的原因是什么？（30 分）
2. 片中印象最深的是什么？为什么？请举例说明。（40 分）
3.（略）（30 分）

北京广播学院数字媒体创意专业笔试

看一部动画片，然后写影评：片子反映了什么人生哲理？有何艺术表现手段？

北京广播学院动画学院专业笔试

命题创作：画四格漫画（包括起承转合）表达一个主题。

1.《自食其果》。
2.《挖》。
3.《减肥》。

北京广播学院文化经纪人专业笔试

综合素质测试。（智力题）（略）

写策划方案：为北京广播学院建校五十周年筹划一台晚会和三项有意义的活动，写一份策划方案。

浙江广播电视高等专科学校广电文学专业笔试（看片分析）

观看杭州电视台拍的《**风雅钱塘**》（约 30 分钟，只放一遍。该片介绍柳永的文学创作，以他五首写杭州的词来贯穿，以《雨霖铃》作结）。

1. 写一篇 1000~1200 字的评析文章。

2. 自行确立文章主题，标题自拟。

3. 应从该片的内容及电视再现手法入手，抓住主要艺术特色进行分析，不要面面俱到。（共 2 小时）

浙江广播电视高等专科学校广电文学专业笔试（文学写作）

阅读下面的材料，然后写故事。要求：

1. 自行确立主题，标题自拟。

2. 可根据需要给相关人物命名。

3. 故事要完整，要有矛盾冲突。

4. 要有画面感。

5. 1000~1200 字左右（共 2 小时）。

拾金不昧　偷偷摸摸

前天傍晚，刘女士的女儿骑车回家，路上丢了包。回家后打包里的手机，接电话的是个男人，说自己是捡破烂的，看到一个女孩包掉了，马上喊，但女孩没听见。双方约定晚上 10 点在市中心广场见面取包……

——摘自 2004 年 1 月 1 日杭州《都市快报》

浙江广播电视高等专科学校电视编导专业、文艺编导专业
笔试（看片分析　　A卷）

观摩纪录片《**远山的歌谣**》，并回答以下问题：

1. 指出纪录片《远山的歌谣》当中的高潮部分。（20分）

2. 纪录片《远山的歌谣》体现了一个什么样的主题思想。（20分）

3. 分析一下纪录片《远山的歌谣》的叙事特色。（20分）

4. 从一个视角分析评论该纪录片，题目自定，文章字数在800字左右。（40分）

（注：《远山的歌谣》长约30分钟，湖北电视台拍摄的文艺专题片。该片讲叙南方某地瑶族流传山歌，歌王盘财佑担心歌谣失传，就精心让孙女盘琴学唱。但孙女只爱流行歌曲，不愿学瑶歌。后来在爷爷教导下，盘琴学会了瑶歌，喜欢瑶歌，并凭借瑶歌考上了武汉音乐学院。）

浙江传媒学院（筹）数字媒体艺术专业笔试（看片分析）

观看广告片《**品格薯片**》和《**丝袜**》。

一、看片回答问题（50%）

1.《品格薯片》反映出商品的什么特征？（5%）通过什么反映出来？（5%）

2.《品格薯片》里最常见的色彩是什么？有什么意义？（5%）

3.《品格薯片》的创意在哪里？（10%）

4.《丝袜》的创意是什么？（10%）

5.《丝袜》最成功的地方在哪里？（10%）

6.《丝袜》的音乐和色彩、光线营造了怎样的氛围？（5%）

二、看片分析（50%）

从《品格薯片》和《丝袜》中任选其一，写一篇分析评论文章。

要求：

1. 从色彩、光线、节奏、镜头组接、音乐画面协调等方面评述。

2. 500~800字之间。

3. 字体清晰，思路清晰。（共90分钟）

浙江传媒学院（筹）数字媒体艺术专业笔试（析文图画创作）

根据下列景物，创作一幅画（素描、色彩不限）。（30分钟）

枯藤、昏鸦、小桥、流水、人家、西北风、一个饥饿而又想家的人。

湖南大学影视艺术学院广播电视编导专业笔试

1. 观看专题节目《纪事》中的一期《**生命的期待**》（讲叙白血病人章莹的故事），写一篇分析评论文章。

2. 命题广告创意：公益广告片《**十年树木　百年树人**》，提出你拍这部广告片的策划方案。

云南艺术学院电视编导专业、音乐编辑专业、摄像专业笔试（视听语言测试）

1. 命题故事小品《**巧合**》。

要求：新颖、有趣，400字左右。

2. 看片写记录。

看一段云南艺术学院舞蹈培训班的广告片，共九个镜头，请将你看到的、听到的记下来。

3. 听声音编故事。

要求听完声音两遍后，根据声音编一个400字左右的故事。（共3小时）

该段声音素材有：钟表声、打开物体的声音、脚步声、磨擦声，一段有压迫感的进行曲，夹杂着几声轰鸣的炮声、三段火车的汽笛声、撞倒物体声、擦火柴声、爆炸声。

四川师范大学电影电视学院导演专业考试

一、填空题：（每题3分，共5分）

1. 请列出五位你最喜欢的电影导演及其代表作品。（国内导演两位，国外导演三位）

（1）导演＿＿＿＿＿＿＿＿＿＿ 作品＿＿＿＿＿＿＿＿＿＿

（2）导演＿＿＿＿＿＿＿＿＿＿ 作品＿＿＿＿＿＿＿＿＿＿

（3）导演＿＿＿＿＿＿＿＿＿＿ 作品＿＿＿＿＿＿＿＿＿＿

（4）导演＿＿＿＿＿＿＿＿＿＿ 作品＿＿＿＿＿＿＿＿＿＿

（5）导演＿＿＿＿＿＿＿＿＿＿ 作品＿＿＿＿＿＿＿＿＿＿

2．请列举你最喜欢的三部电视连续剧＿＿＿＿＿＿＿＿＿、

＿＿＿＿＿＿＿＿＿＿＿＿、＿＿＿＿＿＿＿＿＿＿＿＿

3．请列举你认为创意和表现都比较成功的央视的三个电视栏目名称

＿＿＿＿＿＿＿＿＿＿、＿＿＿＿＿＿＿＿＿＿、

＿＿＿＿＿＿＿＿＿＿

4．请列举央视各频道你认为办得不成功的两个电视栏目名称

＿＿＿＿＿＿＿＿＿＿＿＿、＿＿＿＿＿＿＿＿＿＿

5．请列举你最喜欢的三本杂志＿＿＿＿＿＿＿＿＿＿＿＿、

＿＿＿＿＿＿＿＿＿＿、＿＿＿＿＿＿＿＿＿＿＿＿

二、请以"**英雄**"为题，写一篇300字左右的幽默小品。（20分）

要求：

1．不要详尽描写。

2．语言精炼。

3．情节发展出人意料。

三、如果请你担任央视春节晚会的总导演，你将会对历年的"春节晚会"模式从内容到形式作出哪些改革？

请按照上述题目以简洁的文字写出你的改革举措。（500~800字）

四、请以下面一段散文作为故事的开端，续完一个完整的电影故事。（40分）

要求：

1．字数800~1000字。

2．故事完整，情节生动，人物可自取名。

3．写故事不需要过多地描写场景、环境、心理活动，重要的是讲述一个生动感人的故事。

这是真的。

有个村庄的小康之家的女孩，生得美，有许多人来做媒，但都没有说成。那

年她不过十五六岁吧，是春天的晚上，她在后门口，手扶着桃树。她记得她穿的是一件月白色的衫子。对门住的年轻人同她见过面，可是从来没有打过招呼的，他走了过来，离得不远，站定了，轻轻地说了一声："噢，你也在这里吗？"她没有说什么，他也没有说什么，站了一会，各自走开了。

2005 年

中国传媒大学公共事业管理专业笔试（看片分析）

观看纪录片**《东京不相信眼泪》**（20 分钟），再根据题目完成写作问题：

1．本片中你觉得最打动人的材料是什么？

2．你觉得这些打动你的材料好在哪里？

3．若要将本片中的材料拍成一部电视剧，你会怎样拍摄？

结合以上问题写一篇不少于 1200 字的文章。

中国传媒大学公共事业管理专业、文化产业管理专业
综合能力笔试试题（北京/南京考区）

1．若 B 的对比图形为 A，则在下列五个图形中 E 的最佳对比图是那一个？

A.　　　B.　　　C.　　　D.　　　E.

2．重新组合 BARBIT 几个字母，会得到下列哪个事物的名称？
    A．海洋　B．国家　C．州　　D．城市　E．动物

3．王红 12 岁，她是弟弟年龄的 3 倍，她多大年龄才是她弟弟年龄的 2 倍？
    A．15　　B．16　　C．18　　D．20　　E．21

4．若牛奶的对比是瓶子的话，则在下列五个词中，信纸的最佳对比词是哪个？
    A．邮票　　B．钢笔　　C．信封　D．书　　E．邮袋

5. 如果有些 A 是 B，而有些 B 是 C，则有些 A 肯定是 C。这种说法对吗？

　　A. 对　　　　B. 错　　　C.　对错难说

6. 若 LIVE 的对比词是 EVIL，则在下列五组数中哪个是 5232 的对比数？

　　A. 2523　　B. 3252　　C. 2325　　D. 3225　　E. 5223

7. 在字母系列 A—D—G—I—J—M—P—S 中，哪一个字母不属于这个系列？

　　A . D　　B . I　　C . J　　D . M　　E . S

8. 将适当数字添入括号：

　　16　　（96）　　12

　　10　　（　）　　15

9. 彩色电视机被降价 20% 出售，现在要涨价百分之几才能以原价出售？

　　A. 15%　　　B. 20%　　C. 25%　　D. 30%　　E. 40%

10. 在数列 2—3—6—7—8—14—15—30 中，哪个数不属于这个数列？

　　A . 3　　B . 7　　C . 8　　D . 15　　E . 30

11. 在括号内填入一个字使之与括号两边的词意思相同。

　　最好的部分（　　　）机灵心细

12. 在括号内填入一个字使之与括号两边的字分别构成两个词。

　　乡（　　　　）士

13. 五个答案中哪一个是最好的类比？

　　工工人人人工人人工　　对于 221112112

　　相当于　　工工人人工人人工　　对于

　　A. 1221122　　B. 22112122　　C. 22112112　　D. 112212211　　E. 212211212

14. 图中阴影部分占总面积的百分之几？

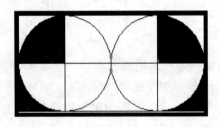

　　A. 20%　B. 25%　C. 30%　D. 35%　E. 40%

15. 找出下列与众不同的一个。

   A．水　B．太阳　C．汽油　D．风　E．水泥

16. 填入所缺的字母：N　O　M　Q　I　（　）

17. 全班学生排成一行，从左数起和从右数起小明都是第 15 名，问全班共有学生多少人？

   A．15　B．25　C．29　D．30　E．31

18. 小明比小强大，小红比小明小。下列陈述中哪一句最正确？

   A．小红比小强大　　B．小红比小强小

   C．小红与小强一样大　　D．无法确定小红与小强谁大

19. 经过破译敌人密码，已经知道了"香蕉苹果大鸭梨"的意思是"星期三秘密进攻"，"苹果甘蔗水蜜桃"的意思是"执行秘密计划"，"广柑香蕉西红柿"的意思是"星期三的胜利属于我们"，那么，"大鸭梨"的意思是：

   A．秘密　B．星期三　C．进攻　D．执行　E．计划

20. 火车守车（车尾）长 6.4 米。机车的长度等于守车的长加上半节车楔的长。车厢长度等于守车长加上机车长。火车的机车、车厢、守车共长多少米？

   A．25.6 米　B．36 米　C．51.2 米　D．64.4 米　E．76.2 米

21. 如果把这个大立方体的六个面全部涂上黑色，然后按图中虚线把它切成 36 个小方块，两面有黑色的小方块有多少个？

   A．8　B．10　C．12　D．16　E．20

22. 小张、小李、小王、小刘共买苹果 144 个。小张买的苹果比小李多 10 个，比小王多 26 个，比小刘多 32 个。小张买了多少个苹果？

   A．73　B．63　C．53　D．43　E．27

23. 找出与众不同的一个：

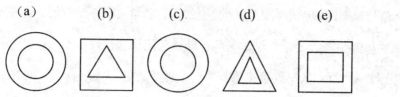

| (a) | (b) | (c) | (d) | (e) |

24. 在下列 5 种动物中，那一种与其余 4 种差别最大？

  A. 熊　　B. 蛇　　C. 牛　　D. 狗　　E. 虎

第 25、26 两个题目，第一个词和最后一个词都空着，请在所给的五个备选答案中选择一个，使之成为一个完整的句子。

25. ……之于儒家，好像老子之于……

  A. 孔子——道家　　B. 孟子——法家　　C. 曾子——墨家

  D. 墨子——道家　　E. 孔子——佛家

26. ……之于宋，好像史可法之于……

  A. 岳飞——唐　　B. 王安石——明　　C. 项羽——元

  D. 文天祥——明　　E. 李广——元

27. 打满水缸要 11 桶水。王林每次只能提两桶水，要打满水缸他需要走几趟？

  A. 5　　B. 5.5　　C. 6　　D. 6.5　　E. 7

28. 一本书的价格降低了 50%。现在，如果按原价出售，提高了百分之几？

  A. 25%　　B. 50%　　C. 75%　　D. 100%　　E. 200%

29. 请从右边选择一个（abcd）插入左边图形中，以使左边的图形在逻辑角度上能成双配对。

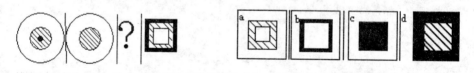

30. 有三筐水果，一筐装的全是苹果，第二筐装的全是橘子，第三筐是橘子与苹果混在一起。筐上的标签都是骗人的（比如，如果标签写的橘子，那么可以肯定筐里不会只有橘子）。你的任务是拿出其中一筐，从里面只拿一只水果，然后正确写出三筐水果的标签。

31. 两只乌龟一起赛跑，甲龟到达 10 米终点线时，乙龟才到 9 米位置。现在如果让甲龟的起跑线退后 1 米，这时两龟再同时起跑比赛，问甲乙两龟是否同时到达终点？

32. 一学年过去了，班里开始评选三好学生。我们班只能评出 3 人，每人只能投一个人的票，得票最多的前三名当选。全班有 49 人，共有 7 名候选人，则最少要得多少票才能肯定当选？

33. 英国著名戏剧作家萧伯纳将一个剧本交给剧院排练上演。并签下合同：在剧院演出 25 场获利 5 万英镑的前提下，剧院付给萧伯纳稿酬 5 千英镑。演出开始后，上座率非常高。当第 25 场上演时，萧伯纳来领取稿酬。剧院经理无可奈何地耸耸肩说："对不起，这 25 场演出一共收了 49996 英镑。"萧伯纳知道经理想赖账，他采取了一个非常简单的方法使经理当时就乖乖地交出了钱。萧伯纳当时是如何处理的呢？

34. 有一本书，兄弟俩都想买。哥哥缺 50 元钱，弟弟只缺 1 元钱。两人把钱合起来买一本，钱仍然不够。你知道这本书的价钱是多少吗？兄弟俩各有多少钱？

(时间：40 分钟)

中国传媒大学公共事业管理专业、文化产业管理专业综合能力笔试试题
(京外考区)

1. 在下列五个词中，哪个与其余四个差别最大？
   A. 摸　　B. 听　　C. 尝　　D. 笑　　E. 看

2. 重新组合 RAPIS 几个字母，会得到下列哪个事物的名称？
   A. 海洋　　B. 国家　　C. 州　　D. 城市　　E. 动物

3. 在下列五个图形中，哪个与其余四个差别最大？

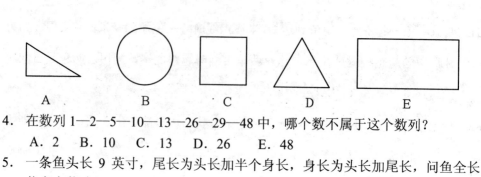

4. 在数列 1—2—5—10—13—26—29—48 中，哪个数不属于这个数列？
   A. 2　B. 10　C. 13　D. 26　E. 48

5. 一条鱼头长 9 英寸，尾长为头长加半个身长，身长为头长加尾长，问鱼全长共多少英寸？
   A. 27 英寸　B. 54 英寸　C. 63 英寸　D. 72 英寸　E. 81 英寸

6. 在 E 中填入所缺的数字：

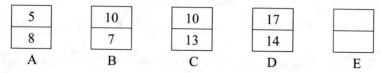

7. 小明比小强大，小红比小明小，下列陈述中哪一句最正确？
   A. 小红比小强大　　　B. 小红比小强小
   C. 小红与小强一样大　D. 无法确定小红与小强谁大

8. 打满水缸要 11 桶水。王林每次只能提两桶水，要打满水缸他需要走几趟？
   A. 5　B. 5.5　C. 6　D. 6.5　E. 7

9. 填出所缺的数字：
   1 1　　　1 2　　1 4　　（　　）　　2 6　　　4 2

10. 一本书的价格降低了 50%，现在，如果按原价出售，提高了百分之几？
    A. 25%　B. 50%　C. 75%　D. 100%　E. 200%

11. 小张、小李、小王、小刘共买苹果 144 个。小张买的苹果比小李多 10 个，比小王多 26 个，比小刘多 32 个。小张买了多少个苹果？
    A. 73　　B. 63　　C. 53　　D. 43　　E. 27

12. 下边哪一个盒子是用左边这张硬纸折成的？

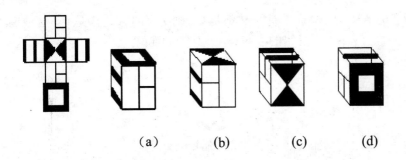

(a)   (b)   (c)   (d)

13. 在括号内填入一个字使之与括号两边的字分别构成两个词。

小（   ）合

14. 五个答案中哪一个是最好的类比？脚对于手相当于腿对于

A. 肘   B. 膝   C. 脚趾   D. 手指   E. 臂

15. 在括号内填入一个字使之与括号两边的词意思相同。

仇恨（   ）责怪

16. 全班学生排成一行，从左数起和从右数起小明都是第 17 名，问全班共有学生多少人？

A. 17 人   B. 32 人   C. 33 人   D. 34 人   E. 35 人

17. 找出与众不同的一个。

A. 触   B. 视   C. 听   D. 吃   E. 嗅

18. 哥哥今年 15 岁，他的年龄是妹妹年龄的 3 倍。当哥哥的年龄是妹妹年龄 2 倍时，哥哥几岁？

A. 18   B. 20   C. 24   D. 26   E. 30

19. 找出下列数字中多余的一个。

4   5   8   10   11   16   19   32   36

20. 若 CAACCAC 的对比数是 3113313，则在下列数字中，CACAACAC 的最佳对比数是哪一个？

A. 13133131   B. 13133313   C. 31311131   D. 31311313   E. 31313113

21. 玛丽有些小甜饼，她吃了一个后把一半分给了妹妹，然后她又吃了一个，再将剩下的甜饼分一半给弟弟。这时，她还剩下 5 个。请问，玛丽原来有几个小甜饼？

A. 11 个   B. 22 个   C. 23 个   D. 45 个   E. 46 个

22. 如果所有的 A 都是 B，而所有的 B 都是 C，则所有的 A 肯定是 C。这种说法：

　　A．　是对的　　B．　是错的　　C．　　对错很难说

23. 填入所缺的字母。

　　H　　　　K　　　　Q

　　C　　　　G　　　　O

　　E　　　　J　　　　（　　）

24. 在括号内填入一个字使之与括号两边的词意思相同。

　　反面（　　　　　）负担

25. 在括号内填入一个字使之与括号两边的字分别构成两个词。

　　风　　（　　　　）乱

26. 填出所缺的数字：

　　4　　　　8　　　　6

　　6　　　　2　　　　4

　　8　　　　6　　　　（　　）

27. 填出所缺的数字：

　　11　　12　　14　　（　　）　　26　　42

28. 请从右边（abcd）选择一个图形插入左边图形中，以使左边的图形在逻辑角度上能成双配对。

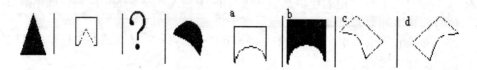

29. 请从右边的一组图形（abcd）中选出两个图形填入左边，以使左边的图形从逻辑角度上能成双配对。

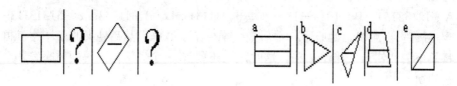

30. 找出下列图形与众不同的一个。

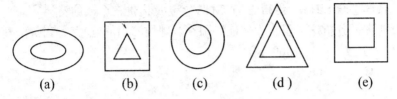

(a)　　　　　(b)　　　　　(c)　　　　　(d)　　　　　(e)

31. 你有八个球。其中一个有破损，因此比其他球轻了一些。你有一架天平来比较这些球的重量。如果只称两次，如何找出破损的球。

32. 小张因工作繁忙，决定临时请小王来协助他工作。决定以一年为期限，一年的报酬为 600 美元和一台电视机。小王做了 7 个月以后，因急事必须离开，并要求得到他应得的钱和电视机。由于电视机不能拆散付给他，结果他得到了 150 美元和一台电视机。请想一想：这台电视机值多少钱？

33. 镜子正还是不正？
　　　米切尔在墙壁上挂了一面镜子。为了确保正挂在墙上，他分别从镜子边上的两点，量出到相邻的墙壁都是恰恰 40 厘米的距离，然后再挂好镜子。但是他的妻子劳恩走进房间之后，看了看镜子说："镜子没有挂正。""不可能啊！"米切尔说。"我知道这两面墙都是垂直的，因为我使用水平和铅垂线重复检查过。我在镜子左边的两个点测量到相邻墙壁的距离都是 40 厘米。并且我还检查了这面镜子确实是完好的矩形。墙壁是垂直地面的。镜子的左边和墙是平行的。镜子的左右两边也是平行的。所以镜子挂的位置应该是正的啊。""但是，"劳恩回答说，"我看镜子右边并不垂直地面啊。"到底谁说得对，是米切尔还是劳恩呢？

34. 如果将七棵树种成六行，每行三棵。请画示意图说明如何才能实现。

35. 有一队战士在行军途中被一条大河挡住了去路，河水很深，河上又没有桥，战士们又不会游水。大家正在着急之际，从远处来了一条船，船上坐有两个小孩。但船很小，只能载两个小孩或一个战士，多了就不行。怎么办？战士们通过集思广益，终于想出了一个巧妙的办法，使小分队过了河，你知道是什么办法吗？

中国传媒大学文化事业管理专业笔试（看片分析）

观看台湾组合 S.H.E 演唱的三个 MTV（卷上提供三个人的资料）。

文章要求：分析这个组合为何能够蹿红，她们演唱的艺术风格怎样，有何特色，等等。（字数不少于 1500 字）

中国传媒大学文艺编导专业笔试（看片分析）

观看电视片《美在广西》，再根据题目完成写作。

1. 你对片中哪几个地方印象最深？

2. 片中有哪几处细节最精彩？

中国传媒大学电视导演专业笔试（看片分析）

观看电影《可可西里》，就影片的人物、价值、细节描写等方面写一篇评析文章，谈谈该片好在哪里。

中国传媒大学数字媒体艺术专业笔试（看片分析）

1. 观看国外流行音乐组合 MTV（运用了大量数字特技），写分析文章。

2. 观看概念车广告片（大量运用数字特技），写分析文章。如它的创意好在何处，有何特色，它如何运用广告体现出汽车性能的，等等。

中国传媒大学数字媒体艺术专业笔试

一、填空题（略）

（基本上是美术常识，如绘画二维空间、雕塑三维空间，雕塑的种类，绘画的分类，以及中外著名画家、画作。）

二、辨析题

1. 不少人看过中央电视台拍的《太平天国》，里面有个重要人物曾国藩，有人说他是忠诚、善战的大臣，也有人说他是清政府的走狗。你对他有何看法？试作分析。

2. 最近中俄两国签署了关于俄向中国增加辅设输油管道的协议，目的在于增大石油输出量，保证生产。对此你有何看法？试作分析。

3. 20 世纪以来，随着从卓别林到斯皮尔伯格等优秀电影人的出现，以及好莱坞电影基地的建成，美国电影业蓬勃发展，走在世界电影的前列。试简要分析美国电影的成功之道。

三、网络题

1. 你常去哪三个网站？为什么？请简要分析它们的设计风格。

2. 图片取名。观看两张照片，并给它们各取二至五个标题。

中国传媒大学电视编导专业、电视节目制作专业笔试（两年制高职大专）（看片分析）

看专题片《天使》，然后回答问题。

1. 叙述该片所讲的故事内容。（30 分）

2. 该片运用了哪些艺术手法？（40 分）

3. 谈谈你看了这部片子后的感受。（30 分）

浙江传媒学院戏剧影视文学专业（看片分析A卷）

仔细观看电视散文《今夜》，完成下面问题。

1. 这部电视散文叙述了作者的一种刻骨铭心的渴望，为什么？

2. 在众多表示渴望的镜头中，哪几组镜头让你感到了作者内心的情绪的强烈？

3. 对这部电视散文的成败得失，你还有别的想法吗？请告诉我们。（600 字左右）

浙江传媒学院文艺编导专业、电视编导专业笔试（看片分析）

观看专题片《四季西湖》（放两遍）。

一、回答问题（40 分）

1.《四季西湖》和《风雅钱塘》有何关系？（4 分）

2. 有人认为《四季西湖》可以改为《西湖四季》，你认为哪个更好？为什么？（10分）

3. "春"这一部分可概括为"春"、"西湖"、"爱情"三个主题词，那么"夏"、"秋"、"冬"三段呢？（12分）

4. 写意和纪实是电视片拍摄中常用的两种影像风格，但它们有时并不矛盾。你认为本片的主要影像风格是什么？（10分）

二、写评论文（60分）（二题任选一题）

1. 以本片为例，谈电视文艺节目的创新。（800字左右）

2. 从它的结构、画面、立意等方面，写一篇评析文章。（1000字左右）

浙江传媒学院数字媒体艺术专业、电视节目制作专业复试
（看片分析）

观看广告片一《欧洲城市》和广告片二《韩国旅游》。

一、回答问题（50%）

1. 广告片一《欧洲城市》的音乐是如何变化的？音乐变化和画面内容的变化之间有什么关系？（15%）

2. 广告片一《欧洲城市》想突出被宣传对象的什么特征？（5%）

3. 广告片二《韩国旅游》在色彩运用上有什么特点？（10%）

4. 广告片二《韩国旅游》在光线运用上想营造一种什么样的氛围？（5%）

5. 广告片二《韩国旅游》的表现目的是什么？这一目的是如何通过视听语言进行表现的？（15%）

二、评述（50%）

从所给的广告片中任选一个进行总体评价。

要求：

1. 从色彩、光线、节奏、镜头、组接以及音乐和画面的配合这几方面进行分析。（可从一个或多个方面着手分析）

2. 字数在500字左右。

浙江传媒学院新闻采编与制作（含网络方向）笔试

考试科目：根据所提供的新闻内容写一篇议论文（A卷）。

请结合下列给出的材料发表评论，撰写一篇议论文，自拟题目，字数不少于600字。

材料一：近日，广州市某中学一高中女生致电本台称，学校日前在全校范围内整顿学生发型，要求女生一律留齐耳短发。不遵守规定的同学，时常会被拉去训话。女生们的长发梦遭到"严酷"挑战。

材料二：日前颁布的《上海市中学生日常行为规范》，把"校内穿校服"，改为"校内穿学生服，高中提倡穿校服"。即从原来的硬性规定变为"提倡"。

2005 年艺术类专业

招生简章

中国传媒大学

中国传媒大学（原北京广播学院）是教育部直属的国家"211 工程"重点大学，是一所以信息传播为特色的综合性大学，是我国广播、电视、电影、网络、出版、报刊等高层次传媒人才的摇篮和科学研究的基地。学校学科实力雄厚，办学条件优良，在广播影视艺术人才培养方面具有独特的优势。中国传媒大学热诚欢迎广大考生报考我校艺术类专业。

本简章只限于介绍需提前进行专业加试的艺术类本科及高职专业招生情况，普通本科专业、非通用语专业及其它专业招生情况另有简章介绍。

一、招生计划

2005 年艺术类本科、高职专科招生计划表

学院	专业名称	人数	科类	层次
播音主持艺术学院	播音与主持艺术	60	文史类、理工类均可（即文理兼收）	四年本科
影视艺术学院	广播电视编导（文艺编导方向）	40		
	音乐学（音乐编导方向）	20		
	表演	20		
	导演	20		
	摄影（电影、电视剧摄影方向）	20		
	*照明艺术	20		
	戏剧影视美术设计	20		
	戏剧影视美术设计（形象设计方向）	20		
	戏剧影视文学	40		
电视学院	广播电视编导（电视编导方向）	40		
	摄影（电视摄影方向）	20		
国际传播学院	播音与主持艺术（英语节目主持方向）	40		
	戏剧影视文学（影视剧译制方向）	20		
动画学院	动画	30	理工类	
	动画（游戏设计方向）	30		
	动画（动画技术方向）	25		
录音艺术学院	录音艺术（录音工程方向）	25		
	录音艺术（音响导演方向）	25	文史类、理工类均可（即文理兼收）	
	音乐学	30		
新闻传播学院	媒体创意	30		
广告学院	艺术设计（广告设计方向）	30		
媒体管理学院	公共事业管理（制片管理方向）	30		
	文化产业管理（文化经纪方向）	30		
信息工程学院	数字媒体艺术（数字影视制作方向）	40	理工类	
	数字媒体艺术（网络多媒体艺术方向）	40		
影视艺术学院	电视摄像	30	文理兼收	两年高职
电视学院	电视节目制作	60		

招生地区：面向全国招生

招生办法：参加学校组织的艺术类专业考试

注：1. 播音与主持艺术专业录取时，男生分别排队，男女生录取比例为 1∶1；

2. 因我校公共外语课只开英语，故仅限于英语语种的高考考生报考；

3. 表中带*的专业正在审批过程中。

二、报　名

（一）符合下列条件的中国公民，具备报名资格

1. 遵守中华人民共和国宪法和法律；

2. 高级中等教育学校毕业或具有同等学历；

3. 身体健康。

注：现役军人经大军区政治部批准可以报名；华侨及香港、澳门、台湾地区的考生可直接到学校设立的各考点参加专业考试，专业考试合格者按规定到普通高等学校联合招生办公室、北京市高招办、厦门市高招办、香港考试局、澳门中国旅行社等地报名，参加统一文化考试。

（二）下列人员不能报考

1. 国家承认学历的高等学校的在校生；

2. 应届毕业生之外的高级中等教育学校的在校生；

3. 被高等学校开除学籍或勒令退学不满一年者（从被处分之日起，到报名开始之日止）；

4. 因触犯法律而被追诉或正在服刑者。

（三）部分专业基本要求

1. 播音与主持艺术、播音与主持艺术（英语节目主持方向）身体要求：发音器官无疾病，无色盲，无夜盲。身高：男，一般不低于 1.75 米，女，一般不低于 1.65 米。

2. 广播电视编导（文艺编导方向）、表演、戏剧影视美术设计、戏剧影视美术设计（形象设计方向）、广播电视编导（电视编辑方向）、电视节目制作（高职）各专业身体要求：男，身高 1.65 米以上，女，身高 1.60 米以上，无色盲，无色弱，矫正视力 5.0 以上。

3. 摄影（电影、电视剧摄影方向）、摄影（电视摄影方向）、电视摄像（高职）身体要求：男，身高 1.70 米以上，女，身高 1.65 米以上，无色盲，无色弱，裸

眼视力 5.0 以上,无平足。

（四）报名办法

凡符合报考条件的考生，均可到我校所设定的考点办理报名手续。不受理函报。

1．考生办理报名手续时必须交验以下材料，材料不全者或未在规定的时间报名者，均不予办理报名手续。

（1）身份证（或户口本）：学生证或所在省（市）发的艺术类报考证。

（2）《报名登记表》。本简章后附有《报名登记表》，考生可复印，或从学校网站上下载（www.cuc.edu.cn），并用 A4 纸打印，提前填写；也可在报名现场领取、现场填写。**每个考生最多可报三个本科专业及一个高职专业**；如报考一个专业填写一式两份报名表。报考两个专业填写一式三份报名表，报考三个专业填写一式四份报名表，报考四个专业填写一式两份报名表，报考四个专业填写一式五份报名表。各份报名表内容要完全一致。

（3）照片。考生本人近期一寸正面免冠同底片照片，报考一个专业四张，报考两个专业六张，报考三个专业八张，报考四个专业十张。

（4）报名考试费。每个专业初试报名考试费 100 元。初试合格者，办理复试手续时交复试费：播音与主持艺术、播音与主持艺术（英语节目主持方向）每个专业 150 元，其它各专业复试费 100 元。

2．考生要认真选择所报专业志愿，办理完报名手续后**一律不允许修改志愿**。

3．考生《报名登记表》等经我校招生办公室审核同意后，发给专业考试准考证。考生必须携带专业考试准考证按指定时间、地点参加所报专业的专业考试。

4．考生在初试时可向考官提供考生本人发表的作品、获奖证书或代表考生某一方面艺术特长的音像制品等。

5．为方便考生，哈尔滨、杭州、武汉、成都、西安考点和北京、南京考点的专业考试分在两个不同的时间段进行，每个考生只允许参加一次专业考试。每个考生最多可通过三个本科专业，一个高职专业，高考后录取时以专业考试时所填报的志愿顺序为准，无专业志愿分数级差，同等条件下按志愿顺序录取。

（五）报名日期

哈尔滨、杭州、武汉、成都、西安考点：2005 年 1 月 22—23 日

北京和南京考点：2005 年 2 月 20—21 日（北京和南京考点报名的同时进行初试）

（六）报名地点

考点	考点具体地址	咨询电话
北京	北京市朝阳区定福庄东街 1 号 中国传媒大学（原北京广播学院）	（010）65779370、65779256、65779141（传真）
南京	南京市江宁区天印大道 1399 号 中国传媒大学南广学院	（025）86179886　86179887 86179888 （010）65779474（北京）
哈尔滨	哈尔滨市南岗区和兴路 50 号 哈尔滨师范大学	（0451）88067337
杭州	杭州市文一路 80 号 浙江省委党校	（0571）88266666　88078027
武汉	武汉市武昌区武珞路 694 号 湖北艺术职业学院	湖北省广播电视局 （027）87845490
成都	成都市青羊区西胜街 1 号 少城小学	四川省广播电视集团 （028）86633478
西安	西安市太白南路 212 号 陕西省西安幼儿师范学校	陕西省广播电影电视局职工培训中心 （029）87991577　87991578

备注：考生可就近在任意一考点参加专业考试

三、考 试

（一）专业考试时间

1. 哈尔滨、杭州、武汉、成都、西安考点专业考试时间

初试：2005 年 1 月 24—26 日，1 月 27 日上午在各考点公布初试合格考生名单，办理复试手续。

复试：

（1）分专业复试：2005 年 1 月 27 日下午—31 日。

（2）文化基础知识笔试：2005 年 1 月 29 日上午 9:00—11:00[只报考**播音与主持艺术、音乐学（音乐编辑方向）、表演、戏剧影视美术设计、戏剧影视美术设计（形象设计方向）、动画、音乐学、艺术设计（广告设计方向）、电视摄像（高职）、电视节目制作（高职）**等十个专业，而不兼报其它十八个专业的考生，**不参加**此项考试；报考其它十八个专业的考生**均需参加**此项考试]。

2. 北京和南京考点专业考试时间

初试：2005年2月20—23日，2月24日上午在各考点公布初试合格考生名单，办理复试手续。

复试：

（1）分专业复试：2005年2月24日下午—28日。

（2）文化基础知识笔试：2005年2月26日上午9—11时[只报考**播音与主持艺术、音乐学（音乐编辑方向）、表演、戏剧影视美术设计、戏剧影视美术设计（形象设计方向）、动画、音乐学、艺术设计（广告设计方向）、电视摄像（高职）、电视节目制作（高职）**等十个专业，而不兼报其它十八个专业的考生，**不参加**此项考试；报考其它十八个专业的考生**均需参加**此项考试]。

（二）专业初试内容

播音与主持艺术

①朗读指定稿件

②朗诵自备文学作品（诗歌、散文、小说片段、寓言等任选一项，限2～3分钟）

广播电视编导（文艺编导方向）

①自我介绍

②回答考官提问

音乐学(音乐编辑方向)

①自我介绍

②视唱、听音、演唱、演奏

③回答考官提问

请自带乐器（钢琴除外）、伴奏带、考级证书

表演

该专业分初试、二试和三试，初试合格者进入二试，二试合格者进入三试

初试：

①朗诵（自选小说片断、诗歌、散文、寓言等，限时3分钟）

②表演（命题，集体小品）

导演

①自我介绍

②自选朗诵（限时3分钟）

③摄影与美术作品分析

④特长展示

⑤提问

摄影（电影、影视剧摄影方向）

①自我介绍

②回答考官提问

*照明艺术

①自我介绍

②回答考官提问

戏剧影视文学

①自我介绍

②回答考官提问：文学艺术常识

广播电视编导（电视编辑方向）

①自我介绍

②回答考官提问

摄影（电视摄像方向）

①自我介绍

②回答考官提问

播音与主持艺术（英语节目主持方向）

①单词、词组、句子朗读与模仿

②朗读指定的英语短文

③回答考官提问

戏剧影视文学（影视剧译制方向）

①用英文复述指定的英语短文

②用中文朗诵指定的诗文

③回答考官有关古今中外文学艺术常识提问

动画（游戏设计方向）

命题默写（90分钟），考试用纸8开，由学校提供，工具、形式不限。个人作品及各类获奖证书复印件可随卷上交

录音艺术（录音工程方向、音响导演方向）

面试：视唱练耳

音乐学

　　面试：视唱练耳

媒体创意

　　①自我介绍

　　②特长展示：新闻作品、文学作品、美术作品、摄影作品、网络作品及其它

　　才艺特长

　　③考官提问：以考查考生综合素质为主

公共事业管理（制片管理方向）

　　①自我介绍

　　②回答考官提问（文化艺术常识、社会现象评述）

文化产业管理（文化经纪方向）

　　①自我介绍

　　②回答考官提问（文化艺术常识、社会现象评述）

数字媒体艺术（数字影视制作方向）

　　①自我介绍（中、英文自选，限时2分钟）

　　②回答考官提问

　　③才艺展示或命题故事（语言表达或图画表达）

数字媒体艺术（网络多媒体艺术方向）

　　①自我介绍（中、英文自选，限时2分钟）

　　②回答考官提问

　　③才艺展示或命题创意（语言表达或图画表达）

戏剧影视美术设计、戏剧影视美术设计（形象设计方向）、动画、艺术设计(广告设计方向)

　　四个专业初试统一考试：命题默写（90分钟），考试用纸8开，由学校提供，工具、形式不限。个人作品及各类获奖证书复印件可随卷上交

电视摄像（高职）

　　兼报影视艺术学院摄影（电影、电视剧摄影方向）、照明艺术、戏剧影视美术设计本科专业的考生随这几个专业初试，兼报其它专业及单独报考电视摄像（高职）专业的考生初试内容为面试：回答考官提问

电视节目制作（高职）

　　兼报电视学院广播电视编导（电视编辑方向）和摄影（电视摄影方向）本科

专业的考生随这两个专业初试，兼报其它本科专业及单独报考电视节目制作（高职）专业的考生初试内容为面试：回答考官提问

（三）专业复试内容

1. 文化基础知识笔试（内容为高中文化课中的语文、数学、外语）。

[只报考**播音与主持艺术、音乐学（音乐编辑方向）、表演、戏剧影视美术设计、戏剧影视美术设计（形象设计方向）、动画、音乐学、艺术设计（广告设计方向）、电视摄像（高职）、电视节目制作（高职）**等十个专业，而不兼报其它十八个专业的考生，**不参加**此项考试；报考其它十八个专业的考生**均需参加**此项考试。]

2. 分专业复试内容。

播音与主持艺术

面试录像：

①朗读自备文学作品

②主持小栏目（依据指定材料，可作适当改编，设计成广播或电视小栏目，用口语主持播出，限3分钟以内）

③即兴评述（当场抽题，准备5分钟，不得写成提纲或文稿，评述限3分钟以内）

④回答主考官提问

广播电视编导（文艺编导方向）

①面试：a.根据考官提供的背景资料谈自己的观点看法（背景资料为从报刊上摘录的有关人或事物的客观报道）

　　　　b.回答考官提问

②笔试：电视作品分析

音乐学（音乐编辑方向）

①面试：a.音乐知识问答

　　　　b.回答考官提问

②笔试：电视作品分析

表演

该专业复试分二、三试，二试合格者均在北京考点进行三试（三试另收考试费100元），三试地点在中国传媒大学（北京市朝阳区福庄街1号），时间与北京考点三试时间相同，具体时间由影视艺术学院通知。

二试：①声乐（自选歌曲一首，无伴奏）

②表演（命题小品）

三试：①面试：回答考官提问

②专业测试：

a.声乐（自选歌曲，无伴奏；指定练习）

b.朗诵（自选材料限3分钟；指定材料）

c.形体（自选舞蹈、体操、武术等；服装、伴奏自备）

d.表演（命题小品）

e.艺术特长展示

导演

① 面试：a.命题故事

b.命题小品

②笔试：影片分析

摄影（电影、电视剧摄影方向）

①面试：摄影美术作品分析

②笔试：

a.命题故事（故事可以用文字表述，也可以用十幅图画表述）

b.影片分析

*照明艺术

① 面试：a.摄影美术作品分析

b.回答考官提问

②笔试：影片分析

戏剧影视文学

①命题故事写作：根据命题要求，写一个1500字的故事

②影片评论：观摩一部短片，写一篇1500字的评论文章

广播电视编导（电视编辑方向）

① 面试：a.自我介绍

b.命题演讲

②笔试：电视节目分析

摄影（电视摄影方向）

①面试：a.自我介绍

　　　　b. 摄影美术作品分析

②笔试：电视节目分析

播音与主持艺术（英语节目主持方向）

面试录像：

①用英语讲故事（材料自备，2 分钟内完成）

②英语即兴评述（当场抽题，准备 5 分钟，评述限时 2 分钟）

③回答考官提问（中、英文）

戏剧影视文学（影视剧译制方向）

笔试：观摩一部电视、电影译制片，当场写一篇 1500 字的评论文章

动画（游戏设计方向）

现场临摹美术作品一幅（整体、局部均可，允许自由发挥，180 分钟）

动画（动画技术方向）

①素描（写生人头像，180 分钟）

②命题创作（用四至十幅连续画面表述一个故事，手法不限，180 分钟）

录音艺术（录音工程方向、音响导演方向）

面试：回答考官提问（考生可展示音乐特长，乐器自带，钢琴除外）

音乐学

面试：回答考官提问（考生可展示音乐特长，乐器自带，钢琴除外）

媒体创意

①　面试：

a. 指定内容现场评述

b. 回答考官提问：以考查专业素质为主（回答有关传媒、新闻传播、文学艺术、美术、摄影、计算机及网络基本知识）

②笔试：广播影视节目网络作品分析

公共事业管理（制片管理方向）

笔试：

①综合素质及能力测试

②看一部短片，按题目要求完成写作

文化产业管理（文化经纪方向）

笔试：

①综合素质及能力方向

②参考所提供的文字或影像资料，按题目要求完成写作

数字媒体艺术（数字影视制作方向）

笔试：

①人文知识及综合能力测试

②数字影视作品分析

数字媒体艺术（网络多媒体艺术方向）

笔试：

①人文知识及综合能力测试

②网络多媒体艺术创意或作品分析

戏剧影视美术设计、戏剧影视美术设计（专业设计方向）、动画、艺术设计（广告设计方向）

四个专业复试三项内容，即素描、色彩和创作，其中素描、色彩统一考试，创作分专业分别考试。

①素描（4开真人头写生，180分钟。考试用纸由学校提供）。其中，报考动画专业的考生考完素描后加试速写一张（15分钟）

②色彩（静物，180分钟。考试纸张大小4开，由学校提供）

③创作考试内容

戏剧影视艺术美术设计

场景设计。根据命题进行人物、场景设计，重在考查观察生活的写实能力和想像力。画种、形式不限

戏剧影视美术设计（形象设计方向）

根据命题进行人物形象设计，画种、形式不限

动画

命题创作（用四至十幅连续画面表述一个故事，手法不限，180分钟）

艺术设计（广告设计方向）

广告设计创作（带色彩工具，工具不限。考试纸张大小4开，由学校提供）

电视摄像（高职）

兼报影视艺术学院摄影（电视、电视剧摄影方向）、照明艺术本科专业的考生随这两个专业复试，兼报其它专业及单独报考电视摄像（高职）专业的考生复试内容为①考生摄影作品展示②摄影作品分析③影视剧作品分析

电视节目制作（高职）

兼报电视学院广播电视编导（电视编辑方向）和摄影（电视摄影方向）本科专业的考生随这两个专业复试，兼报其它专业及单独报考电视节目制作（高职）专业的考生内容为电视节目分析

四、录取

高考后录取时，考生的专业志愿以考生参加艺术类专业考试时所填报的志愿顺序为准，无专业志愿分数级差，同等条件下按条件下志愿顺序录取。

（一）艺术类本科专业录取原则

广播电视编导（文艺编导方向）、导演、摄影（电视、电视剧摄影方向）、∗**照明艺术、戏剧影视文学、广播电视编导（电视编辑方向）、摄影（电视摄影方向）、播音与主持人艺术（英语节目主持方向）、戏剧影视文学（影视剧译制方向）、动画（游戏设计方向）、动画（动画技术方向）、录音艺术（录音工程方向）、录音艺术（音响导演方向）、媒体创意、公共事业管理（制片管理方向）、文化产业管理（文化经纪方向）、数字媒体艺术（数字影视制作方向）、数字媒体艺术（网络媒体艺术方向）**等十八个专业的录取原则为：在考生政治思想品德考核和体检合格，专业考试成绩合格，高考总成绩达到学校确定的录取分数线情况下，按高考总成绩（含数学），从高分到低分，并注意相关科目成绩，择优录取。其中**播音与主持艺术（英语节目主持方向）**专业的专业考试成绩全国前二十名的考生，其余十七个专业中专业考试成绩全国前三名的考生，高考总成绩达到确定的录取分数线情况下，优先录取。

播音与主持艺术、音乐学（音乐编辑方向）、表演、戏剧影视美术设计、戏剧影视美术设计（形象设计方向）、动画、音乐学、艺术设计（广告设计方向）等八个专业的录取原则为：在考生政治思想品德考核和体检合格、高考总成绩（文科考生不含数学成绩）达到学校确定的录取分数线的情况下，按专业考试成绩从高分到低分择优录取。其中**播音与主持艺术**录取时，男女生分别排队，男女生录取比例人为1：1。

（二）艺术类高职专业录取原则

在考生政治思想品德考核和体检合格，专业考试成绩合格，高考成绩达到学校确定的录取分数线情况下，按高考总成绩（含数学），从高分到低分，择优录取。

五、有关说明

1. 专业复试结果将于 2005 年 3 月下旬以信函形式通知所有参加复试的考生，专业考试合格者发给专业考试合格证。

2. 考生接到我校专业考试合格证后，按专业考试合格证回执要求的内容及时间，将回执寄回我校招生办。

3. 专业考试合格的考生，持我校发给的专业考试合格证，在高考所在地报名，参加全国普通高等学校统一文化考试。

4. 我校艺术类专业实行试读一年的制度。被录取的学生试读期满且德、智、体三方面均合格者，正式办理学籍手续转入二年级学习；试读不合格者取消学习资格，退回原户口所在地。

5. 学生修完教学计划规定的课程，考试成绩合格，取得毕业资格后，在国家就业方针政策指导下，由学校推荐和指导毕业生自主就业。

6. 学费标准：2004 年学费标准如下（供参考，如有变动，按 2005 年北京市教委统一调整后的标准执行）。

艺术类本科专业：**播音与主持专业及方向、摄影专业及方向、戏剧影视美术设计专业、表演专业、导演专业、广播电视编导专业及方向、动画专业及方向、艺术设计专业、录音艺术专业及方向、媒体创意专业**每人每学年 10000 元；**戏剧影视文学专业、音乐学专业方向、数字媒体艺术专业**每人每年 8000 元；**公共事业管理专业（制片管理方向）、文化产业管理（文化经纪方向）**每人每学年 6000 元。

艺术类高职专业：**电视摄像专业**每人每学年 19000 元、**电视节目制作专业**每人每学年 12000 元。

7. 学生住宿实行公寓管理，宿费标准、公寓管理费及其它杂费详见新生入学须知。咨询电话：010-65779566。

8. 考生赴考的往返路费、食宿费均由本人自理。

六、专业介绍

播音与主持艺术

本专业为广播影视媒体及相关部门培养从事普通话新闻播音、专题播音、节目主持工作、体育评论解说、双语播音与主持，以及播音主持教学与研究工作的专门人才。

　　除公共基础课外，本专业开设的主要课程有语言学概论，普通话语音，新闻理论，新闻采编，播音导论，播音发声，播音创作基础，广播播音与主持，电视播音与主持，体育评论，解说艺术，广告播音艺术，影视配音艺术，文艺作品演播，演讲与论辩，公共关系，形体、形象设计与造型，美学，心理学，电视节目制作，计算机应用基础等。

　　为了适应国际化传播的需要，本专业还设有英语听力与口语、双语节目鉴赏、英语采访与写作、汉英双语播音与主持、高级英语等课程，并与英国威斯特大学，加拿大西门菲莎大学采取"三加一"的模式，联合培养汉英双语播音主持人才。

　　为适应广播电视体育文化与传播的需要，本专业二年级后分出体育评论解说方向二十名，并开设体育播音与主持、体育评论与解说等方面的课程。具有体育特长的考生报名和考试时，请携带国家二级以上运动员证书或市级以上体育比赛的成绩证书及复印件。

广播电视编导（文艺编导方向）

　　本专业方向为广播电视传媒机构培养高素质、高水准的从事广播电视艺术类节目、栏目、频道的策划、编导、制作等方面的专门人才。

　　除公共基础课外，本专业方向开设的主要课程有电视节目制作、多媒体制作、摄影技术、摄影艺术、录音艺术、剪辑艺术、视听语言、电视节目导播、电视文艺编导、纪录片创作、文艺采访、电视专题、广播电视节目策划、电视节目主持、广播电视艺术传播、广播文艺编导、文学创作、戏剧概论、戏曲艺术、舞蹈艺术、音乐基本理论、音乐作品分析、影视作品分析等。

音乐学（音乐编辑方向）

　　本专业方向培养从事广播电影电视音乐编辑、制作等方面的高级专门人才。要求具有广播电视音乐节目、栏目、频道的策划、制作、经营，以及影视剧、音乐创作、录制、后期配乐等方面的专业知识与技能，具有良好的艺术修养和广播影视音乐鉴赏和分析制作的能力。

　　除公共课程外，本专业方向开设的主要专业课程有：音乐基本理论、音乐作品分析、广播电视文艺学、影视艺术概论、电视节目制作、录音技术、录音艺术、摄影构图、非线性编辑、视听语言、影视声音艺术、影视剧录音、音乐录音、MIDI

剧剧本写作、电影剧本写作、电视文案写作、电视剧制作、电影艺术概论、电影导演、影视剧改编、专题片创作、纪录片研究、视听语言、摄影艺术、电视编辑、电视节目制作、电视节目策划等。

广播电视编导（电视编辑方向）

本专业方向主要为电视台和电视传媒机构培养具有综合素质的、从事电视新闻采集与制作、电视纪录片专题片编导、频道与电视栏目策划以及电视新闻类节目的编导专业人才。要求学生具有深厚的文化底蕴、新颖的电视观念、扎实的电视基本知识，同时能够熟练运用电视节目制作的艺术技术技巧技能，在学院配备的大型演播室及完备的采编播设施上进行操作。

本专业方向开设的主要课程有文艺理论、基础写作、传播学、影视精品读解、电视节目制作技术、广播电视概论、视听语言、电视传播概论、摄影构图、色彩学、摄影艺术、电视摄影造型、电视新闻采访、电视编导、解说词写作、电视节目策划、电视音乐音响、电视专题节目制作、纪录片创作、电视节目主持、电视节目导播、非线性编辑、数字节目制作等。除了注重专业训练和创造能力的培养外，为使学生具备完备的人文社会科学基本理论知识，提高理论修养，开设电视文化学、社会学、心理学等相关理论课程。

本专业方向学生在完成两年的学习后，可通过自愿报名、公开选拔的方式参加广播电视编导专业出镜记者班，通过特色培养，如聘请国内最为知名的记者、主持人，以及专家学者开办系列讲座，将对此有兴趣和特长的同学培养为专业的出镜记者及主持人。

摄影（电视摄影方向）

本专业方向培养具备广博的科学文化知识，具备电视传播和影视艺术理论，具有创造性思维和艺术创造力，熟练掌握影视摄影技术，能够胜任电视纪录片、电视新闻、电视节目、电视广告等各类影视作品摄影创作工作的高级专门人才。

除公共基础课外，本专业方向开设的主要课程有艺术概论、电视美学、绘画基础、色彩学、照相技术与艺术、摄影史、摄影构图、摄影造型、视听语言、视觉传播、电视摄影、电视编辑、纪录片制作、数字影视制作、数字多媒体创作等。为提高学生的理论修养，还开设电视文化学、社会学、心理学等相关理论课程。

本专业方向学生在完成两年的学习后，可通过自愿报名，公开选拔的方式参加广播电视编导专业出镜记者班，通过特色培养，如聘请国内最为知名的记者、主持人以及专家学者开办系列讲座，将对此有兴趣的同学培养为专门的出镜记者及主持人。

播音与主持艺术（英语节目主持方向）

本专业方向为广播电视系统和其他传媒机构培养能够熟练运用英语、汉语两种语言从事播音与节目主持工作的复合型人才。

除公共基础课外，本专业方向开设的主要课程有英语主持艺术、英语采访艺术、英语新闻写作、电视节目制作、英语阅读、英语视听说、英语写作、英语语音与发音理论、英汉语播音理论与实践、英语演讲与辩论、英美文学、中外播音主持节目评析、中外新闻理论与业务、西方文化等。

戏剧影视文学（影视剧译制方向）

本专业方向为电影电视系统和其他相关行业培养从事各类进出口影视节目译制和加工的应用型高级专门人才。

除公共基础课外，本专业方向开设的主要课程有：英语视听说、英语写作、英汉翻译、中国古代文学、英语影视文学、影视译制理论与实践、影视翻译、中国现代文学、西方美学、影视剧制作、电视艺术概论、戏剧艺术概论、导演概论、外国影视节目赏析、跨文化传播、影视文学创作、英美文学史及作品选读、影视译制业务、英语影视剧本选读等。

动画

本专业为电视台、动画制作机构及相关行业培养从事动画片编导、设计、制作等工作的专门人才。

除公共基础课外，本专业开设的主要课程有素描速写、线描、色彩、雕塑、中外美术史、漫画、非线性编辑、音乐赏析、动画作品赏析、动画原理、动画技法、动画设计、动画剧本写作、电脑动画系列课程、导演基础、表演基础、视听语言等。

动画（游戏设计方向）

本专业方向为电视台、游戏公司、多媒体制作公司、动画公司、手机制造商和运营商、网络媒体及相关行业培养从事游戏策划、设计、制作等工作的复合型人才。

除公共基础课外，本专业方向开设的主要课程有游戏概论、C语言、数据结构、计算机图形学、游戏引擎原理、游戏案例分析、游戏策划、游戏创作、游戏心理学、娱乐创意分析、动画原理与技法、三维动画系列课程、游戏美工设计等。

动画（动画技术方向）

本专业方向为电视台、动画制作机构及相关行业培养从事动画技术指导、动画制作，并能进行动画软件开发的复合型人才。

除公共基础课外，本专业方向开设的主要课程有素描速写、雕塑、视听语言、动画原理、电脑动画系列课程、计算机图形学、C语言、高级语言编程、计算机网络、多媒体技术与应用等。

录音艺术（录音工程方向）

本专业方向为广播、电视、电影、文化艺术、音像节目制作、音响工程设备公司等部门或单位培养从事录音工程、扩声工程及音响系统工程设计和声音艺术创作的专门人才。本专业方向，与德国 DETMOLD 音乐学院、柏林艺术大学联合办学，将选送高年级优秀学生或优秀毕业生赴德国留学或继续深造。

除公共基础课外，本专业方向开设的主要课程有信号与系统、电子技术、声学基础、电声学与室内声学、声频测量、录音设备原理、音响工程设计、中外音乐、音乐录音等。

录音艺术（音响导演方向）

本专业方向为广播、电视、电影、音像节目制作、文化艺术等部门或单位培养从事声音策划、声音设计、声音制作、现场扩声等方面的专门人才。本专业方向和德国 DETMOLD 音乐学院、柏林艺术大学联合办学，将选送高年级优秀学生或优秀毕业生赴德留学或继续深造。

除公共基础课外，本专业方向开设的主要课程有中国音乐文化、外国音乐文化、录音声学、影视声音艺术、视听语言、录音设备原理、立体声拾音技术、音乐录音、影视录音等。

音乐学

本专业为广播、电视、电影、节目制作、音像出版、文化艺术等部门或单位培养从事音乐创作与制作、音乐文化传播等专门人才。本专业方向和德国 DETMOLD 音乐学院、柏林艺术大学联合办学，将选送高年级优秀学生赴德国留学或继续深造。

在学生完成二年的广播电视和音乐方面学习后，根据学生学习情况、个人专长，再分为电子音乐制作方向和音乐传播方向。

电子音乐制作方向培养从事音乐创作、电子音乐制作、音乐录音等工作的人才。除公共基础课外，本专业方向开设的主要专业课程有和声、曲式、配器、音乐创作、电脑音乐制作、数字音频制作、电子音乐作品分析、音乐录音等。

音乐传播方向培养从事音乐演出、音像制作、音乐出版、艺术品交流以及广播、电视、电影、网络音乐策划、音乐监制、音乐经纪、音乐制片等工作的人才。除公共基础课外，本专业方向开设的主要专业课程有音乐文化、大众音乐传播概论、市场营销、音乐社会学、音乐传播学、音乐传播调查、音乐产业管理、音乐项目策划等。

媒体创意

本专业为广播影视媒体、平面媒体、网络媒体培养能够从事媒介策划、信息采编、内容设计与制作的复合型专门人才。除公共基础课外，本专业开设的主要课程有传播学、策划学、媒体创意导论、创意思维方法、传媒市场调查与企划、媒介经营管理、传媒政策与法规、新闻采编业务、广播电视节目制作、网页设计与制作、视听语言、新媒体艺术、非线性编辑、艺术概论、视觉传达设计、电脑图文创意、数码特效合成、流媒体设计与制作、WEB 设计与制作、电子印刷创意、数据库原理与应用等。

艺术设计（广告设计方向）

本专业方向为电视台、报社、广告公司、展览设计和制作公司、展会服务单位、文化企事业单位及网络、多媒体制作、影视制作等部门培养从事艺术设计、策划创意与理论研究工作的专门人才。

本专业方向下设计平面设计、影视广告设计、会展设计三个专业方向。三个专业在前两年打通培养，后两年根据各专业方向的特点和需要分别开设专业课程。

除公共基础课外，本专业方向开设的主要课程有广告学概论、广告策划、设计史、视觉传达理论、素描、色彩、中国书画、构成设计、摄影、影视广告创意与制作、计算机图文设计、多媒体设计制作、网页设计、虚拟展示效果设计、展会策划等。

公共事业管理（制片管理方向）

本专业方向为广播影视行业培养具有良好的影视艺术创作基础和较高的经营管理能力的影视节目制片人。同时也为其它媒体机构培养从事媒体管理、策划、组织、协调、项目运作、受众研究等方面工作的专门人才。

除公共基础课外，本专业方向开设的主要课程有电视文化概论、影视精品赏析、视听语言、电视节目制作、电视节目策划、影视摄影与剪辑艺术、电视剧创作、影视导演艺术、经济学、管理学原理、管理心理学、会计学原理、财务管理、公共关系学、市场营销学、媒体管理、影视制片管理、媒体政策与法规、影视节目市场研究等。

文化产业管理（文化经纪方向）

本专业方向培养具有良好的文化艺术素质和高品位的文化艺术鉴赏能力，掌握文化产业的经营特点和运作规律，了解国内外文化艺术发展趋势，具备现代管理、经济和法律的基础知识及国际文化传播的基本能力，能在文化产业、媒体及政府相关部门从事文化艺术管理和经营的专门人才。

除公共基本课外，本专业方向开设的主要课程有艺术概论、视听语言、影视精品赏析、音乐鉴赏、文化产业概论、传播学、经济学、管理学、社会心理学、策划实务、公共关系学、广告实务、法律实务、文化政策与法规、财务管理、市场营销学、文化经纪概论、文化艺术管理、商务谈判、投资学、项目管理、形象设计与推广等。

数字媒体艺术（数字影视制作方向）

本专业方向为电视台、数字电影制作公司、互动娱乐公司、广告公司、电视频道及栏目包装部门、电视剧制作部门、动画公司及其它各影视制作机构等单位培养具有较高影视制作理论水平和数字艺术素养，能够驾驭最先进的数字影视技术，熟悉数字影视制作的生产流程，在 CG 技术与艺术领域具有较高造诣，能进行数字影视节目策划与创作、数字电影电视特技制作、电视片头设计与制作、电视栏目及频道包装的科学和艺术相结合的复合型高级人才。

除公共课基础课外，本专业方向开设的主要课程有电视画面编辑、视听语言、电视艺术美学、西方新媒体艺术（外教授课）、造型艺术基础、雕塑与三维造型、三维动画、计算机图形学、数字音频制作、动画运动规律、数字摄影与摄像、数字高清原理与应用、电视制作新技术、数字影视特技、数字影视合成技术、影视剪辑艺术与实践、电视频道与栏目包装、数字影视作品创作等。

数字媒体艺术（网络多媒体艺术方向）

本专业方向为各大门户网站、网络公司、电视台或电台网站、广告制作公司、电子音像出版社、多媒体软件开发与制作公司、电脑视音娱乐产品开发与制作公司、交互式多媒体应用开发与制作公司等单位培养具有较高的综合艺术素养，掌握必备的网络多媒体技术和编程技术，能进行网站整体形象设计与策划、网络动画、网络广告、网络视音频艺术设计与制作的具有现代意识的复合型高级人才。

除公共基础课外，本专业方向开设的主要课程有造型基础、艺术创新思维、艺术设计理论、设计基础、西方新媒体艺术（外教授课）、计算机网络原理、计算机网络编程、网页设计与脚本程序、网站整体形象策划与设计、网络 flash 动画、网络三维动画、网络广告创意与设计、网络视频设计、网络音频设计、多媒体技术原理与应用、多媒体交互艺术等。

电视摄像（高职）

本专业培养具备电视传播和影视艺术基本理论及影视摄制的较高能力，能在影视系统、影视制作部门及有关行业从事影视剧、文艺节目、广告和纪录片等的摄影创作工作的专门人才。

除公共基础课外，本专业开设的主要课程有影视精品读解、电视节目制作技术、影视摄影感光材料、摄影艺术与创作、录音技术、摄影技术、摄影构图、影视剪辑、数字节目制作等。

该专业学生在完成高职学业后，除了可以在各类媒体机构就业，还可以参加中国传媒大学的专续本考试，其中成绩优秀，在班级中排名前十五的学生可参加北京市教委组织的专科升本科考试，按成绩择优录取其中三分之二的同学，直接升入相近本科专业学习，户口迁入学校。

电视节目制作（高职）

本专业为各级电视台、影视节目制作公司、音像制作机构、电视教学节目制作单位及其他影视创作部门培养具有活跃的思维能力、较强的电视节目制作能力以及写作与口头表达能力，专业基础知识扎实，专业技能突出的节目制作人才。

除公共基础课外，本专业为学生精心准备了如下课程：电视传播概论、影视精品读解、电视节目制作技术、摄影艺术与创作、录音技术、摄影技术、摄影构图、电视编辑、电视采访与写作、数字节目制作、电视节目编排等。

本专业在 2001 年被评为北京地区高校高职高专教育教学示范性专业。该专业学生在完成高职学业后，除了可以在各类媒体机构就业，还可以参加中国传媒大学专续本考试。其中成绩优秀，在班级中排名前十五的学生可参加北京市教委组织的专科升本科考试，按成绩择优录取其中三分之二的同学，直接升入相近本科专业学习，户口迁入学校。

七、各学院咨询电话

学院	专业名称	咨询电话
播音主持 艺术学院	播音与主持艺术	65779454 65783213 65779252
影视艺术学院	广播电视编导（文艺编导方向）	65783388
	音乐学（音乐编导方向）、表演、导演	
	摄影（电影、电视剧摄影方向）	
	*照明艺术、电视摄影（高职）	
	戏剧影视文学、戏剧影视美术设计	
电视学院	广播电视编导（电视编导方向）	65779422 65779304 65783303
	摄影（电视摄影方向）	
	电视节目制作（高职）	
国际传播学院	播音与主持艺术（英语节目主持方向）	65783120
	戏剧影视文学（影视剧译制方向）	
动画学院	动画	65779279
录音艺术学院	录音艺术（录音工程方向）	65783245 65783254
	录音艺术（音响导演方向）	
	音乐学	
新闻传播学院	媒体创意	65779363
广告学院	艺术设计（广告设计方向）	65783232
媒体管理学院	公共事业管理（制片管理方向）	65783100
	文化产业管理（文化经纪方向）	
信息工程学院	数字媒体艺术（数字影视制作方向）	65783274
	数字媒体艺术（网络多媒体艺术方向）	

联系地址：北京市朝阳区定福庄东街 1 号中国传媒大学招生办公室

（从市内来，可乘 728 路公共汽车到梆子井站下车；乘 1 路公共汽车，在四惠站换乘 312 路汽车到梆子井站下车；或乘 342 路、382 路、388 路、731 路、815 路、846 路公共汽车到定福庄站下车；或乘轻轨八通线到广播学院站下车。）

电话：65779370、65779256、65779141（传真）

邮政编码：100024

网址：www.cuc.edu.cn

八、专业代码

专业代码	专业名称	专业代码	专业名称	专业代码	专业名称
01	播音与主持艺术（文理兼收）	10	戏剧影视文学（文理兼收）	19	录音艺术（音响导演方向）（文理兼收）
02	广播电视编导（文艺编导方向）（文理兼收）	11	广播电视编导（电视编导方向）（文理兼收）	20	音乐学（文理兼收）
03	音乐学（音乐编导方向）（文理兼收）	12	摄影（电视摄影方向）（文理兼收）	21	媒体创意（文理兼收）
04	表演（文理兼收）	13	播音与主持艺术（英语节目主持方向）（文理兼收）	22	艺术设计（广告设计方向）（文理兼收）
05	导演（文理兼收）	14	戏剧影视文学（影视剧译制方向）（文理兼收）	23	公共事业管理（制片管理方向）（文理兼收）
06	摄影（电影、电视剧摄影方向）（文理兼收）	15	动画（文理兼收）	24	文化产业管理（文化经纪方向）（文理兼收）
07	*照明艺术（文理兼收）	16	动画（游戏设计方向）（理科）	25	数字媒体艺术（数字影视制作方向）（理科）
08	戏剧影视美术设计（文理兼收）	17	动画（动画技术方向）（理科）	26	数字媒体艺术（网络多媒体艺术方向）（理科）
09	戏剧影视美术设计（形象设计方向）（文理兼收）	18	录音艺术（录音工程方向）（理科）		
艺术类高职专业					
27	电视摄像（文理兼收）	28	电视节目制作（文理兼收）		

九、报名登记表

中国传媒大学 2005 年艺术类专业招生报名登记表

考生基本情况	姓名	性别	民族	考生科类（文、理或综合）	贴照片处
	身份证号		高考考生号		
	考生类别（应届、往届）				
	出生年月	户口所在地	省（直辖市、自治区）市（区）		
	寄发专业复试结果及录取通知书地址		邮编		
	联系电话（请加长途区号）	高中毕业学校	高中毕业时间		

	志愿顺序	专业代码	专业名称		
专业志愿	本科第一志愿				
	本科第二志愿				
	本科第三志愿				
	本科第四志愿				

	姓名	与本人关系	政治面貌	工作单位及联系电话
家庭主要成员				

浙江传媒学院

　　浙江传媒学院(原浙江广播电视高等专科学校)是国家广播电影电视总局和浙江省人民政府共建共管的一所培养广播影视及其他传媒专门人才的高等院校。2004年5月国家教育部批准将浙江广播电视高等专科学校升格为浙江传媒学院。学院是目前全国培养广播影视及其他传媒专门人才的两个主要基地之一。

　　学院地处素有"人间天堂"之誉的杭州市，设有新闻传播系、播音主持系、电视艺术系、影视美术系、影视制作系、国际传播系、影视文学系、电子信息系、传播科技系、音乐舞蹈系、传媒管理系等11个系。学院自1984年开办以来，已经为中央和各省、市、自治区电视台、电台及社会影视制作单位输送了大批专业人才。浙江传媒学院热诚地欢迎你报考我院。

　　学院拥有一批专业学科和基础学科的优秀教师，其中有130位具有高级职称。学院位于杭州下沙高教园区，占地面积近900亩，建筑面积为40.6万平方米。校园布局合理，格调高雅，具有浓郁的现代气息和艺术特色，是求学就读的理想场所。学院配有先进的教学实验设施，有48个实验室，如电视演播实验楼、播音实验楼、艺术实验楼、制作实验楼、基础实验楼、计算机实验楼、信息工程楼、语言实验楼、录音工程实验楼、摄影摄像棚等，使学生在接受理论知识的同时有更多的时间进行实践。近期学院与素有"东方好莱坞"之称的中国横店影视集团签定了合作协议，确立了双方在人才培养和产学研一体化等方面进行合作的意向。

　　经国家广播电影电视总局批准、浙江省教育厅备案，学院还设立传播艺术分院，分院系综合性全日制专科教学层次民办二级学院，学制三年。传播艺术分院发挥浙江传媒学院广电教育专业齐全、覆盖面广、师资力量雄厚的优势，设置了诸多就业面广、综合性、应用性强的艺术类、文史类和理工类专业。分院招生计划属国家普通高校招生计划，按民办招生分数线统一组织录取。新生随迁户口，享受与普通高校新生同等待遇，学业合格者，颁发由国家统一印制的高等学校文凭。

一、招生计划

（一）艺术类招生计划（高考类别：文理兼招）

系别	专业	计划数	学制	层次	类型	生源
播音与主持	播音与主持	120	四年	本科	公办	
	主持与播音	40	三年	专科	公办	
	主持与播音（公关礼仪）	30	三年	专科	公办	
电视艺术系	广播电视编导	80	四年	本科	公办	
	摄影（电视摄像）	30	四年	本科	公办	
	摄影摄像技术	30	三年	专科	公办	
	广播电视编导（文艺编导）	40	四年	本科	公办	
	编导（文艺编导）	20	三年	专科	公办	全
	编导（文艺编导）	20	三年	专科	民办	
	编导（音乐编导）	30	三年	专科	公办	
	影视表演	30	三年	专科	公办	国
音乐舞蹈系	音乐表演	30	三年	专科	公办	
	音乐表演	60	三年	专科	民办	
媒体管理系	电视制片管理	50	三年	专科	公办	生
新闻传播系	新闻采编与制作	30	三年	专科	公办	
	新闻采编与制作	20	三年	专科	民办	
	新闻采编与制作（网络采编）	50	三年	专科	公办	源
影视制作	*数字媒体艺术	90	四年	本科	公办	
	电视节目制作	50	三年	专科	公办	
	电视节目制作	40	三年	专科	民办	
	*录音艺术	50	四年	本科	公办	
国际传播系	播音与主持（英语双语播音与主持艺术）	80	四年	本科	公办	
	主持与播音（英语双语主持与播音）	40	四年	本科	公办	

续表：

系别	专业	计划数	学制	层次	类型	生源
影视美术系	视觉传达艺术设计	40	三年	专科	公办	全国生源
	视觉传达艺术设计	40	三年	专科	民办	
	*动画（其中40名为影视广告方向）	80	四年	本科	公办	
	影视动画	40	三年	专科	民办	
	影视广告	40	三年	专科	公办	
	艺术设计	40	三年	专科	公办	
	人物形象设计	30	三年	专科	公办	
影视文化系	戏剧影视文学	50	四年	本科	公办	
	戏剧影视文学（影视编剧与策划方向）	40	四年	本科	公办	

注：

①表中带"*"的专业为我院拟向全国招生。如有变动，以最后审定的国家计划为准；

②教育部正在对专科专业名称进行调整，如有变动，以最后核定为准；

③因我院公共外语课只开设英语，故仅限于英语语种的高考生。

（二）文史、理工类招生计划

系别	专业	计划	学制	层次	类型	生源	科类
新闻传播系	广播电视新闻	100	四年	本科	公办	全国	文科
	广播电视新闻	40	四年	本科	公办	全国	理科
国际传播系	应用英语	60	三年	专科	公办	全国	文科
	商务英语	50	三年	专科	民办	浙江	
影视文学系	汉语	50	三年	专科	公办	全国	
	汉语	40	三年	专科	民办	浙江	
	文秘（涉外）	60	三年	专科	公办	全国	
传媒管理系	公共事业管理（媒介经营管理）	50	四年	本科	公办	全国	文科
	公共事业管理（媒介经营管理）	50	四年	本科	公办	全国	理科
	公共事业管理（文化经纪人）	25	四年	本科	公办	全国	文科
	公共事业管理（文化经纪人）	25	四年	本科	公办	全国	理科
电视信息系	*广播电视工程	150	四年	本科	公办	全国	
	广播电视网络技术	50	三年	专科	民办	浙江	
	*电子信息工程	100	四年	本科	公办	全国	
	电视信息工程技术	45	三年	专科	民办	浙江	
	应用电视技术	45	三年	本科	公办	全国	理科
传媒科技系	计算机多媒体技术	40	三年	专科	公办	全国	
	计算机多媒体技术	40	三年	专科	民办	浙江	
	计算机网络技术	40	三年	专科	公办	全国	
	计算机网络技术	40	三年	专科	民办	浙江	

注：

①表中带"*"的专业为我院拟向全国招生。如有变动，以最后审定的国家计划为准；

②教育部正在对专科专业名称进行调整，如有变动，以最后核定为准；

③因我院公共外语课只开设英语，故仅限于英语语种的高考生。

二、艺术类专业考试报考方法

（一）符合下列条件的中国公民，具备报名资格

1. 遵守中华人民共和国宪法和法律；

2. 高级中等教育学校毕业或具有同等学历；

3. 身体健康。

注：现役军人经大军区政治部批准可以报名；华侨及香港、澳门、台湾地区的考生可直接到学校设立的各考点参加专业考试，专业考试合格者按规定到普通高等学校联合招生办公室、浙江省招生办、厦门市高招办、香港考试局、澳门中国旅行社等地报名，参加统一文化考试。

（二）下列人员不能报考

1. 国家承认学历的高等学校在校生；

2. 应届毕业生之外的高级中等教育学校的在校生；

3. 被高等学校开除学籍或勒令退学不满一年者(从被处分之日起，到报名开始之日止)；

4. 触犯刑律而被追诉或正在服刑者。

（三）部分专业报考基本要求

1. 报考播音与节目主持艺术专业（含英汉双语播音与节目主持艺术专业、影视表演、影视表演专业（音乐表演）年龄不超过二十三周岁（1982 年 9 月 1 日以后出生）。其余艺术类专业不超过二十五周岁（1980 年 9 月 1 日以后出生）。

2. 艺术类各专业要求五官端正，无色盲、色弱、夜盲，矫正视力 5.0 以上。电视摄像专业除上述条件外，要求裸视力 5.0 以上，无平跖足，男身高 170 厘米、女身高 160 厘米以上。播音与节目主持艺术专业（含英汉双语播音与节目主持艺术专业）男身高 172 厘米、女身高 162 厘米以上。公关礼仪专业男身高 175 厘米、女身高 165 厘米以上。

3. 考生报名经我院招生办公室审核同意后，发给《报名登记表》和《准考证》（一个专业填一张）。本简章后附有《报名登记表》，考生可复印，可从学校网站上下载(www.zjicm.edu.cn)，并用 A4 纸打印、填写；也可在报名现场领取、现场填写。

考点	报名地址	电　话
杭州	杭州市下沙高教园学源街 998 号 浙江传媒学院	0571-86832600
北京	北京市朝阳区建外大街 14 号 北京广播影视集团	010-65150033 转 2836
哈尔滨	哈尔滨市南岗区革新街 226 号 黑龙江省广播艺术中心	0451-82641187 0451-82633098
石家庄	石家庄市中心西路长兴街 12 号 石家庄职业技术学院	0311-3616611 转 8082 0311-3614621
西安	西安市太白南路 212 号 西安幼儿师范学校	029-88217241 029-88217364
兰州	兰州市东岗西路 226 号 甘肃省广播电视局人教处	0931-8523599 0931-8539599
济南	济南市招生办　考点：济南幼儿师范学院（初试） 考点：天桥区堤口路 91 号	0531-6111568 0531-6111560
成都	成都市新华大道三槐树路 3 号君需苑宾馆 四川省广播电影电视局人教处	028-86526397 028-86526684
郑州	郑州市文化路 79 号郑州广播电视学院内 河南省广播电影电视局人教处	0371-8266025
武汉	武汉市武昌区武珞路 694 号 湖北艺术职业学校	027-87863036 027-87875627
长沙	长沙市韶山北路 641 号 湖南省广播电视学校	0731-5468460 0731-5464702
南京	南京市北京西路 77 号 江苏教育学院	025-83758136

4. 考生《报名登记表》等经我校招生办公室审核同意后，发给专业考试准考证。考生必须携带专业考试准考证按指定时间、地点参加所报专业的专业考试。

5. 考生报考我院艺术类各专业限报三个专业。考生必须在《考生登记表》上注明专业志愿序号，一经审核后不得更改。

6. 报考我院传播艺术分院民办艺术类各专业的考生必须在《考生登记表》上注明报考民办志愿，此栏目空白，视同未报。未填报民办志愿，民办各专业录取审定时不予考虑。

7. 报名考试费。每个专业初试报名考试费 110 元；复试费 110 元。

（四）报考地点

浙江考点初试、复试在学院内。其它设北京、哈尔滨、石家庄、西安、兰州、济南、成都、郑州、武汉、长沙、南京等十一个考点，考生可在任一考点参加考试。

（五）报考时间

1. 浙江考点报名时间：2 月 25 日至 2 月 27 日上午 11 时

浙江考点考试时间：初试：2 月 26 日至 2 月 27 日

复试：3 月 11 日至 3 月 13 日

2. 由于山东省招办规定艺术类专业考试必须在 2005 年 2 月 16 日至 3 月 15 日进行，所以山东考点报名时间：2 月 25 日至 2 月 27 日上午 11 时

山东考点考试时间：初试：2 月 26 日至 2 月 27 日

复试：3 月 11 日至 3 月 13 日

到杭州考点本学院内参加复试。

3. 其它考点报名时间：1 月 25 日至 1 月 27 日上午 11 时

其它考点考试时间：初试：1 月 25 日下午至 1 月 27 日

西安考点 26 日上午开始初试。

复试：1 月 29 日下午至 1 月 31 日

本院最后审定日期为 4 月中上旬。

三、艺术类专业考试

(一)播音与主持艺术专业／主持与播音专业

1. 专业初试

　　面试：形象考查；朗读自备材料(体裁不限，限 2 分钟)；朗读指定材料。

2. 专业复试(现场录音录像)

　　面试：朗读指定材料；命题即兴评述；模拟主持；回答主试教师提问。

(二)播音与主持艺术专业(英汉双语播音与主持艺术)／主持与播音专业(英汉双语主持与播音)

1. 专业初试

　　面试：形象考查；汉语口语测试(参见汉语播音与主持艺术专业)；英语口语测试；朗读自备材料(体裁不限，限 2 分钟)；朗读指定材料；回答主试教师提问。

2. 专业复试(现场录音录像)

　　（1）汉语口语测试：朗读指定材料；命题即兴评述；模拟主持：回答主试教师提问。

　　（2）英语口语测试：朗读指定材料；命(抽)题给话题说话(限 3 分钟)：回答主试教师提问。

(三)主持与播音专业（公关礼仪）

1. 专业初试

　　面试：形象考查；朗读；与主试教师交谈。

2. 专业复试(现场录音录像)

　　面试：语言考查(朗诵、谈话)：仪态展示(坐、立、行)；规定情境表达。

(四)摄影(电视摄像)专业／摄影摄像技术专业

1．专业初试

面试：形象考查；自我介绍；回答主试老师提问。

2．专业复试（笔试）

（1）画面组合(根据所提供的若干画面组合成一个画面叙事段落)。

（2）影视作品评析（看片分析）。

(五)广播电视编导专业(文艺编导)／编导专业(文艺编导)

1．专业初试

面试：形象考查；才艺展示；自我介绍。

2．专业复试（笔试）

（1）画面组合(根据所提供的若干画面，组合成一个画面叙事段落，并加以文字说明)。

（2）影视作品评析(看片分析)。

(六)广播电视编导专业

1．专业初试

面试：形象考查；自我介绍；回答主试教师提问。

2．专业复试(笔试)

（1）影视作品评析(看片分析)。

（2）画面组合(根据所提供的若干画面，组合成一个画面叙事段落，并加以文字说明)。

(七)影视表演专业

1．专业初试

面试：形象考查；朗诵、歌曲演唱(限 3 分钟，自备材料)

2．专业复试(现场录音录像)

（1）命题小品表演。

（2）才艺展示：声乐演唱或舞蹈或艺术体操表演(限 3 分钟，自备材料)。

(八)编导专业(音乐编辑)

1. 专业初试

面试：形象考查；音乐才艺展示(演唱或演奏，自备乐器、曲目)。

2. 专业复试(笔试)

（1）广播影视作品评析。

（2）音乐基础考查。

(九)录音艺术专业／音像技术专业

1. 专业初试

面试：形象考查：音乐才艺展示：回答主试教师提问。

2. 专业复试(笔试)

（1）广播影视作品评析。

（2）音乐基础考查。

(十)电视节目制作专业（大专）

1. 专业初试

面试：形象考查；自我介绍；回答主试老师提问。

2. 专业复试(笔试)

（1）画面组合(根据所提供的若干画面组合成一个画面叙事段落)。

（2）影视作品评析（看片分析）。

(十一)数字媒体艺术专业/影视多媒体技术专业

1. 专业初试

面试：形象考查；自我介绍；回答主试教师提问。

2. 专业复试(笔试)

（1）画面组合(根据所提供的若干画面组合成一个画面叙事段落)。

（2）影视作品评析(看片分析)。

（3）析文图画创作(根据文字内容创作一组画)。

（十二）戏剧影视文学专业

1．专业初试

　面试：形象考查；命题故事；回答主试教师提问。

2．专业复试（笔试）

（1）影视作品评析（看片分析）。

（2）影视文学写作。

（十三）戏剧影视文学专业（影视剧编剧与策划）

1．专业初试

　面试：形象考查；命题故事；回答主试教师提问。

2．专业复试（笔试）

（1）影视作品评析（看片分析）。

（2）影视文学写作。

（3）故事写作。

（十四）新闻采编与制作专业/新闻采编与制作专业（网络采编）

1．专业初试

　面试：形象考查；自我介绍；回答主试教师提问。

2．专业复试（笔试）

（1）根据所提供的新闻内容写一篇议论文。

（2）画面组合（根据所提供的若干画面组合成一个画面叙事段落）。

（十五）电视制片管理专业

1．专业初试

面试：形象考查；自我介绍；回答主试教师提问（文化艺术常识、社会现象评述等）。

2．专业复试（笔试）

（1）综合素质与能力测试。

（2）看片分析（看一部电视片，根据要求完成评述）。

（十六）摄影摄像技术专业（灯光与照明）

1．专业初试

面试：形象考查；自我介绍；回答主试教师提问。

2．专业复试（笔试）

（1）画面组合（根据所提供的若干画面组合成一个画面叙事段落）。

（2）影视作品评析（看片分析）。

（十七）视觉传达艺术设计专业、影视动画专业、动画、动画专业（影视广告方向）、影视广告专业、艺术设计、人物形象设计等美术类专业，

以上各专业承认各省、市、自治区美术类专业联考成绩。

（十八）音乐表演专业，

该专业承认各省、市、自治区音乐类专业联考成绩。

四、录取办法

（一）艺术类专业考试录取办法

1．考试程序：

（1）专业考试包括初试、复试和最后审定三个阶段。凡专业合格者，由我院发给《高等艺术院校文化考试通知单》。考试结果考生亦可通过我院网站或168声讯查询。

（2）同一专业不同学制的专业考试内容相同，专业考试成绩通用。

2．录取办法：

（1）凭我院发给的《高等艺术院校文化考试通知单》，考生在户口所在地招生办公室或其指定地点办理填报艺术类专业志愿事宜，并报名参加全国普通高校文史类或理工类招生统一考试。

（2）考生最终录取志愿以考生在户口所在地的招生办公室报名参加文化考试时填报的志愿顺序为准。

（3）根据国家有关艺术类专业招生录取办法，播音与主持艺术、播音与主持艺术（英汉双语播音与主持艺术）/主持与播音（英汉双语主持与播音）、主持与播音（公关礼仪）等专业录取原则为：贯彻德、智、体全面考核择优录取的原则，在考生政治思想品德考核和体检合格，专业考试成绩合格的情况下，一般按专业成绩和高考文化成绩（数学记分）2:8比例排名，从高分到低分择优录取。

影视表演专业的录取原则为：贯彻德、智、体全面考核择优录取的原则，在考生政治思想品德考核和体检合格，专业考试成绩合格的情况下，一般按专业成绩和高考文化成绩（数学记分）6:4比例排名，从高分到低分择优录取。

其它艺术类专业录取原则为：高分达到学院确定的录取分数线情况下，一般按高考总成绩（含数学），从高分到低分，并注意相关科目成绩，择优录取；同时，根据国家发展西部的有关优惠政策，西部地区的考生在政治思想品德考核和体检合格、专业考试成绩合格的情况下，经当地招生办同意，可适当降分录取。

美术类视觉传达艺术设计专业、影视动画专业、动画、动画专业（影视广告方向）、影视广告专业、艺术设计、人物形象设计等美术类专业承认各省、市、自治区联考成绩，按当地招办有关规定择优录取。

音乐类音乐表演专业承认各省、市、自治区联考成绩，按当地招办有关规定择优录取。

3．单科成绩要求：

（1）艺术类各本科专业一般要求英语高考单科成绩70分（含）以上，播音与主持艺术专业（英汉双语播音）本科高考英语成绩一般要求 100 分（含）以上；播音与主持艺术专业（英汉双语播音）专科高考英语成绩一般要求 90 分（含）以上。录取时根据考生当年考试情况可上下浮动。

（2）数字媒体艺术本科专业高考数学成绩一般要求 80 分（含）以上。录取时根据考生当年考试情况可上下浮动。

4．对享受加分政策的考生，按省、市、自治区招生办公室的规定加分投档，但录取进专业时以实考分为准，在高考成绩总分相同的情况下，优先录取政策照顾加分者和相关科目分数高的考生。

5．考生持有近两年内获得的国家一、二级运动员等级证书，专业考试优先录取。本院尤其欢迎各省、市少体校及应届高中毕业生在田径、健美操、武术、篮球、网球等方面确有专长的考生报考。

5．我院艺术类专业最终录取按照教育部 2004 年有关普通高等院校艺术类专业招生文件精神录取。我院一般只录取第一志愿的考生。

（二）文史、理工类专业考试录取办法

我院文史类、理工类专业考试录取按国家有关文史类、理工类专业录取的规定办理。具体细则：

1．学院调档比例一般按 1:1.1。进档考生以高考总分为主要依据，综合考查德智体状况和相关单科成绩进行录取。

2．按照考生报考学校志愿先后录取。即先录取第一志愿的考生，若第一志愿不满时，再录取第二志愿考生。

3．最低录取分数线以上，第一志愿不能满足的考生，按其第二志愿投档，仍不能满足的按其三志愿投档，以次类推。当某考生所有专业志愿均不能满足时，服从专业调剂的考生，将其随机调录到录取未满计划的专业，不服从专业调剂的考生将予以退档。

4. 学校安排专业时设一定的分数级差，实行专业志愿级差方式，专业志愿级差原则上在 3~5 分之间，同时参考相关科目。

5. 凡报考英语专业的考生，英语高考成绩一般要求 90 分以上，录取时根据考生当年考试情况可能会有上下波动。

五、系部及专业介绍

（一）播音主持系

播音系现有两个专业：播音主持艺术专业、主持与播音专业、主持与播音专业（公关礼仪）。其中主持与播音专业是学院创建时最早的专业之一，1999 年被列入校级重点专业建设规划，2001 年被浙江省教育厅批准列入全省重点专业。近二十年来，播音与主持艺术专业、主持与播音专业以其办学特色鲜明，师资雄厚，课程设置合理，教学设施完备，人才培养模式符合一线实际需要，毕业生群体的社会影响力大等优势，跻身全国同行业领先行列。

播音系拥有一支实力雄厚的专兼职教师共 50 人，其中高级职称 42 人，中级 7 人，初级 1 人。专业教师中"双师型教师"占 74%。同时还拥有一批全国广电行业知名专家学者、社会名流任兼职教授。中央和省级媒体著名播音员、节目主持人定期、不定期来我院授课，指导教学。

1. 播音与主持艺术专业（本科，学制四年）：本专业主要为各级各类广播电台、电视台和影视制作公司及相关单位培养从事广播电视播音与节目主持工作的复合型应用语言学科高级专门人才。

除公共基础课外，主要课程有播音学概论、普通话语音与发声、播音创作基础、广播电视播音与主持、应用语言学、新闻与传播理论、表演基础、形象造型与形体等。

2. 主持与播音专业（专科，学制三年）：本专业主要为各级各类广播电台、电视台和影视制作公司及相关单位培养从事广播电视播音与节目主持工作的应用人才。

除公共基础课外，主要课程有播音导论、普通话语音、艺术语言发声、播音创作基础、广播电视播音与主持、新闻采写基础、编辑与评论、表演基础、形体造型等。

3．主持与播音专业（公关礼仪）（专科，学制三年）：本专业主要为各类企事业单位培养公共关系人员、社交礼仪人员、导游、模特、解说、影视广告演播、企业形象代表等从事公关礼仪职业的高级应用型专业人才。

除公共基础课外，主要课程有中外礼仪基础、公共关系实务、公关活动策划、语言传播艺术、艺术语言表达、形体造型、表演基础等。

（二）电视艺术系

电视艺术系前身是文艺系，成立于 1989 年，是浙江传媒学院成立较早、专业设置最多的一个系。该系专业拓展能力强劲，影视制作系和音乐舞蹈系就是于 2001 年和 2004 年从原文艺系中产生的。目前该系所属的编导专业（文艺编导）于 2002 年成为浙江省重点扶植学科。该系已开设广播电视编导、广播电视编导专业（文艺编导）和摄影专业（电视摄像）三个本科专业及方向。2004 年在校生达 31 个班 1119 人。

电视艺术系师资力量雄厚，现拥有在编教职工 50 人，其中教授 7 人，副教授 8 人，博士 7 人（在读 6 人），讲师 20 余人，研究生以上学历专任教师占 50%。同时还聘请了全国各级广电系统高级编辑和知名导演数十名作为兼职教授。全系设有编导教研室、摄影教研室、表演教研室和基础教研室，各教研室在相关专业领域都有丰硕的教学和科研成果。该系还配套有省级编辑与导播专业基础实验室，以及各类现代多媒体专业教室和实验用房，为学生的学习和实践提供了良好的硬件环境。

电视艺术系各专业均面向全国招生，专业设置社会需求量大，深受广大影视爱好者的喜爱。历届毕业生已经遍布全国各地，其中已有一大批毕业生成为了系统内的业务骨干和领导，受到了社会的好评。还有一部分毕业生已走出国门，在海外发展自己的事业。

1．广播电视编导（本科，学制四年）：本专业培养德、智、体、美全面发展的，具有系统的文化与科学知识，具备较高政治水平、理论素养和艺术鉴赏等方面的能力，掌握广播电视节目策划、创作、制作等方面的专业知识与技能，能在广播电影电视系统和文化部门从事广播电视栏目、频道策划、节目编导制作、文字撰稿、音响设计制作以及社教文艺类节目主持人等方面工作的广播电视艺术学科的高级专门人才。

除公共基础课外，主要课程有新闻采访写作、电视摄像、电视剪辑、影视美学、播音与主持艺术、电视导演、电视栏目创意策划、电视节目制作、电视专题片创作、广播电视编导等。

2．摄影（电视摄影方向，本科，学制四年）：本专业培养具备内容广泛的文化科学基础知识、电视传播和影视艺术基本理论和影视摄影的基本能力，能在电影、电视系统和制作部门及有关行业从事电影、电视剧以及各类电视文艺、广告、电视新闻和纪录片的摄影，也可为各类图片社以及报刊印刷媒体、互联网等电子传媒提供新闻和艺术摄影的创作和科学研究领域的高级专门人才。

除公共基础课外，主要课程有暗房技术、摄影造型基础、影像记录材料、电视照明艺术、电视色彩学、专题摄影、曝光控制与影调调节、电视摄像艺术等。

3．广播电视编导专业（文艺编导方向，本科，学制四年）：本专业主要为各级广播电视台培养具有系统的文化与科学知识，具备较高政治水平、理论素养和艺术鉴赏等方面的能力，从事各类文艺节目、栏目、频道、艺术专题片、MTV 的策划、编导、制作、主持等工作的高级专门人才。

　　除公共基础课外，主要课程有新闻采访写作、电视剪辑、影视美学、电视导演、电视栏目创意策划、电视艺术专题片创作、广播电视文艺编导、录音技术、视听语言、电视音乐等。

　　4．编导（文艺编导方向，专科，学制三年）：本专业主要为各级广播电视台培养从事各类文艺节目、栏目、频道、艺术专题片、MTV 的策划、编导、制作、主持等工作的应用型专门人才。

　　除公共基础课外，主要课程有电视艺术导论、广播电视文艺编导、录音技术、电视剪辑、视听语言、电视导演、电视音乐等。

　　5．摄影摄像技术(专科，原电视摄像专业，学制三年)：本专业主要为电视台、电视剧制作中心、影视制作公司、电视广告制作公司、电视音像出版部门等培养从事新闻摄影、纪录片摄影、影视剧摄影及其他各类电视文艺节目摄影、编导工作的应用型专门人才。

　　除公共基础课外，主要课程有摄影构图基础、摄像机原理与使用、电视摄像艺术、电视剪辑、电视色彩学、电视节目制作技术、电视照明、电视美术、图片摄影、导演基础等。

　　6．编导(音乐编辑方向，专科，学制三年)：本专业主要为电台、电视台及其音像制作公司培养具备广播电视音乐节目策划、编导、制作、配乐、经营等方面的专业知识与技能，具有良好的艺术修养与音乐艺术鉴赏力的应用型人才。

　　除公共基础课外，主要课程有广播电视音乐与音响、录音工艺、音乐编辑、电脑音乐制作、曲式与作品分析、经典音乐作品评析、文艺节目策划与编导、视唱练耳、中外音乐史等。

　　7．影视表演(专科，学制三年)：本专业为各级各类广播影视单位、社会影视制作机构、专业文艺团体和艺术院校等相关部门培养德、智、体、美全面发展，具有专业基础理论及专业技能的音乐表演应用型专门人才。

除公共基础课外，主要课程有乐理、视唱练耳、钢琴、器乐演奏、声乐演唱、和声、曲式与作品分析、配器法、合唱与合奏、影视音乐、音乐声学等。

（三）影视文学系

影视文学系的前身是语言文学系，成立于 1992 年 10 月。影视文学系师资力量雄厚，现有教职工 29 人，其中专任教师 23 人，有教授 5 人，副教授 6 人，博士(包括在读)7 人，硕士 9 人。设有广播影视剧创作、戏剧影视理论、语言文学及公共文学等四个教研室，一个校级重点学科。现有戏剧影视文学(本科)、戏剧影视文学(专科)、涉外文秘、汉语言文学等四个专业及方向，在校生 500 余人。

教师治学严谨、学生学风扎实是语言文学系的显著特点。近三年中，语言文学系教师先后创作电影、电视剧及广播剧多部并分别投入拍摄和制作，获得省级以上奖项十余件次。出版了专著近十部，在各级学术刊物上发表论文两百余篇。2003 年，我系教师一人荣获浙江省高校名师荣誉称号，两人被评为浙江省"三育人先进工作者"。

厚基础、宽口径、重能力、强实践是影视文学系人才培养的目标与追求，良好的学风和严谨的专业培养使许多学生在校期间就崭露头角。历届毕业生遍布全国各地，深受用人单位欢迎。其中多人荣获国家级、省级大奖一百余件次。

1. 戏剧影视文学专业(本科，学制四年)：本专业主要为全国各级各类电台、电视台、文化事业单位、影视制作公司、理论研究机构及各类专业报刊、音像出版单位培养具备戏剧影视文学理论知识和较高审美水平，熟悉戏剧影视文学创作市场规律，能从事广播剧影视剧创作，广播影视文学、文艺、文化类专题节目创作、评论及相关的专业理论研究，编辑出版工作的戏剧戏曲学学科的高级专门人才。

除公共基础课外，主要课程有中国古代文学、中国现当代文学、外国文学、基础写作、视听语言、影视作品解读、电影叙事艺术、广播剧创作、电视节目制作、电视文艺节目采编、电视专题片创作、电视剧创作、电视评论写作等。

2. 戏剧影视文学专业(影视剧编剧与策划方向,本科,学制四年): 本专业主要为全国各级广电集团、文化事业单位、影视制作公司、影视理论研究机构及各类专业报刊、音像出版单位培养熟悉戏剧影视文学市场规律,能从事广播影视剧剧本创作、宣传策划、理论研究及教学、编辑出版工作的戏剧戏曲学学科的高级专门人才。

除公共基础课外,主要课程有古代汉语、现代汉语、中国古代文学、中国现代文学、中国当代文学、外国文学、基础写作、视听语言、中外电影思潮史、中外戏剧史、影视作品解读、经典剧作解读、广播剧创作、影视剧创作、影视评论等。

3. 文秘专业(涉外,专科,学制三年): 本专业主要为各级党政机关、文化事业单位、进出口公司、涉外企业培养具备一定的经济学、管理学理论素养,具有较强的沟通、管理能力及较高的英语应用水平,能从事宣传、管理及对外交流等工作的专门人才。

除公共基础课外,主要课程有英语精读、英语语音、英语听说、外国秘书工作概况、翻译、英语写作、市场营销学、秘书学概论、文书与档案学、秘书文化学、公文写作与处理、管理系统中的计算机应用、外贸函电等。

4. 汉语(专科,学制三年): 本专业主要为文化事业单位、新闻出版机构、教学科研机构培养具备一定的文艺理论素养和系统的汉语言文学知识,能从事宣传管理、教学与研究、编辑出版以及文学和影视评论工作的专门人才。

除公共基础课外,主要课程有古代汉语、现代汉语、文献检索、基础写作、应用文写作、古代文学、现代文学、当代文学、外国文学、世界电影史、逻辑学、文学概论、美学概论、古代文论、中国文化史、现当代西方文论、中国编辑出版史、广播电视文艺写作、影视作品解读等。

（四）国际传播系

国际传播系目前设有播音与主持艺术专业(英汉双语播音与主持艺术)、主持与播音(英汉双语主持与播音)、应用英语和商务英语专业；同时，国际传播系还承担了全院的大学英语教学。全系共有教职工46人，其中高级职称教师13人，1人在海外攻读博士学位，硕士毕业生9人，在聘外籍专家3人。国际传播系已形成了一支充满活力、素质优良、结构合理、富有创新精神的教学科研队伍。

该系在专业建设和学生的综合素质培养上狠下功夫，在办学模式上坚持创新，办出了自己的特色，其中播音与主持艺术专业 (英汉双语播音与主持艺术)是学校的重点建设专业，专业课程由该系和播音系的资深教师任教。毕业时学生在具备了汉语播音和节目主持能力的同时，还具备了用英语播音、主持英语节目、进行涉外新闻采访和新闻编译的能力，学生就业面广，深受用人单位的欢迎。

2004年首届毕业生，以英汉双语播音与主持的优势受到了用人单位的欢迎，并有多人在各种媒体主持涉外节目，如在CCTV—9、江苏镇江电视台、山东卫视、杭州电视台一套等，都有该系双语播音专业的毕业生从事英语节目的编辑和主持工作。

在新的发展时期，该系计划在近年增设英语播音、国际新闻、跨文化传播和小语种专业。努力争取在不远的将来把该系建设成为教学层次和学科门类比较齐全，培养高素质、复合型对外传播人才的重要基地。

1．播音与主持艺术专业(英汉双语播音方向，本科，学制四年)：本专业主要为各级电台、电视台、相关文化事业单位培养从事英汉新闻采访写作、编辑评论、英汉双语播音、主持的复合型应用语言学高级专门人才。

除公共基础课外，主要课程有英语精读、英美概况、英语视听说、英语即兴口语表达、英语语音与发声、英语新闻作品选读、英语基础写作、翻译技巧、节目主持艺术、英语文体播音、英语播音主持艺术、新闻采写基础、艺术语言传播、普通话语音与发声等。

2. 主持与播音专业(英汉双语主持与播音方向，专科，学制三年)：本专业主要为全国省、地(市)电台、电视台、相关文化事业单位培养英汉双语播音、主持工作的应用型专门人才。

除公共基础课外，主要课程有普通话语音与发声、播音创作表达、节目主持艺术、英语精读、英语视听说、英语语音与发声、英语新闻作品选读、英语基础写作、翻译技巧、英语文体播音、英语播音主持艺术、新闻采写基础等。

3. 应用英语专业(专科，学制三年)：本专业主要为外事、经贸、文化、教育、科研、旅游、新闻出版等部门培养从事翻译、研究、教学、管理等工作的英语专门人才。

除公共基础课外，主要课程有英语精读、英语泛读、英语语音、英美概况、翻译、英美文学选读、英语语法学、英语报刊选读、英语听力、英语口语和英语写作等。

4. 商务英语专业(专科，学制三年)：本专业主要为外经贸企事业单位、科研院所及对外传播机构等部门培养具有扎实的英语语言文学基础和较全面的国际商务理论知识，政治素质高，业务能力强的复合型英语专门人才。

除公共基础课外，主要课程有中国对外贸易概论(英)、国际贸易与金融(中)、英语精读、英语泛读、英语听力、英语口语、英语语音、英美概况、笔译、口译、英语写作、外贸应用文写作、外经贸函电与谈判、进出口业务、英语报刊选读等。

（五）影视制作系

影视制作系是浙江传媒学院一个年轻而富有朝气的系。根据学院和媒体的发展需求，我系至今共设置了电视节目制作、录音艺术、数字媒体艺术、影视多媒体技术、音像技术等五个以数字信息技术为基础，以先进的信息处理设备为教学平台的，集人文、理工和艺术学科为一体的新型专业。

制作系现有教职工 25 名，正高职称 2 人，副高职称 5 人，同时拥有数名在影视专业领域知名的专家级学者。此外还长期聘请李念芦教授、周传基教授、郑洞天教授、王明臣教授等知名专家学者为我系客座教授。

我系现建有虚拟演播室、制作综合实验室、录像机编辑机房、非线性编辑机、现场导播系统、多媒体实验室、音频工作站、数字录音室、MIDI 制作实验室、立体声制作等多个专业实验室，设备齐全的 1200 平方米、400 平方米、200 平方米、100 平方米的演播厅和 300 平方米的音乐厅即将建成。

影视制作系以创造名牌特色专业为目标，结合当今传媒行业人才需求状况、高新技术的应用及未来发展趋势，培养较高层次的，以人文、理工为学科基础，艺术创作为目的的复合型传媒人才。

1. 数字媒体艺术专业(本科，学制四年)：本专业主要为全国各级各类电视台、影视制作公司、影视广告公司、电脑图形图像设计制作公司培养从事电视节目制作、编导创作的广播电视艺术学科的高级专门人才。

除公共基础课外，主要课程有视觉传达、动画基础、录音艺术、影视美术、电脑二三维设计、影视精品分析、摄影基础、画面剪辑基础、电视节目制作技术、三维动画与虚拟场景、媒体设计与创意、数字网页制作、影视特技合成、影视画面编辑等。

2. 电视节目制作专业(专科，学制三年)：本专业主要为各级电视台、电影厂、影视制作公司培养德、智、体全面发展的影视节目制作、剪辑和编辑等应用型专门人才。

除公共基础课外，主要课程有影视美术、电视节目制作技术、电视音乐音响、影视画面编辑、电视节目编导、非线性编辑、二三维动画制作、视音频电学基础、广告创意与设计、现场节目制作与传递等。

3. 录音艺术专业(本科，学制四年)：本专业主要为各级广播电台和电视台及影视制作公司培养具有较高专业水准的广播影视录音和音像作品制作人才。主要可承担广播、电视、电影系统和文化艺术部门的声音(音响)设计、录音工作,以及影视多媒体社会产业单位的音像产品制作管理工作,如音像导演、录音师、音乐编辑、音乐制作人等。

除公共基础课外,主要课程有数字录音、影视导演、电脑录音制作、影视录音制作、广播剧创作、立体声广播剧制作、视音频电学基础、数字脉冲电器、录音声学基础、影视画面剪辑、录音技巧、音乐作品分析、电视节目制作技术、音频控制系统技术等。

(六)影视美术系

影视美术系是在原广告系的基础上合并戏剧影视美术、形象设计两个专业后成立的新系,设有视觉传达艺术设计(原戏剧影视美术)、影视动画、动画、动画专业(影视广告方向)、影视广告、艺术设计、人物形象设计等七个专业,面向全国招生,其中影视广告专业属全国高校创办较早的专业之一。该系设有基础美术教研室、广告教研室、艺术设计教研室、动画教研室、人物形象设计教研室、戏剧影视美术教研室等六个教研室。

近几年来,影视美术系为社会培养了232名专业人才,10人次获得时报金犊奖、中国广告学院奖入围,其中02设计1班励安宏同学在第十三届"金犊奖"广告设计赛中,获得大陆赛区服装类金奖,并获得台北平面设计类金犊奖,一人囊括两大奖项。

影视美术系是一个发展前景广阔的新系,现有教职工36人,其中高级职称6人,同时拥有数名在各专业领域有影响有实际经验的老师,其中不少教师并获中国百杰画家、当代中国画杰出人才奖等荣誉称号,他们的作品多次获全国大奖。

影视美术系注重理论与实践相结合,为社会培养了大量的影视美术类专业人才。现有在校学生752人。

1. 动画专业(本科,学制四年):本专业主要为全国各级各类电视台、影视动画公司、影视广告公司、电脑游戏制作公司、电脑图形图像设计制作公司、党政军宣传部门和园林、规划、建设部门等培养具备相应的专业技能和艺术鉴赏能力，熟练掌握电脑动画、手绘动画、非线性编辑、影视动画理论和动画表现能力，并具有一定的创新意识，能为社会服务的动画高级专门人才。

除公共基础课外，主要课程有素描、色彩、三大构成、速写、风景写生、视听语言、摄影基础、音乐与音响、动画概论、电脑图像设计、动画原理、动画后期合成、动画场景设计、动画造型、原画设计、2D 动画设计、3D 动画设计、动画创作等。

2. 影视动画专业(专科，学制三年)：本专业为各级各类电视台、影视节目制作公司、广告制作公司、动画、游戏公司、大中型企业等培养兼具美术和电脑两方面基础知识和应用能力的动画设计制作高级专门人才。

除公共基础课外，主要课程有绘画基础、素描、色彩、艺术设计、广告学、广告创意、立体构成、色彩构成、平面构成、艺术简史、电脑二维平面设计、电脑二维动画设计、电脑三维动画设计、非线性编辑、计算机网络、计算机数据处理等。

3. 动画专业(影视广告方向，本科，学制四年)：本专业为各级各类广播电台、电视台及各类广播影视公司、广告代理机构和大中型企业等培养广播影视广告策划、创意及制作的应用型高级人才。

除公共基础课外，主要课程有广告学、广告心理学、素描、色彩、视觉传达基础、广播影视广告设计与制作、计算机平面图像设计与制作、计算机三维动画设计与制作、广告文案设计、广告策划与创意、市场营销学、消费者行为学等。

4. 影视广告专业(专科，学制三年)：本专业为各级各类广播电台电视台及各类广播影视公司、广告代理机构和大中型企业等培养广播影视广告策划、创意及制作的应用型高等专门人才。

除公共基础课外，主要课程有广告学、广告心理学、素描、色彩、视觉传达基础、广播影视广告设计与制作、计算机平面图像设计与制作、计算机三维动画设计与制作、广告文案设计、广告策划与创意、市场营销学、消费者行为学等。

5. 艺术设计专业(专科，学制三年)： 本专业主要为各级各类广播影视、报刊杂志等传媒及广告公司、出版机构、商场、文化教育机构、企业等单位和装潢、环艺、展览等行业培养从事艺术创作、广告设计、装潢实用美术设计的应用型高级专门人才。

除公共基础课外，主要课程有素描、色彩、美学基础、设计概论、构成设计、图案与装饰、电脑平面设计、三维设计、字体设计、标志设计、包装设计、CI 设计、展示设计、室内设计、环境设计等。

6. 人物形象设计专业(专科，学制三年)： 本专业为电视剧制作单位、电影制片厂、各级电视台和社会各界培养从事戏剧、影视、节目主持人化妆及形象设计的应用型专门人才。

除公共基础课外，主要课程有化妆设计、形象设计、戏曲化妆、化妆技术、毛发制作与发型、化妆设计基础与理论、彩画、美容知识等。

7. 传达艺术设计(原戏剧影视美术专业，专科，学制三年)： 本专业主要培养为各级电视台，电影、电视制作公司，戏剧专业院团，媒体平面设计等部门工作的应用型专门人才。

除公共基础课外，主要课程有素描、色彩、构成设计、美学基础、摄影摄像、影视画面透视学、制图、道具制作、影视剧美术设计与制作、摄影技术与艺术、舞台美术设计、电脑二维平面设计、电脑三维动画设计等。

（七）音乐舞蹈系

音乐舞蹈系是在广播电视类专业基础上发展起来的艺术类系部，它依托浙江传媒学院先发优势和传媒产业优势，办出带有传媒特色、有别于专门院校和音乐教育专业的音乐舞蹈专业，为专业文艺团体、文化部门、广播电视机构及艺术类院校培养德、智、体、美全面发展，具有专业基础理论和专业技能的音乐舞蹈表演高级人才。

音乐舞蹈系具有一支专业素质高、发展潜力大、师德师风优良、充满朝气的教师队伍。现有专业教师 21 名，其中高级职称 6 人。同时聘请音乐舞蹈界专家治学，与全国知名音乐舞蹈艺术院校保持学术和人员交流，不断提高办学水平。

音乐舞蹈系积极支持鼓励教师开展科研活动，现已出版专著 2 本，教材 1 本。在《交响》、《中央音乐学院学报》等期刊上发表论文 18 篇。教师演出剧目多次获全国大奖。系里成立了"音乐表演研究所"，开展音乐学科和音乐教学研究。设有音乐理论、声乐、钢琴(器乐)、舞蹈形体四个教研室。

音乐舞蹈系硬件设施过硬，设备先进，环境优美。楼内设有钢琴房 86 间，钢琴 80 多架：设有音乐专业教室 18 间，建筑面积 1728 平方米，形体教室 4 间 896 平方米，表演教室 4 间 896 平方米，合唱教室一间 224 平方米，现代化音乐厅一个 365 座，有电钢琴教室一间，MIDI 实验室一间。同时拥有音乐舞蹈图书 2 万余册及电子资料五千余种，实习基地 19 个。

音乐表演专业(专科，学制三年)主要培养知识、技能结构全面，具有创新精神和创造能力及较高文化素养的适应专业文艺团体、文广部门、企业文化部门、艺术院校的高级舞蹈表演和编导人才。

除公共基础课外，主要课程有乐理、视唱练习、钢琴、器乐演奏、声乐演唱、和声、曲式与作品分析、配器法、合唱与合奏、影视音乐、音乐声学等。

（八）新闻传播系

新闻传播系建立于 1986 年，现设有广播电视新闻专业、新闻采编与制作、新闻采编与制作(网络采编方向)等三个专业及方向。广播电视新闻专业为浙江省高校重点建设专业。新闻采编与制作专业、新闻采编与制作(网络采编方向)等两个专业和方向从文史类专业调整为艺术类专业后，将在保持原有优势的基础上更注重培养学生的创新能力。二十年来新闻传播系为全国各级各类电台电视台培养和输送了上千名新闻类专业的毕业生。

新闻传播系在多年的教学过程中形成了一支结构合理、实践经验较为丰富，有较高学术造诣的师资队伍和学术研究梯队。新闻传播系现有专业教师23人，其中浙江省高校中青年学科带头人1人，校级中青年学科带头人3人，教授5名，副教授6名，具有博士学历的2名。

新闻传播系建立了非线性编辑实验室、网络实验室、音频实验室、新闻摄影摄像实验室，为师生提供了良好的教学环境。全国还有二十几个广播电视媒体单位作为新闻传播系学生的实习基地，浙江省广电媒介和互联网的门户网站——"浙江在线"与该专业成立了互动实验室，新闻采编与制作专业(网络方向)的学生在校期间就可以直接参与该网站的采编活动，网站优先吸收该专业学生工作。

1. 广播电视新闻学专业(本科，学制四年)：本专业主要为全国各级电台、电视台，各级党政机关电教部门，大型企业的电台、电视台、宣传部门培养广播电视新闻人才。

除公共基础课外，主要课程有新闻学理论、传播学理论、中外新闻史、新闻理论与法规、新闻编辑与评论、新闻采访与写作、新闻作品评析、广播新闻报道、电视新闻报道、专业报道、媒介批评等。

2. 新闻采编与制作(专科，学制三年)：本专业在原广播电视新闻专科专业基础上改编而成，主要为全国各级电台、电视台，各级党政机关电教部门，大型企业的电台、电视台、宣传部门培养应用型新闻人才。

除公共基础课外，主要课程有新闻摄影与摄像、电视栏目创意策划、广播电视编导、电视专题片创作、中外新闻史、新闻采访与写作、新闻作品评析、新闻报道。

3. 新闻采编与制作(网络采编方向，专科，学制三年)：本专业主要为新闻媒体专业网站、政府宣传部门和相关事业单位培养从事网络新闻传播、电子商务经营、综合信息服务等方面工作的应用型人才。

除公共基础课外，主要课程有新闻采访与写作、网络新闻概论、广播电视新闻报道、网络新闻采编、多媒体制作、网页设计与制作、统计技术与网络调查、网络经营管理等。

（九）电子信息系

电子信息系是我院一个将电子信息技术和广播电视技术相结合，在社会上具有一定影响和良好声誉的大系。目前该系拥有一支教学经验丰富的师资队伍，专职教师 40 名，其中高级职称 18 名，35 岁以下青年教师中有硕士学位的人数超过57%。另聘有兼职教授 7 人。

全系教师将教学与科研紧密结合起来，承接完成了国家级、省科技厅项目及多项广播电视厅纵横向课题，在核心期刊及其它专业期刊上发表了论文 200 多篇，校级科研、教改课题 10 余项。

电子信息系教学科研设备完备，现有基础实验室、广电工程实验室、广电通信及信息网络实验室、应用电子实验室等 4 大类 19 个功能完备的专业实验室，拥有实验设备 2300 台套，仪器设备总值约 642 万元，实验室总面积达 1 万多平方米。除学校已建有的 50 余个校外实习基地外，我系还建有 10 余个本系的校外实习基地。实验室拥有先进的测试设备，可以完成各种电子设备、产品的设计、制作、测试、检修及从传输、发射到接收的各类广播电视设备的测试、检修，为科研、教学和社会服务提供良好的硬件条件。

电子信息系与中国广播电视学会合作办学，成立了中广信息网络工程学院，为社会培养高层次、高素质的广播电视信息网络的技术人才创造条件。通过与中国广播电视学会的密切合作，在人才培养模式上，打破传统的教学模式，创新教学方法，努力把我系、中广信息网络工程学院打造成广播电视教育领域的知名品牌。

我系专业指导思想是："立足广电、面向社会，强化基础、突出特色。"

1. 广播电视工程专业(本科，学制四年)：本专业主要为广播电视行业、通信电子部门等领域培养从事广播电视工程、有线电视网络、通信电子设备的研究、开发、设计、运行、维护和管理工作的高级工程技术人才。

除公共基础课外，主要课程有信号与系统、微机原理与应用、通信电子线路、电磁场微波与天线、通信原理、电视原理、数字信号处理、电视接收设备、有线电视、发送技术、数字卫星广播、计算机网络、光纤通信、电视中心技术等。

2. 广播电视网络技术专业(原广播电视工程，专科，学制三年)：本专业为广播电视行业、通信电子部门等领域培养从事有线电视工程、电子产品、有线宽带网等广播电视工程的设计、安装、调试、检测、使用、维护和管理的应用型工程技术人才。

除公共基础课外，主要课程有信号与系统、微机原理与应用、电磁场微波与天线、通信原理、电视原理与接收设备、数字电视、有线电视、发送技术、数字卫星广播、计算机网络等。

3. 电子信息工程专业(本科，学制四年)：本专业主要为广播电视、信息传输与处理、现代通信系统等培养从事软、硬件的设计、开发、维护和集成等方面的高级工程技术人才。

除公共基础课外，主要课程有信号与系统、通信原理、数字信号处理、微机原理与应用、接入网技术、有线电视、光纤通信、计算机网络、交换技术、现代通信新技术、网络程序设计 JAVA、数据库技术及应用等。

4. 电子信息工程技术专业(原信息与网络工程，专科，学制三年)：本专业主要为广播电视系统、信息传输与处理系统、现代通信系统等培养具有较强的专业实践能力，适应信息网络系统发展需要的应用型人才。

除公共基础课外，主要课程有电路分析、电子线路、数字电路、信号与系统、通信原理、计算机文化基础、C 语言程序设计、计算机网络、有线电视、软件技术基础、光纤通信、交换技术等。

5. 应用电子技术专业(专科，学制三年)：本专业主要为各级各类电子企业及有关单位培养从事电子设备、电子产品的制造、应用和开发，有线电视工程、智能宽带网等工程的设计、安装、调试和维护及自控系统的应用和初步调试的应用型工程技术人才。

除公共基础课外，主要课程有电路分析、电子线路、数字电路、信号与系统、通信原理、无线电测量、C 语言程序设计、计算机网络、有线电视、传感技术与应用、电视设备与接收、单片机接口、自动控制等。

（十）传播科技系

传播科技系创建于 2002 年 7 月，前身为计算机系，是浙江广播电视高等专科学校为适应广播电视信息传媒行业人才培养需求创办的学校重点系之一。传播科技系以诚信、勤奋、创新为办学宗旨，培养具有较强竞争力的复合型高级计算机和广电传媒技术专业应用人才。

目前，我系有在校生 371 名，教职工 30 名(含电教中心)，其中专职教师 19 名，高级职称教师占三分之一以上，研究生学历或硕士学位占二分之一以上。未来五年内，传播科技系将通过有计划地引进和培养人才，重点加强师资队伍建设，为培养优秀的 IT 行业应用人才和广播电视事业高级人才作好师资储备。

传播科技系教师科研成果突出，近些年来，他们在不同岗位主持和参与的科研项目获多项各级奖励，其中，省市级 13 个、校级 3 个，编撰专著在国内外公开刊物上发表论文 120 余(部)篇；2002 年建系以来多次举办学术讲座，取得明显的经济和社会效益，为学院做出应有的贡献。

传播科技系同时还是全校电化教育、网络技术发展、应用培训的基地。拥有6 个网络基础实验室，2 个动画制作实验室，1 个平面制作实验室，1 个系统集成组装实验室，共 500 多台计算机；8 个语音教室共 400 座；19 间多媒体教室，总建筑面积达 12000 平方米。

传播科技系面向国内、国际广播电视信息传播行业开展软件应用方向的人才培养，正在致力于建成切合市场需求、产学研有机结合、具有特色的广播电视传媒计算机应用人才的培养基地。

1. 计算机多媒体技术专业(专科，学制三年)：本专业主要为电台、电视台、多媒体制作公司、IT 技术开发、管理部门培养广播电视数字化技术与计算机应用技术、开发、维护及技术管理的专门人才。

除公共基础课外，主要课程有电工电子学、数字逻辑、高级程序设计、数据结构、面向对象程序设计、汇编语言、网络多媒体、多媒体数据库、计算机原理与接口、UNIX 操作系统、AdobePhotoshop、多媒体技术、广播电视技术、网络非线性编辑系统、电视节目制作及播控技术。

2. 计算机网络技术(专科，学制三年)：本专业以网络工程技术、网站建设技术和网络安全技术为方向，以网络技术、计算机技术基础理论知识和操作技能为基础，掌握计算机网络系统的基础知识和基本原理，在实际应用计算机网络技术，计算机网站建设，网络管理，计算机网络产品的维护、管理等方面具有较强实际应用能力。

除公共基础课外，主要课程有电工电子学、数字逻辑、高级程序设计、数据结构、面向对象程序设计、网络技术基础、UNIX 操作系统、网络工程、网络数据库、计算机原理与接口、汇编语言、网络操作系统、网络系统管理、网站创建与管理、网络测试与维护、网络安全技术、C 语言、计算机通信网、网络编程、网络协议、网络规划与建设、综合布线、网页设计。

（十一）传媒管理系

传媒管理系主要为广播影视行业培养既懂经营管理和市场运作的影视节目制片人和管理人才，同时也为广播电视机构和其他媒体管理部门培养从事媒体管理、策划、组织协调、项目运作、受众研究等综合性人才。

传媒管理系拥有丰富的师资，全系教职员工中 90％以上具有硕士学位。并且聘请了国家广播电影电视总局副总编、规划研究院院长黄勇教授，中国人民大学新闻学院副院长、博士生导师喻国明教授，中国传媒大学传媒经济研究所所长、博士生导师周鸿铎教授，中国社会科学院新闻与传播研究室主任时统宇研究员和浙江大学博士生导师邵培仁为该系客座教授。本系设有三个教研室(制片经营管理教研室、传媒经济教研室、媒介策划教研室)和媒介经营管理研究所。

随着媒体行业的发展及其在国民经济中的地位，传媒管理系无论在办学规模、办学层次、师资力量及教学水平等方面都会有一个新的发展。

传媒管理系是传媒职业经理人、制片人、经纪人的摇篮，欢迎报考浙江传媒学院传媒管理系！

1. 公共事业管理专业(媒介经营管理方向，本科，学制四年)：本专业主要为各类报业集团、广播电视集团、政府媒介管理部门、图书出版机构和广告公司培养既懂媒介传播业务，又懂媒介管理和市场营销，能够独立策划和运作媒介经营管理，具有较强社会适应能力的复合性的高级管理应用性人才。

除公共基础课外，主要课程有媒介经营管理学、媒介资本运营、报业经营管理、广播电视经营管理、图书出版营销、媒介经营管理法规、媒介经营案例分析、高等数学、市场营销学、管理学原理、社会统计学原理、传播学基础、经济法、市场调查、财务管理等。

2. 公共事业管理专业(文化经纪人方向，本科，学制四年)：本专业培养具有良好的文化素质和高品位的文化艺术鉴赏能力，掌握文化产业的经营特点和运作规律，了解国内外文化艺术发展趋势，具有现代管理、经济和法律的基础知识和国际文化传播的基本能力，能在文化产业、媒体及政府相关部门从事文化艺术管理和经营的专门人才。

除公共基础课外，主要课程有文学艺术鉴赏、影视鉴赏、美学概论、传播学、管理学原理、公共关系学、文化产业经营管理、文化政策法规、市场营销、商务谈判、广告策划与创意、消费者行为学等。

3. 电视制片管理专业(专科，学制三年)：本专业主要为全国各级广电集团、电视台电视剧制作中心、电影制片厂、影视制作公司和其他企事业单位培养从事影视剧项目运作的宣传策划、组织协调及经济管理等方面工作的应用人才。

除公共基础课外，主要课程有影视艺术概论、电视栏目创意策划、广播电视编导、公共关系、会计学原理、应用统计与受众调查、管理信息系统、市场营销学、媒体管理、电视节目制作管理、广播电视宣传管理等。

六、有关说明

1. 学费收取标准，按国家物价部门有关规定执行，详见新生录取通知书说明。

（1）公办艺术类各专业 2004 年学费收费标准为每生每学年 9000 元，公办文史、理工类各专业 2003 年学费收费标准为每生每学年本科为 3960 元，专科为 3520元。

（2）传播艺术分校（民办）各专业学费收费标准参照国家有关规定，学校定价，报物价部门备案。民办艺术类各专业 2004 年学费收费标准为每生每学年 18000元，民办文史、理工类各专业 2004 年学费收费标准为每生每学年 12000 元。

2. 毕业生可在国家方针政策指导下通过双向选择落实就业单位。

3. 新生入学后我院根据招生政策和录取标准进行复查，凡不符合条件或有舞弊行为者，取消入学资格。

4. 我院实行高额奖学金、贷学金、勤工助学制度以及特困生补助、减免学杂费等措施，并协助学生向银行申请国家助学贷款。

5. 学院成人教育各专业面向全国招收本专科生，成教各专业分全日制脱产班和函授班两种形式。详情请咨询成教学院，电话：0571-88293543、88024529。网址：www.zjicm.edu.cn/cjweb。

6. 本简章用于招生宣传，制订时间较早，内容如有变动，以最后教育部审定的信息为准。

七．各系部咨询电话

系　　别	专　　业	咨询电话
播音主持系	播音与主持艺术／主持与播音	0571-86832126
	主持与播音（公关礼仪）	
电视艺术系	广播电视编导	0571-86832117
	摄影（电视摄像）	
	摄影摄像技术（原电视摄像）	
	广播电视编导（文艺编导）	
	编导（文艺编导）	
	编导（音乐编辑）	
	影视表演	
影视制作系	数字媒体艺术	0571-86832130
	电视节目制作	
	录音艺术	
国际传播系	播音与主持艺术（英汉双语播音与主持艺术）／主持与播音（英汉双语主持与播音）	0571-86832167
	应用英语	
	商务英语	
音乐舞蹈系	音乐表演	0571-86832611
影视美术系	人物形象设计	0571-86832135
	视觉传达艺术设计（原戏剧影视美术）	
	动画／影视动画	
	影视广告	
	艺术设计	

续表

系　　别	专　　业	咨询电话
影视文学系	戏剧影视文学	0571-86832121
	戏剧影视文学(影视剧编剧与策划方向)	
	汉语	
	文秘(涉外)	
新闻传播系	广播电视新闻	0571-86832112
	新闻采编与制作	
	新闻采编与制作(网络采编)	
传媒管理系	公共事业管理(媒介经营管理)	0571-86832102
	媒介经营管理(文化经纪人)	
电子信息系	广播电视工程	0571-86832139
	广播电视网络技术	
	电子信息工程	
	电子信息工程技术	
	应用电子技术	
传播科技系	计算机多媒体技术	0571-86832153
	计算机网络技术	

八．报名登记表

浙江传媒学院艺术类专业招生考试考生报名登记表

准考证号：_____ 报考专业：_____ 类型：（本科、专科、本专兼报）

姓名		性别		出生　年　月		民族			贴
身份证号			艺术类报考证号						
考生科类 （文、理）		是否 应届		参加专业 考试的地点					照
本专业 志愿序号		总专 业数		高中毕业学校					片
户口所在地			省（直辖市、自治区）　　市						
通知书寄往地址					邮政编码				
					联系电话（含区号）				
有何特长				身高					
家庭主要成员	关系姓名		工作岗位		任何职务		联系电话		
	何时何地因 何原因受过 何种奖励、处分								
	愿否报考 专科民办志愿			家长签字					
				考生签字					

图书在版编目（CIP）数据

高考广播影视强化训练. 编导摄制卷/易复刚，易培.
编著. ——长沙：湖南文艺出版社，2006. 1
ISBN 7－5404－3622－0

Ⅰ.高... Ⅱ.易...②易... Ⅲ.①广播—高等学

校—入学考试—自学参考资料②电影—高等学校—入学

考试—自学参考资料③电视—高等学校—入学考试—自

学参考资料④节目—制作—高等学校—入学考试—自学

参考资料 Ⅳ.①G229.2②J9

中国版本图书馆 CIP 数据核字(2005)第 135403 号

高考广播影视强化训练

编导摄制卷

编著:易复刚　易培

责任编辑:龚湘海　刘建辉

湖南文艺出版社出版、发行

（长沙市雨花区东二环一段 508 号　邮编:410014）

本社网址:www.hnwy.net·

湖南省新华书店经销　湖南广播电视大学印刷厂印刷

*

2006 年 1 月第 1 版第 1 次印刷

开本:960×730　1/16　印张:14.25

字数:255,000　印数:1—6,000

ISBN7—5404—3622—0

J·1041　定价:21.00 元

本社邮购电话:0731－5983015

若有质量问题,请直接与本社出版科联系调换。